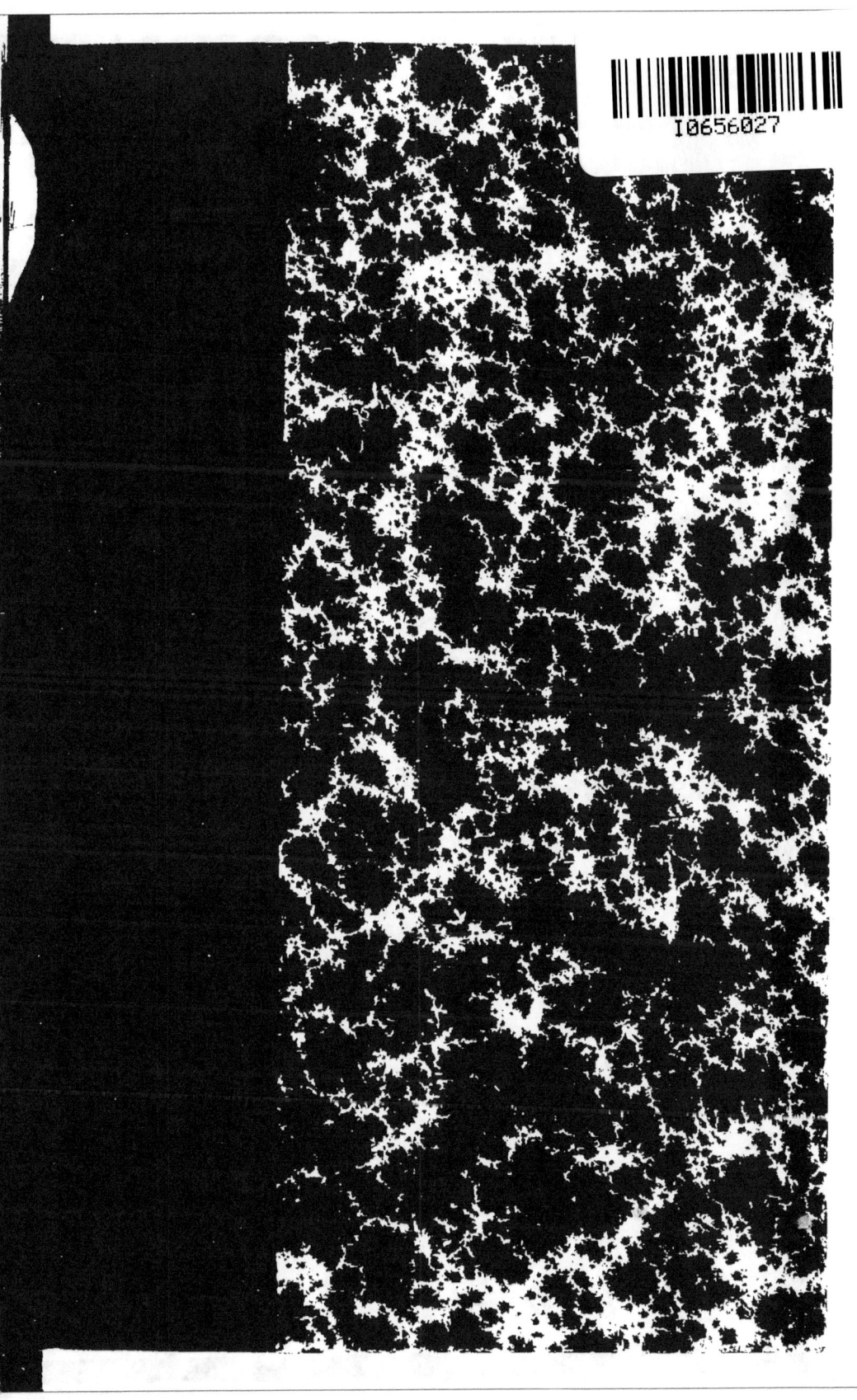

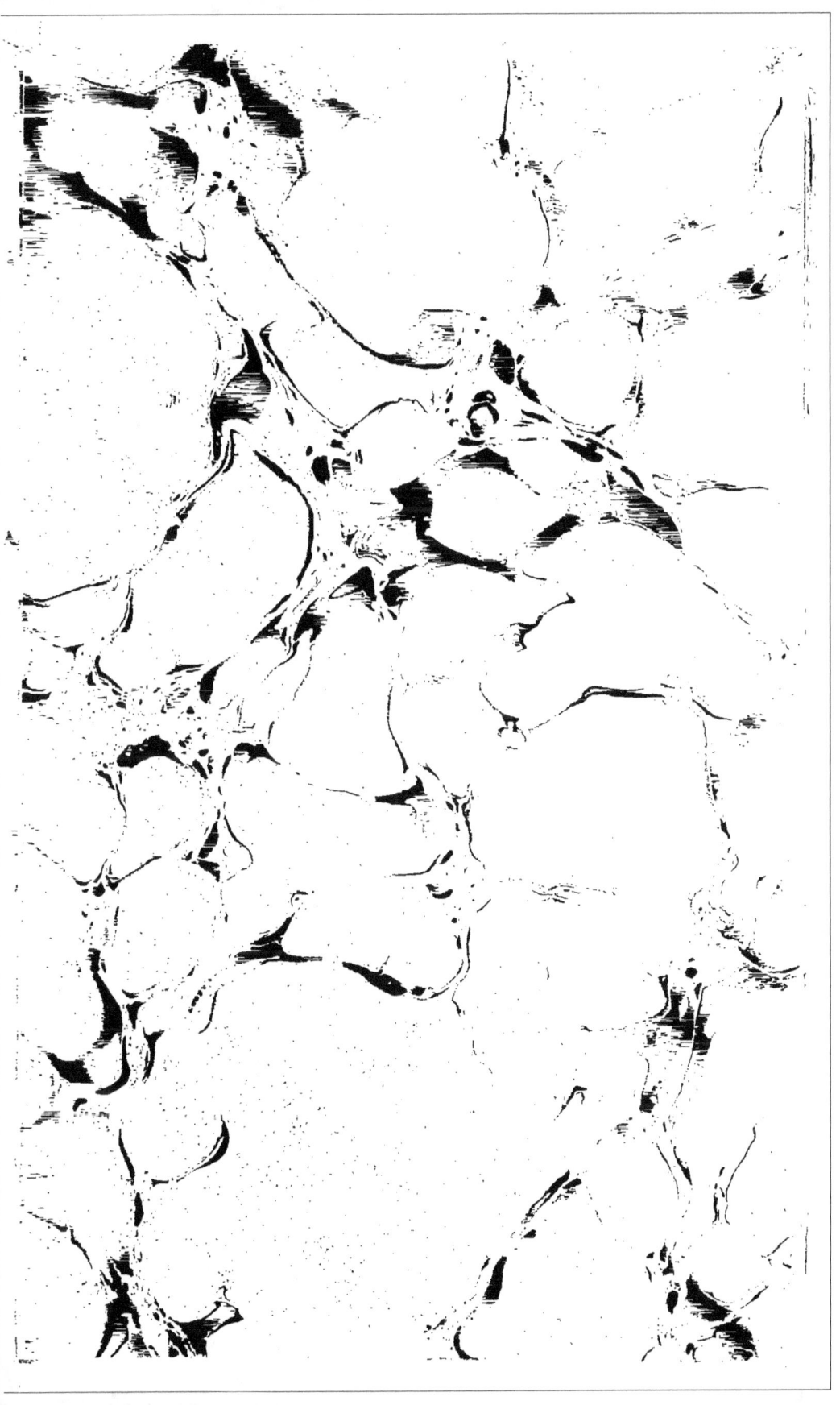

LES SPORTSMEN

PENDANT LA GUERRE

OUVRAGES DU MÊME AUTEUR DÉJA PARUS

Le Cirque Fernando. Etudes sportives.

Chants d'artiste et Chants d'amour. Poésies.

Impressions du moment. Poésies.

Artiste et grand seigneur. Proverbes en deux actes, en prose.

POUR PARAITRE PROCHAINEMENT

Chants patriotiques. Poésies.

Portraits en sonnets. Un volume de poésies sur les principales personnalités parisiennes.

2983. — Imprimerie A. Lahure, 9, rue de Fleurus, Paris.

ÉDOUARD CAVAILHON

LES SPORTSMEN

PENDANT LA GUERRE

ÉPISODES DE 1870-1871

Avec une Préface

D'ARMAND SILVESTRE

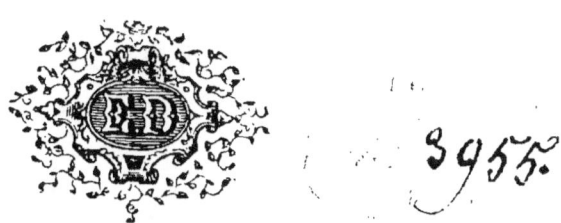

PARIS

E. DENTU, LIBRAIRE-ÉDITEUR

17-19, GALERIE D'ORLÉANS, PALAIS-ROYAL

—

1881

PRÉFACE

L'auteur m'ayant prié, par un excès de modestie contre lequel mon amitié n'a su se défendre, de présenter au public ce livre qui n'en avait pas besoin pour lui plaire, je vais peut-être tromper son attente en parlant moins de son ouvrage que de lui-même.

Analyser, à l'avance, ces pages originales et pleines d'une communicative chaleur, — à quoi bon? Ne serait-ce pas en déflorer l'impression immédiate et vivante?

En faire ressortir les qualités sympathiques, cordiales, — à quoi bon encore? Ne sauteront-elles pas aux yeux de tous?

Combien j'aime mieux vous parler de celui qui les a écrites et qui sait être une personnalité par ce temps d'effacement général, où bien peu d'entre nous parviennent à distraire leur originalité du moule commun. M. Édouard Cavailhon est certainement un de ces rares élus dont on dit: il est quelqu'un, — ce qui veut dire aussi : il n'est pas tout le monde ! Il suffit d'ouvrir ce livre pour s'en convaincre. Il est aussi éloigné, par les aspirations et par la forme, des banalités voulues du naturalisme contemporain que des ambiguités psychologiques du spiritualisme à outrance. Il est pensé et écrit avec une indépendance absolue et, toutes proportions gardées, on en pourrait dire ce que notre vieux Montaigne disait du sien : *Ceci est un livre de bonne foy !*

La bonne foi ! — mieux que cela : la foi ! Voilà ce qui vibre sans cesse dans ce volume, et ce qui lui donne une saveur toute particulière. La foi en tout ce qui est noble, la foi en tout ce qui est grand, la foi en tout ce qui est digne d'être aimé et admiré. C'est là qu'est le secret de cette sincérité d'émotion, dont personne ne se défendra en le lisant. Oui, la foi, voilà ce qui caractérise ces pages, et la foi dans ce qu'il y a de plus saint au monde pour les hommes de cœur : la foi dans les destinées de la Patrie !

C'est que M. Edouard Cavailhon est, avant tout, un poète.

Je ne vous l'aurais pas fait connaître, si j'avais passé sous silence les deux recueils qu'il publia chez Dentu, il y a deux ans, et où il s'est peint tout entier : *Impressions du moment* et *Chants d'artiste et chants d'amour*. C'est là que moi-même j'ai appris à apprécier ce talent mâle, cette nature virile, tels que ce siècle épuisé ne nous en présente plus

guère. Voyez plutôt le programme qu'il s'est fait
à lui-même dans le premier de ses livres. Voilà
comme il comprend le rôle du poète en ce temps-
ci :

Lorsqu'elle râle ou meurt qu'il chante la patrie !
Ses vers relèveront l'abaissement des cœurs.
Bien que de notre temps la guerre semble impie,
Elle règne : il est bon d'exalter les vainqueurs.

Puisque Victor Hugo le grand, l'immortel maître,
A chanté Bonaparte, encensé les Bourbons
Et qu'il donne aujourd'hui, toujours reflet peut-être,
Son souffle populaire à d'autres horizons,

Il faut que dans la voie, où je veux apparaître,
Je change mes accents suivant l'heure ou le lieu.
S'il est persécuté, je défendrai le prêtre ;
S'il est persécuteur, je maudirai son Dieu.

Mais, dans cette âme aux tendresses multiples, la
vigueur n'exclut pas la grâce, et le chanteur aime le
son léger de la flûte à l'égal du mugissement profond des trompettes d'airain. Écoutez plutôt ces
jolis vers d'amour :

Qu'êtes-vous devenus, mes rêves d'espérance ?
Je fus heureux un soir, était-ce donc assez ?
Et faudra-t-il compter comme un jour de démence
    Ces doux aveux, songes passés ?

Il ne t'en souvient plus, mais, comme une caresse,
Cette image revient à mon cœur éperdu,
J'osai presser ta lèvre en un moment d'ivresse !
    Ce baiser, tu me l'as rendu.

Qu'on me pardonne de parler aussi longuement
du poète à propos d'un volume de prose. Mais

vous le retrouverez tout entier dans le livre avec ses fougueux élans vers l'infini, avec son amour du juste et du beau, ces deux pôles de la vie humaine pour qui sait en comprendre les joies saintes et les austères devoirs.

Il est un autre point de vue sous lequel il faut que je vous révèle mon ami Edouard Cavailhon, sous peine de ne vous l'avoir fait connaître qu'à demi. Ce spiritualiste renforcé n'a pas pour les choses du corps le mépris qu'affectent, seuls, les imbéciles. « Guenille si l'on veut... » Non ! vous ne lui ferez jamais admettre que la forme plastique puisse être traitée de guenille. Par son goût pour les nobles exercices où s'affirme la vigueur humaine, où la splendeur musculaire du plus beau des animaux se développe, où s'entretient la beauté des races, il appartient, tout entier, à la tradition antique. Aux ascètes émaciés qui décorent les portiques de nos cathédrales il préfère les modèles glorieux de la statuaire grecque et, tout en rendant justice aux curiosités intellectuelles de l'art gothique, il leur préfère les beaux chevaux du Parthénon aux crinières droites et aux croupes puissantes. Car — un autre secret de cette nature aux ambitions si diverses — le cheval tient une grande place dans les préoccupations de cet écrivain passionné doublé d'un sportsman fougueux.

Poète et sportsman.

Je ne sais pas si ces deux mots ont été accouplés souvent, mais les voici unis dans une renommée naissante et qui grandira. C'est dans cette union inattendue, dans cette parenté bizarre qu'est le secret de l'originalité vraie des pages que vous êtes déjà, j'en suis convaincu, impatient de lire. Il ne me reste plus qu'à m'excuser, auprès du lecteur, d'avoir retardé de quelques instants son plaisir. Mais c'en était un pour moi, je ne le cache pas, de signaler, le premier, à l'attention une œuvre de mérite en même temps qu'un auteur qui m'est deux fois sympathique, comme homme et comme écrivain.

ARMAND SILVESTRE.

P. S. — L'auteur me charge d'acquitter pour lui une dette de reconnaissance et c'est de grand cœur que je le fais.

Ce livre doit le jour à l'initiative et au coup d'œil hardi de M. Emmanuel Balensi, l'un des jeunes et grands sportsmen parisiens. C'est lui qui a su distinguer son auteur encore inconnu, qui lui a confié la rédaction du *Derby*, pour en faire un journal de sport militant; c'est lui qui lui a donné la faculté de publier en feuilleton cette œuvre où s'affirme le patriotisme le plus ardent, et de la faire paraître ensuite en volume.

Un tel patronage était déjà de bon augure pour le succès.

A. S.

AUX GRANDS SPORTSMEN

MEMBRES DU JOCKEY-CLUB

Tués à l'ennemi en 1870

C'est à ces nobles martyrs du devoir que je dédie mon œuvre, où j'ai voulu montrer combien l'action vaut mieux que la parole, et combien, au jour du péril, la patrie peut mettre encore plus d'espoir dans les sportsmen de toutes les classes, qu'en ses autres enfants.

Leurs noms doivent figurer au livre d'or de la France; ils porteront, je l'espère, bonheur à cette étude écrite sous la forme du roman, mais prise d'après nature, et n'ayant d'autre but que de rendre hommage à la virilité et au patriotisme.

Ces noms, les voici :

Comte ROBERT DE VOGUÉ, capitaine au 1er spahis. — 6 août, bataille de Reischoffen.

GUY DUBESSEY DE CONTENSON, colonel du 5e cuirassiers. — 30 août, combat de Mouzon.

FRANÇOIS FIEVET, colonel du 16e d'artillerie. — 1er septembre, siège de Strasbourg.

Vicomte DE RAFELIS DE SAINT-SAUVEUR, capitaine au 3e zouaves. — 1er septembre, blessé mortellement à la bataille de Reischoffen.

LOUIS LE SERGEANT D'HENDECOURT, capitaine d'état-major. — 1er septembre, bataille de Sedan.

ANDRÉ PICOT, comte DE DAMPIERRE, commandant le 1er bataillon des mobiles de l'Aube. — 13 octobre, combat de Bagneux.

Vicomte DE GRANCEY, colonel du régiment des mobiles de la Côte-d'Or. — 2 décembre, bataille de Champigny.

CH. D'ALBERT, *duc de Luynes et de Chevreuse*, capitaine adjudant-major au 1er bataillon des mobiles de la Sarthe. — 2 décembre, combat de Loigny.

Honneur à eux !

Les glorieux blessés, membres du Jockey-Club sont trop nombreux pour que je les nomme. Ils m'en voudraient peut-être. Comme tous les vrais méritants, ils sont modestes : le sentiment du devoir accompli au moment du péril leur suffit. Ils seraient prêts encore à tout sacrifier, dans l'avenir comme dans le passé, pour cet idéal que rien ne saurait remplacer, pour la patrie.

EDOUARD CAVAILHON.

CHAPITRE I

Un vrai Patriote.

La ville d'Oran était en deuil. Le fil télégraphique venait d'apporter la terrible nouvelle de la défaite du maréchal de Mac-Mahon. Nos excellents soldats d'Afrique, malgré d'héroïques faits d'armes, avaient succombé sous le nombre à Reischoffen.

Une morne stupeur frappait tous les esprits, et ceux qui avaient vu commencer la guerre avec le plus d'enthousiasme, étaient les premiers à montrer un coupable découragement.

Les Français sont ainsi faits. Il leur faut du succès au début, ou bien ils sont perdus. Et la déroute vient, la débâcle est à craindre.

Au milieu de la foule assemblée sur la grande place, un jeune homme à la démarche souple, élégante, fière et hardie, observait tout sans mot dire. Son regard lançait des éclairs de mépris en voyant ces défaillances honteuses.

Il souffrait.

Tout à coup, un reflet de violente colère se lut sur son beau front, et enflamma son œil noir.

Il venait d'entendre un homme jeune encore, valide et en état de porter les armes, jeter des paroles plus alarmistes que les autres, en osant parler de soumission.

— Il faut donner l'exemple, s'écria-t-il.

Et, fendant le cercle des auditeurs complaisants de cet apôtre de la lâcheté, il vint brusquement prendre le bras de l'orateur en plein vent.

— Benjamin, dit-il, vous me présenterez tous vos comptes dans trois jours. C'est un long travail ; allez donc vous y mettre immédiatement.

Le ton dont furent dites ces paroles ne supportait pas de réplique, et Benjamin n'en essaya pas.

Tremblant et honteux, comme un chien pris à mal faire, il osait à peine lever les yeux.

Néanmoins, d'une voix bien humble, il parvint à balbutier cette demande :

— Est-ce que vous me renvoyez, M. Israël ? Je suis pourtant un employé fidèle et dévoué.

— Non, je ne vous renvoie pas. C'est moi qui pars, et il faut que tous mes comptes soient en règle. Je ne veux rien laisser en litige, de crainte d'accident.

— Mais où allez-vous donc ? s'écrièrent plusieurs voix en même temps.

— Je vais là où le devoir m'appelle, en France, à la frontière menacée. C'est le poste de tous les gens de cœur.

— Mais vous désapprouviez cette guerre.

— Le temps n'est plus au contrôle ni au raisonnement. Il faut agir et non discuter ; il faut obéir à la grande voix du devoir.

Un revirement subit se fut bientôt produit parmi
ce groupe d'auditeurs augmentant à chaque
minute, et la mâle résolution du jeune homme
fut vite connue de tous.

Toute foule assemblée est une sensitive. Un
mot venu du cœur la fait vibrer comme la harpe
éolienne au souffle du vent; une noble action
lui donne les élans les plus généreux.

Israël fut entouré, et des félicitations unanimes
vinrent le récompenser de sa généreuse initiative.

Quel était ce lutteur de race, dont la vaillance
grandissait dans l'épreuve ?

C'était un Israélite d'origine lyonnaise. Sa
maison de haute finance était la première de
notre colonie africaine.

Son père était venu s'établir des premiers à
Oran ; il avait rendu de très grands services à
l'État et aux colons, tant par les entreprises industrielles établies par lui-même, que par celles
qu'il avait favorisées.

Aidé par une épouse au caractère digne des
temps antiques, il avait élevé son fils dans le
culte du beau et du bien. Tous ses soins avaient
eu pour but de s'en faire un ami, un camarade.

Persuadé que pour être réellement un homme.
il faut acquérir à la fois la vigueur du corps et
celle de l'esprit, la puissance des muscles en
même temps que la force intellectuelle et morale,
le père avait tenu à ce que son fils excellât dans
tous les genres de sport, aussi bien que dans

toutes les branches des connaissances humaines.

C'était un sporstman accompli. La gymnastique n'avait pas de hardiesses dont il ne se fît un jeu; l'équitation, l'escrime, l'art nautique, etc., n'avaient pas de secrets pour lui

Il aimait surtout la marche et la chasse.

Sa supériorité dans les exercices du corps ne l'avait nullement détourné de l'amour de l'étude. Il avait toujours figuré au premier rang dans ses divers examens.

Le bonheur souriait à cette famille modèle, lorsque la mort était venue frapper son chef en pleine maturité de la vie et de la fortune.

Son fils avait alors été arraché à la haute vie parisienne, et, sous l'égide de sa mère, une femme de tête et de grand caractère, il avait pris résolument la suite de la maison. Malgré son immense fortune, il ne voulait pas demeurer inutile et désœuvré.

Aux yeux des masses, les heureux du monde semblent pouvoir se désintéresser des idées de dévouement au devoir et à la patrie.

— Ils n'ont pas besoin de s'occuper de cela, dit le vulgaire. C'est bon pour ceux qui ont leur fortune à conquérir. Eux, ils n'ont qu'à se laisser aller au farniente et aux jouissances de la vie.

Aussi, lorsqu'un tel exemple d'élan patriotique vient d'en haut, il trouve toujours un immense écho.

Les projets les plus fantaisistes de compagnies

d'éclaireurs à pied et à cheval furent alors mis en avant.

On savait qu'Israël, voulant offrir son dévouement et sa vie à son pays, ne serait pas chiche de son argent, et le groupe des aventuriers, dont une ville nouvellement colonisée, comme Oran, se trouve toujours le refuge, vint proposer son concours.

Pour ces déclassés, c'était une occupation toute trouvée : autant cet avenir qu'un autre.

— Je n'ai point l'intention de lever des compagnies franches, leur répondit Israël. Je m'engage simplement comme volontaire pendant la durée de la guerre au 3e zouaves, où j'ai plusieurs de mes anciens camarades. Ceux qui voudront m'avoir pour camarade n'ont qu'à venir signer un engagement, comme je vais le faire de ce pas. Mais je crois que le concours de compagnies de francs-tireurs ou d'éclaireurs à cheval, bien organisées, peut être très utile pour faire la guerre de partisans. Faites donc choix d'un commandant que je connaisse et dans lequel je puisse avoir confiance, je mettrai 300,000 francs à votre disposition pour les premiers frais nécessaires. Je désire par exemple que l'on soit prêt à embarquer dans huit jours.

Des cris d'enthousiasmes éclatèrent de tous côtés. Les peuples du midi aiment le bruit et sont toujours heureux de trouver un prétexte à démonstrations exubérantes.

Israël se déroba aux ovations qu'on lui préparait.

Rentré chez lui, il fit demander à sa mère de le recevoir pour lui faire part de sa détermination, que du reste il était sûr d'avance de lui voir approuver, connaissant son grand cœur.

En effet, la noble femme se contenta de lui dire :

— Si ton père vivait, il t'approuverait. Je ne puis que faire comme lui, tout en versant quelques secrètes larmes bien pardonnables à la faiblesse d'une femme, au cœur d'une mère. Va, mon fils, et que le Dieu des causes justes t'accorde sa protection.

Un oncle d'Israël, qui avait fait de grandes entreprises industrielles et n'avait pas réussi, vint pour le dissuader de partir, craignant peut-être qu'en l'absence du jeune homme les bons sur la caisse ne lui fussent mieux ménagés.

Israël écouta les raisonnements plus ou moins spécieux de son parent, puis il répondit avec douceur.

— Tout homme se doit avant tout à son pays.

Les affaires, les intérêts privés doivent céder le pas à la grande idée de la patrie.

— Oui, dit l'oncle, mais quand on a une certaine position de fortune, on peut se tenir à l'abri des tempêtes.

— Raison de plus, reprit Israël, pour se mettre en avant. On est intéressé à défendre ses richesses et son bien-être acquis.

— Baste! la patrie est partout où l'on est bien.

— Allons donc! il n'y a qu'une France ; il n'y a qu'un Paris.

Et se laissant aller à je ne sais quel enthousiasme rêveur, comme en ont les enfants des climats sans nuages, le fier jeune homme reprit :

— Paris, c'est ma patrie d'adoption, la ville de mes souvenirs joyeux, de mes rêves et de mes folies de jeunesse. Ma fierté patriotique n'admettra jamais qu'un soudard allemand, sot, lourd et brutal, gorgé de bière et de viande de porc, marchant sous les coups de plat de sabre, puisse venir souiller le sol de la cité chère aux artistes et aux intelligences de tous les genres, de toutes les nuances, de tous les pays.

Ils ont dit, ces gens du Nord, de leur air glacial et compassé, entre deux nausées de victuailles :

— *Paris n'est qu'un lupanar, nous y entrerons dans huit jours.*

Il appartient à ceux qui ont demandé le plaisir à la grande métropole, à l'heure où soufflait le vent de la fantaisie et des brises juvéniles, et qui l'y ont trouvé avec usure, il leur appartient de prouver à ces soldats philosophant que les gais viveurs savent marcher à la mort, pour défendre leur pays menacé. Qu'ils viennent donc ; ils trouveront des soldats de fer dans la ville des sybarites.

— Tudieu, s'écria l'oncle. Mais c'est la voix de Judas Macchabée. Quel zèle, quel feu! Je suis fier de toi. Si l'âge ne me retenait pas ici, je te suivrais. Ton enthousiasme est communicatif, et s'il trouve des imitateurs, il est certain que rien n'est compromis... Mais tu penseras à moi, n'est-ce pas, mon bon neveu?

— Mon absence ne changera rien aux jours ni aux heures auxquelles vous devrez vous présenter à mon caissier.

Et l'oncle s'en alla pleinement satisfait.

Israël fit alors appeler Benjamin, son comptable, qu'il avait si mal mené le matin, et lui demanda si son inventaire serait prêt dans trois jours, comme il le lui avait demandé :

— Vous savez bien, mon maître, qu'entendre c'est obéir, répondit Benjamin.

— C'est bien. A l'occasion de mon départ, on donnera le triple de la gratification de fin d'année à tous les employés. La maison continuera à marcher sous les ordres de ma mère. C'est tout ce que j'avais à vous dire.

Mais Benjamin ne bougea pas. Il tournait ses pouces l'un contre l'autre, ce qui chez lui était le signe d'une résolution énergique à prendre, ou d'une bonne idée commerciale à mettre en avant :

— Qu'avez-vous, Benjamin? dit Israël.

— Ah! voilà. C'est difficile à dire. J'aurais une demande à vous faire.

— Dites.

Et Benjamin recommença à tourner plus fiévreusement ses pouces.

— Dites sans crainte et sans hésitation. Il est probable que c'est accordé d'avance. Au moment de partir, je n'aimerais pas à refuser quelque chose à un excellent employé comme vous.

— Et ma défaillance de ce matin.

— Je l'oublierai. Qui n'a pas ses moments de faiblesse ?

— Eh bien ! je me risque. Je voudrais vous accompagner.

— Pourquoi faire ? Vous êtes utile ici.

— Vous aussi, mon maître, vous êtes utile à Oran, et vous quittez tout pour aller défendre la France. Je voudrais faire comme vous.

— Ah ! c'est mieux que ce que vous disiez ce matin.

— Oh ! ce matin, j'avais vu des gens que je ne veux plus voir, des politiqueurs, des cœurs faibles, cachant leur défaillance sous le manteau ou sous le masque de la libre pensée.

— Mais on dit que vous êtes bien... timide.

— Oui, c'est vrai ; mais, baste ! le courage, ça doit être comme autre chose ; on doit s'y habituer ; ça doit s'apprendre... J'ai entendu parler du bon roi Henri IV, qui était né poltron et qui devint très brave. On instruit bien un lièvre à battre du tambour. Votre père m'a appris la comptabilité, vous m'apprendrez le courage.

— Allons, mon ami ; vous avez déjà la bonne humeur. C'est quelque chose, et c'est un premier pas de fait.

— Alors vous consentez.

— Faites comme vous voudrez ; mais réfléchissez encore. Il est à craindre que ce ne soit
pas tout rose, là-bas.

— Nous verrons bien.

Là dessus, Benjamin sortit avec une fière contenance.

— Rien de tel qu'un poltron révolté, pensa
Israël. Ah! si nous voulions ainsi tous nous y
mettre, les Prussiens ne feraient pas long feu.
Mais le voudra-t-on ?

Si partout ailleurs, comme à Oran, les puissants
de la fortune avaient donné l'exemple, la France
aurait eu bientôt des défenseurs invincibles.

Trois jours après, Israël faisait voile pour
Marseille avec Benjamin, déjà vêtu en zouave, et
une dizaine de jeunes gens d'Oran que cet
exemple avait électrisés.

CHAPITRE II

Le Père et le Fils.

L'aspect de Strasbourg, la noble cité destinée au martyre de sa foi française, était lugubre. On faisait cercle auprès des rares échappés du désastre de Forbach.

L'homme sorti du danger, quelque brave qu'il soit, est souvent porté à en exagérer la grandeur. C'est une petite faiblesse de vanité qu'on peut pardonner en temps ordinaire, mais qui a les conséquences les plus graves dans les jours d'épreuves douloureuses.

Le peuple, en France, est toujours assez enclin à exagérer le mal comme le bien; il ne faut pas l'y aider.

Des groupes divers se formaient suivant les aspirations et les pensées secrètes de chacun.

Là, quelques vieillards, ayant assisté aux victoires épiques du premier Empire, maudissaient l'âge et la faiblesse engourdissant leurs membres, et parlaient malgré tout d'aller combattre et mourir.

Ici, des jeunes filles, réunies en groupe animé, promettaient de ne donner la fleur de leur pensée qu'aux plus vaillants, et juraient même de n'écouter aucune parole d'amour, tant que nos couleurs n'auraient pas repris leur prestige victorieux.

Ailleurs, quelques nobles cœurs rêvaient les exploits des guérillas, et brûlaient de pouvoir employer leur sombre énergie.

— Un chef, qu'on nous donne un chef! s'écriaient-ils, et nous serons bientôt prêts à partir.

Alors, on vit sortir de la morne stupeur où il semblait accablé un homme pouvant avoir une cinquantaine d'années, mais au corps demeuré robuste, à l'œil vaillant et fait pour commander.

— Enfants, dit-il, vous demandez un chef pour la guerre des montagnes. Vous le savez, je suis chasseur et j'ai fait la guerre d'Afrique, guerre de surprises et de razzias. M'acceptez-vous?

— Oui, père Heinrich, s'écria la foule avec enthousiasme. Avec vous, nous sommes assurés de vaincre.

— Je vous préviens que la discipline sera sévère. Le maréchal Bugeaud fut mon maître, en Afrique. Il était bon, mais inflexible à remplir son devoir.

— Vous dicterez la loi à votre gré.

— Bien, mes enfants. Ainsi nous pouvons faire beaucoup de mal à ces lourds allemands. Où sont mes fils? Qu'ils s'inscrivent les premiers sur la feuille des engagements.

Cinq fiers jeunes gens fendirent la foule et

vinrent s'incliner devant leur père, qui les contempla avec amour. Mais tout à coup le front du chef de famille se rembrunit :

— Où est votre frère Ludwig ? dit-il.

— Nous ne l'avons pas vu depuis hier.

— Toujours ma croix de douleur ! s'écria le père. Ah ! combien vous m'avez châtié, seigneur, pour avoir épousé une femme d'origine allemande. Heureusement que de tous mes fils celui-là seul tient de sa mère.

— C'est moi qui le remplacerai, petit père, vint dire en bondissant un enfant de quatorze ans. Tu verras quel bon éclaireur je ferai. J'ai appris le métier en dénichant les nids dans la forêt. Nous ne serons jamais surpris, et nous surprendrons.

— Toi, mon Benjamin, mais tu n'y songes pas. Et que dira ton maître d'école?

— Oh ! je le connais, il est bien capable de venir avec nous.

Le père réfléchit un instant. Un combat violent semblait se livrer dans son âme ; les traces s'en répercutaient sur les lignes mobiles de son visage franc et loyal.

Il est un sentiment que l'on retrouve toujours, c'est celui de l'amour particulier, de la faiblesse innée des parents pour leurs enfants derniers nés. Qu'un autre l'explique. Pour le moment nous nous bornons à le constater.

Il existe bien.

Benjamin sentit que pour se faire accepter il avait besoin d'une caresse :

— Je ne risque pas tant que ça, dit-il en s'approchant avec grâce et câlinerie, avec un sourire du regard, au milieu de vous, de mes frères, de mes camarades plus âgés, qui tous me protègeront. Je vous apporterai en échange ma gaieté qui ne tarit jamais.

— Allons, tu viendras, répondit le père incapable de résister plus longtemps. Tu seras notre rayon de soleil dans les jours sombres. Qui sait? Peut-être seras-tu notre bonne étoile?

Et alors on vit l'élite des Strasbourgeois venir s'inscrire sur le livre d'engagements, livre d'espérance s'il en fut jamais.

Heinrich remercia ses volontaires par ces simples paroles :

— La France n'est que blessée. C'est une épreuve dont elle doit sortir glorieuse... Songez à ce linceul d'héroïsme dans lequel se sont ensevelis les nobles vaincus de Reischoffen, et si vous égalez leurs exploits, vous les aurez bientôt vengés, vous serez dignes d'eux... Ces glorieux morts ont tracé la route aux vivants... Imitez-les pour mériter de crier avec moi : Vive la France!

Alors l'enthousiasme devint du délire. Les vieillards levaient les mains pour donner leur bénédiction à ces vaillants champions de l'Alsace. Les belles jeunes filles allaient chercher des

fleurs pour orner leur chapeau ou leur poitrine,
et se laissaient dérober quelques-unes de ces faveurs intimes de l'amour, qu'en temps ordinaire
elles eussent fait payer d'un serment de fiançailles.

En voyant tant d'énergie, tant d'ardeur dans
le dévouement à la patrie, on était en droit d'espérer, d'avoir confiance dans l'avenir de cette
guerre si mal commencée.

En effet, si quelques compagnies d'hommes
résolus s'étaient emparées des passages des
Vosges, toutes les communications entre la
France et l'Allemagne pouvaient être intercep-
tées. On n'avait qu'à laisser passer, sans coup
férir, les armées prussiennes, à supposer qu'on
n'eut pas le temps de les empêcher d'aller en
avant. Elles se seraient trouvées enserrées et la
nation n'aurait eu qu'à se lever tout entière
pour les étouffer.

Pour cela il fallait peu d'efforts, mais de l'en-
tente, de la volonté.

Si la France s'était levée comme un seul
homme, avec l'indignation d'un lion blessé par
surprise et la décision d'un peuple fier de son
passé et de son nom, qui, seules, donnent le
triomphe, elle aurait vaincu avec éclat. Mais on
perdit le temps en folles paroles, en vaines for-
fanteries de tous les genres.

La passion politique vint primer le sentiment
national, et l'on vit l'écœurant spectacle de gé-

néraux visant au verbiage des avocats, de commandants en chef songeant en secret à se faire
un marche pied de leur position, à devenir des
sortes de prétendants ; on vit des avocats devenant généraux, et le général en chef d'une grande
cité, facile à émotionner par l'exemple, à entraîner par l'enthousiasme, se confiner dans des
plans sans issue et de la phraséologie.

Si chaque Français valide se fût promis d'im-
moler un Prussien, si chacun, au lieu de songer
à son intérêt personnel, se fût dévoué au salut
du pays, si les exemples que nous citons, au lieu
d'être des exceptions consolantes, avaient été
suivis, la France pouvait aisément être sauvée.

Dieu, sans doute, ne le voulut pas, et frappa
d'aveuglement les âmes égoïstes, pour un jour
peut-être les punir sévèrement.

On aura beau nous accuser de chauvinisme,
l'on ne nous fera jamais admettre l'oubli de
l'antagonisme natif, créé autant par la diversité
des climats que par la différence des caractères,
des instincts et des races entre les peuples, que
la nature elle-même a voulu séparer par la bar-
rière liquide du Rhin.

Le grand fleuve a deux rives bien opposées,
bien distinctes, franchement ennemies : d'un
côté c'est le commencement des frimas du Nord,
c'est la stérilité glaciale ; de l'autre on entrevoit
comme une chaude caresse du soleil, comme un
sourire des climats de l'Orient.

Jamais on n'arrivera à ce que les Allemands ne portent pas envie à la richesse de notre sol français. Dans les invasions périodiques de tous les temps, le Nord se rue sur le Midi ; l'attraction est forcée, instinctive.

De même les Russes ont la nostalgie de Constantinople. Dans leurs habitations calfeutrées presque hermétiquement, ils se gardent du froid, mais ils n'obtiennent qu'une température de serre chaude.

Sa douceur n'a pour effet que de leur faire désirer immédiatement les nuits bleues étoilant le Bosphore.

A nos yeux, tout homme d'origine latine est coupable d'imprudence inconsciente, lorsqu'il ne conserve pas d'aversion naturelle contre les hommes de race germaine.

CHAPITRE III

Défaillance.

Si le spectacle de l'enthousiasme patriotique est beau et consolant à décrire, combien est pénible et écœurant le souvenir des défaillances ou des calculs honteux dans les jours d'infortune publique!

Nous avons vu Israël, le banquier millionnaire, faire à la France le sacrifice de sa vie et de sa haute position. Nous avons vu, d'un autre côté, Heinrich, le chasseur, donner le branle au patriotisme dans la grande cité de Strasbourg, et ne pas hésiter à conduire ses fils au cœur du danger. Un tout autre exemple était donné en même temps dans la métropole de cette Alsace, qui pourtant nous a fourni mille preuves de patriotisme fervent et élevé.

Je ne trouve d'autre explication à cette différence d'appréciation du devoir que les divergences de race et de tempérament. Voilà pourquoi j'ai voulu mettre en parallèle deux jeunes Français, appartenant par leur naissance à la religion antique de Moïse, c'est-à-dire ayant un point puissant de similitude, mais nés sous des climats divers, l'un d'origine latine, l'autre de race à demi-germaine.

On jugera ces deux caractères pris sur le vif.

On verra par les mille détails de cette étude, toute d'observations scrupuleuses, combien la latitude et le climat, encore plus que l'éducation, modifient les idées et les instincts des hommes.

Israël, l'Africain au sang généreux, n'avait ressenti, à l'annonce de nos premiers désastres, que le désir d'aller se mesurer avec les ennemis de son pays, qu'une ardeur nouvelle de dévouement.

Ludwig, le juif alsacien, jeune comme lui, robuste comme lui, n'ayant pas sa grande fortune, mais jouissant d'une aisance honnête et suffisante, n'y vit qu'une occasion de gagner de l'argent, en profitant des circonstances et pressurant la patrie.

D'un côté l'instinct du lion, de l'autre la rapacité du corbeau.

Et pourtant Ludwig avait, ainsi que nous allons le voir, un père digne du nom de Français, mais qui avait eu la faiblesse d'épouser une Allemande.

Nous avons choisi nos personnages principaux parmi la grande et forte race israélite, parce qu'aucune autre n'est douée à la fois d'autant de qualités et d'autant de défauts. Ce contraste nous a paru intéressant à présenter.

Aucun autre peuple n'a montré, par sa ténacité à vivre dispersé depuis des siècles, par sa résistance aux épreuves et aux persécutions de toute

espèce, combien il est digne d'arriver à sa re-
constitution.

Les Israélites se reconnaissent partout; bien
qu'ennemis privés, ils se soutiennent dans le
combat de la vie. Voilà ce qui fait leur force;
voilà ce qui les amène sûrement à la domination.

Ils ont gardé la foi en tout ce qui forme la
base des nations fortes. Ils ont gardé le respect
pour ce qui fait les peuples impérissables, pour
ce qui constitue leur essence beaucoup mieux
que le langage et la religion, — pour le sang.

Comment s'étonner à notre époque d'égoïsme
féroce, de scepticisme réel ou affiché, de les voir
arriver partout à d'éclatants succès ?

Une scène toute contraire à celle que nous
avons décrite dans le chapitre précédent, se passait dans un cabaret borgne, placé au coin des
divers chemins se croisant dans ce qu'on appelle
la zône militaire, c'est-à-dire en dehors des fortifications de la ville.

C'était une vaste brasserie, où les contrebandiers se donnaient rendez-vous, où les bracon-
niers venaient déposer leur gibier en temps pro-
hibé, où les voleurs étaient assurés de trouver
à la fois aide, protection et recel.

Le titulaire de cet établissement deshonnête,
le père Kraub, comme on l'appelait familière-
ment, avait eu bien des démêlés avec la police,
mais on le tolérait pour se servir de temps à

autre de sa brasserie borgne comme d'une souricière, où l'on pouvait opérer plus d'une capture
importante.

Il passait, du reste, pour être rempli de loyauté,
de délicatesse même, vis-à-vis des bandits qui de-
venaient ses clients.

C'est un sentiment bizarre que cette délicatesse de procédés de coquin à coquin, mais il
existe plus qu'on ne pense. On peut trouver son
explication dans l'état de révolte ouverte, où
vit cette classe de gens avec la société. Ils
se considèrent comme associés et solidaires les
uns des autres, dans la voie du mal qu'ils ont
adoptée. Ils croient avoir le droit de tromper tout
le monde, excepté eux-mêmes.

Les loups ne doivent pas se faire la guerre
entre eux.

Le père Kraub était en train de gourmander ses
aides, suivant son habitude quand la clientèle
n'abondait pas. Il se dérida en cessant cette
bruyante occupation, lorsqu'il vit apparaître plusieurs bandes de consommateurs venant des
divers chemins aboutissant à la brasserie.

Sa physionomie s'épanouit comme celle d'un
fauve à l'affut, lorsqu'il sent approcher la proie
qu'il est venu guetter.

Le groupe qui attira le plus son attention dans
cette invasion instantanée, se composait d'une
douzaine de jeunes gens, n'ayant pas l'habitude
de venir chez lui. A leur centre, l'air préoccupé,

presque honteux, marchait Ludwig, fils déna-
turé d'Heinrich, le brave soldat, le hardi chasseur
des Vosges, le vieux volontaire venant d'offrir sa
vie et son dévouement au pays menaçé.

Ah ! si le père l'eut vu là...

Ils arrivèrent en hâte, pressés de se dérober à
tout regard, et demandèrent dès l'abord une salle
séparée, pour pouvoir parler sans crainte d'être
dérangés, ni entendus, disant qu'ils paieraient
en conséquence.

— C'est bien, mein heer Ludwig, dit le père
Kraub.

— Vous me connaissez donc, dit le jeune
homme avec confusion.

— Oui, et j'ai confiance en vous. Je vais vous
donner la salle du fond, le tombeau des secrets.
Vous n'avez qu'à me suivre avec vos camarades.
Il les fit descendre dans une sorte de cave dissimulée par plusieurs doubles portes, qui aurait pu
servir aussi bien d'asile à une assemblée de société secrète, que de rendez-vous à une bande de
malfaiteurs.

Les tables furent bientôt surchargées de cru-
chons de bière, les pipes furent allumées, et
l'atmosphère ne tarda pas à être enfumée à l'allemande, c'est-à-dire de façon à donner des nausées à toute nature délicate.

Ils buvaient silencieusement. Les gens du Nord
recherchent l'ivresse morne et sombre.

— Sommes-nous toujours prêts à nous soutenir dans le présent et l'avenir comme dans le passé? dit Ludwig. Les circonstances vont devenir critiques ou favorables, suivant que nous saurons agir. Êtes-vous toujours disposés à arriver à la fortune sans scrupules, coûte que coûte, et quels que soient les moyens?

— Oui, répondit un chœur de voix, réglé comme si un chef d'orchestre du grand Opéra lui eut donné le ton et la mesure.

C'était le cri unanime de jeunes gens sans cœur.

— Eh bien ! voilà le moment de renouveler, ou plutôt de resserrer notre pacte d'union.

— D'abord, dit un des assistants, as-tu pris tes mesures pour que nous ne soyons pas inquiétés.

— Oui. A la moindre figure douteuse qui entrera dans l'auberge, nous serons prévenus par un signal du père Kraub.

— Eh! bien, parle. Nous t'écoutons.

Ludwig reprit :

— Voici ce dont il s'agit. La France va faire de nouvelles et nombreuses levées, pour essayer d'improviser des armées et de se défendre contre l'invasion. On voudra nous y incorporer, mais ceci n'entre pas dans nos plans de fortune, n'est-ce pas?

Ils étaient bien dignes les uns des autres, ces jeunes hommes, incapables de se laisser aller à un autre sentiment que l'amour du lucre, l'égoïsme et l'intérêt personnel.

— Plus souvent, dit Karl, entre deux hoquets d'ivresse, que j'irai me faire tuer pour des questions d'aussi mince importance. Que peut me faire la victoire ou la défaite? Nous autres Israélites, nous autres Juifs, *les ioufs*, comme on nous appelle avec mépris, nous sommes des révoltés parmi toutes les nations. Notre rôle est de pressurer tous les peuples, de leur faire suer l'argent de toutes les façons. Voilà tout. En cela, nous vengeons nos frères, également persécutés par tous. C'est une mission de race.

Karl était le beau parleur de l'association. Il ne dédaignait pas, à l'occasion, d'attaquer la corde politique et sociale, mais il mettait toujours, au service de sa morale de forban du petit négoce, une philosophie commode et des idées toutes spéciales.

On l'écoutait dans ce petit cénacle avec une certaine admiration, dont il était très vain. On était unanime pour envier sa faconde. Est-ce qu'on n'écoute pas toujours celui qui fait appel aux plus mauvais instincts, tandis qu'on s'éloigne de ceux qui prennent la mission ingrate de les réfréner?

— Tu as raison, Karl, s'écria Max, un gros garçon boucher, qui souvent dédaignait de prendre son merlin pour assommer les jeunes taureaux qu'on tuait chez son père, afin de les vendre sous le nom de bœufs, et se servait simplement de son poing. C'est une querelle dont nous n'avons pas besoin de nous mêler. Les balles, je n'aime pas ça, moi. Je ne veux pas de ce bal..... Joli, hein? Nous leur fournirons des vivres et les regarderons se battre. Nous jugerons les coups.

— Mais, objecta Raphaël, un mince commis aux écritures chez un prêteur à la petite semaine, ayant le museau d'une fouine et le regard vague et mal assuré d'un rôdeur de nuit, il s'agit de savoir à qui il vaut mieux fournir, aux Allemands ou aux Français.

Cette remarque cynique jeta un froid. Ils étaient jeunes encore; il leur restait quelque pudeur de sentiment.

Ludwig se leva.

Il dominait ses camarades par sa position de fortune, par la grande renommée d'honnêteté de son père, à laquelle ces coquins ne pouvaient s'empêcher de rendre hommage et respect, et par un ascendant pris dès leur enfance.

— Mes amis, dit-il, comme vous, je ne veux pas prendre le fusil, et je vous ai réunis ici pour nous entendre à ce sujet. Nous nous sommes toujours soutenus les uns les autres depuis notre enfance. Aujourd'hui, plus que jamais, nous aurons besoin de cette aide constante. C'est une association plus serrée qu'il faut cimenter. Le péril est là! Dans quelques jours, aujourd'hui peut-être, on va nous appeler et nous incorporer dans quelque régiment.

— Mobile, ou immobile, l'interrompit Karl, il n'en faut pas.

— C'est mon avis, reprit Ludwig, mais il ne faut pas courir le risque de nous mettre en lutte ouverte avec la loi. Elle ne plaisante pas. Pour cela, notre première démarche à faire, c'est de quitter le pays.

— Allons en Allemagne, dit Raphael.

— Non, cela me répugne.

— Psst, des préjugés. Nous sommes des libres penseurs, et n'avons d'autre patrie que la grande famille humaine.

— J'ai de la prédilection, sinon de l'attachement, pour le pays qui nous a vu naître.

— Une faiblesse.

— Admettons-le, mais quitter la France serait à la fois imprudent et inutile. Nous n'avons qu'à aller au devant de l'armée française et à nous offrir pour l'approvisionner. Nous excellons tous dans le commerce, ce sera notre manière de nous battre.

— Elle est plus intelligente que l'autre, prononça sentencieusement Karl, le philosopheur.

— Et surtout elle rapporte davantage, fit observer le gros Max.

En ce moment le signal d'alarme du père Kraub se fit entendre.

Un silence absolu se produisit et tous se mirent à écouter anxieusement.

Le son d'une voix bien connue fit tressaillir Ludwig.

— Mes amis, dit-il tout bas, nous sommes perdus. C'est la voix de mon père. Comment a-t-il pu savoir que j'étais là? Si nous ne trouvons pas un moyen de fuir, nous serons plus sûrement incorporés dans l'armée, que si nous avions vingt ordres du gouvernement lancés contre nous. Que faire ? L'hôtelier ne va pas pouvoir le retenir, ni lui donner le change longtemps. Il va tout fouiller ici, tout deviner, comme dans une de ses razzias d'Afrique, qu'il nous contait si souvent.

— Pourquoi s'inquiéter de ce vieux fou? dit Raphael. Est-ce qu'il est notre maître?

— Ne parle pas ainsi, malheureux, supplia Ludwig. Respecte mon père, c'est une grande âme; et puis tu nous porterais malheur.

— C'est bien, on excusera son tic. Mais nous n'avons rien à craindre. N'as-tu pas la clef du souterrain, dont se servent les contrebandiers pour apporter leurs marchandises au digne père Kraub?

— Quelle clef?

— Comment, tu ne t'es pas fait donner la clef de cette porte dissimulée dans le fond de la salle par les moulures de la boiserie? Mais tu es indigne d'être notre chef, si tu ne sais prendre aucune précaution.

Tous les regards se portèrent effarés sur Ludwig.

Il semblait consterné.

— Une clef, dit Max, l'hercule boucher ; c'est bien inutile, pourvu qu'il y ait une porte.

— Comment?

Max vint prendre l'oreille de Raphaël, comme un dresseur de chiens prend celle d'un de ses roquets lorsqu'il veut le faire obéir, et dit de sa grosse voix :

— Montre-moi la porte; la clef, la voici.

D'un geste olympien, il montra ses épaules d'athlète.

— Je comprends, glapit le pygmée, mais lâche-moi.

En quelques poussées, Max eut livré passage à la troupe de ces déserteurs, qui s'engouffra dans le passage destiné à la contrebande et aboutissant dans la campagne.

Il était temps.

Heinrich déjà fouillait la maison, tenant en respect devant lui le maître d'hôtel, qui n'avait pu résister longtemps à son insistance, et avait dû le conduire lui-même à l'entrée de la salle basse.

L'excès de prudence avait fait perdre du temps au vieux soldat. Craignant qu'on ne voulut lui donner le change, il ne laissait rien derrière lui sans l'explorer.

— Trop tard, s'écria-t-il avec douleur, en entrant dans la salle basse. Ah ! je ne le croyais pas tombé si bas. Enfants, il n'est pas trop de tout notre sang, pour racheter cette défaillance.

Il demeura comme stupide pendant quelques instants.

Puis il laissa tomber sur le maître d'hôtel un regard si terrible que celui-ci s'affaissa à genoux malgré lui.

— Où va cette porte? demanda-t-il, en désignant l'entrée béante du souterrain.

— Dans la campagne.

— A combien de distance?

— A six kilomètres.

— Miserable, tu paieras pour les autres.

Puis se tournant vers ses fils :

— Nous emmenons cet homme avec nous. Il faudra qu'il combatte toujours au premier rang, sinon vous le fusillerez. Pour commencer, il va nous guider dans le souterrain, car il faut que nous retrouvions les fugitifs. Apprêtez des torches et en avant.

Le cabaretier obéit sans mot dire.

Les fuyards avaient de l'avance et lorsque la petite troupe d'Heinrich arriva au bout du souterrain, tout espoir de les rejoindre était déjà perdu.

Le souterrain aboutissait à une rivière large et profonde. Ils avaient pris l'unique barque amarrée au rivage, et ils étaient en train d'aborder de l'autre côté de la berge.

Le vieil Heinrich épaula son fusil et ordonna à ses compagnons de faire feu, en disant :

— Pour moi, je vise mon propre fils.

3

Mais Benjamin s'élança sur l'arme meurtrière, et la releva en s'écriant :

— Ne tire pas, père. Tu le tuerais sûrement. Ne tire pas, ni toi, ni aucun de mes frères. Les balles des autres suffiront.

Le vieux chasseur laissa faire l'enfant, qui lui-même alors commanda le feu.

Les coups mal assurés ne portèrent pas. Les fuyards étaient désormais hors d'atteinte, et en état de commencer le genre de leurs exploits médités et convenus. Nous les retrouverons autour des armées de province, puis dans Paris assiégé.

Heinrich versa une larme de rage douloureuse et on l'entendit murmurer :

— Les Prussiens me paieront çà !

Chapitre IV

Le Blessé.

Le lecteur n'attend pas de nous un historique de nos désastres pendant la triste guerre de 1870. Nous jetterons plutôt un voile sur cette page funèbre. Ce que nous nous sommes proposé de mettre en lumière, ce sont les héroïques faits d'armes accomplis isolément et les dévouements de toute sorte, demeurés inutiles, mais ne brillant pas moins comme une protestation consolante et glorieuse à mettre en regard de défaillances antifrançaises et restées à nos yeux encore inexplicables.

Israël, le banquier millionnaire que nous avons vu quitter Oran et les douceurs de sa haute position pour s'engager comme simple soldat dans l'armée, était à Sedan.

Fou de rage, il ne voulut pas se rendre, s'échappa et vint à Paris avec les débris d'armée régulière ralliés par le général Vinoy.

A la première affaire de Châtillon, qui fut une alerte encore inexpliquée, où de braves cœurs se laissèrent entraîner par une panique désastreuse et inavouable, Israël ne voulut pas fuir comme ses camarades.

Après avoir essayé de les rallier et de les ramener en avant en s'élançant à leur tête, après avoir fait des efforts surhumains, mais hélas ! aussi infructueux qu'héroïques, il avait dû renoncer à essayer de retenir ses compagnons affolés par une épouvante d'autant plus terrible, qu'ils ne se rendaient pas compte de sa cause. L'infortuné résolut de ne pas survivre à cette seconde déroute.

Il se jeta résolument au devant d'une mort certaine, et tomba baigné de sang, percé de plusieurs coups.

Il eut la chance de passer pour mort auprès des Prussiens, n'admettant pas qu'il eut pu survivre à la décharge de tout un peloton qui avait tiré sur lui.

Quand vint le soir, la fraîcheur le ranima un peu. Les maraudeurs arrivèrent, mais il était comme en léthargie, n'ayant pas la force de faire un mouvement, respirant à peine.

Il se laissa fouiller et dépouiller entièrement sans se trahir par le moindre mouvement d'impatience ou de douleur.

On lui enleva tout.

Ces pillards éhontés se partagèrent l'argent contenu dans son porte-monnaie, sans trop se chamailler, mais en voyant la richesse de sa montre, ils faillirent se battre au milieu des mourants et des morts. Chacun voulait l'avoir pour faire hommage de cette dépouille opime à sa Gretchen, ou s'en parer devant ses rivaux.

Naturellement ce fut le plus robuste qui se l'adjugea. La force est partout respectée, et se donne toujours raison.

La nuit devenant plus fraîche, Israël sortit de sa torpeur, et ressentit de cuisantes souffrances.

La mémoire lui revenant, il fit en lui-même les réflexions suivantes :

— Quels tristes ennemis que ces corbeaux de grand chemin. N'est-ce pas être vaincu deux fois, n'est-ce pas recevoir le coup de pied de l'âne de la fable que de subir d'aussi piètres vainqueurs ? Ne soyons pas trop sévères néanmoins ; on dit qu'à toutes les époques et parmi toutes les nationalités, la guerre a eu son cortège de ces hommes vautours, suivant les vrais soldats, comme les loups en Europe, les chacals en Afrique, les coyottes en Amérique... Notre orgueil excessif, notre confiance aveugle en nous-même ont peut-être mérité cette leçon, ce châtiment. Il faut se résigner et souffrir sans mot dire, si l'on veut voir le jour de la vengeance.

Bien que mourant, Israël songeait encore à la revanche, au triomphe.

Les grandes natures sont ainsi faites.

Dans le silence de la nuit, il entendit des pas se dirigeant vers lui. Bientôt il aperçut des lumières tremblottantes et des hommes se penchant avec soin sur les cadavres. Il craignit de voir revenir de nouveaux pillards, et résolut de

se tenir immobile, pour échapper une seconde
fois à ces féroces et lâches dépouilleurs des morts.

Israël se trompait.

C'était une escouade d'ambulanciers français,
qui avait obtenu à grand'peine d'un officier
prussien, plus humain que ses camarades, la
permission de venir rechercher parmi ces tas de
chair humaine, s'il ne restait pas quelque mourant pouvant être sauvé.

Ils avançaient lentement, parce qu'ils ne voulaient laisser aucune victime, sans l'avoir fait
examiner par les deux jeunes médecins qui les
accompagnaient.

La mission que ces hommes s'étaient donnée
était sacro-sainte, presque divine, puisqu'ils
se dévouaient pour rappeler à la vie ceux que les
passions humaines avaient frappés de mort. Ils
la remplissaient dignement.

Ces soldats pacifiques, qu'ils portent l'habit du
prêtre, celui du médecin ou celui du simple
civil, ont droit à la reconnaissance de tous. Ils
n'ont pour les pousser en avant ou les soutenir,
ni l'entraînement de la bataille, ni l'excitation
du clairon, ni l'odeur de la poudre, ni l'amour
du drapeau, ni l'espoir d'avancement. Leur rôle
est ingrat, comme tout ce qui porte un cachet de
noblesse intime ici-bas.

Leurs efforts demeurèrent longtemps infructueux. Ils ne se décourageaient pas et conti-
nuaient.

Enfin ils découvrirent quelques signes de vie chez un jeune officier frappé à peu de distance d'Israël.

Leur joie fut grande ; ils la témoignèrent par quelques paroles, qui firent voir au jeune volontaire blessé, combien il s'était trompé en les prenant pour des ennemis.

Il prit donc la résolution de se faire reconnaître d'eux aussitôt qu'il le pourrait, mais il n'avait ni la force d'appeler, ni celle de se soulever.

Il fallait attendre que cette troupe apportant le salut vint jusqu'à lui.

L'attente était cruelle. Le blessé pouvait craindre que les chercheurs n'arrivassent pas jusqu'à l'endroit où il se trouvait, car il avait été comme foudroyé assez en avant de tous ses autres camarades.

Le hasard, ou plutôt sa bonne étoile, le servit.

Un jeune soldat bavarois était tombé au milieu de nos soldats. Il vivait encore.

Le chef de la troupe donna l'ordre à l'un de ses aides d'aller prévenir les Prussiens, pour qu'ils pussent recueillir celui des leurs qu'on venait ainsi d'arracher à la mort.

En s'acquittant de l'ordre reçu, l'ambulancier passa auprès d'Israël. Notre blessé réunit toutes ses forces pour arriver à un gémissement plaintif ; sa voix fut entendue, et l'ambulancier s'approcha de lui.

— Ciel! un des nôtres! Un zouave; il vit en-core. Accourez.

Le chef vint lui-même avec l'un des médecins.

— Un bienfait est toujours récompensé, s'écria-t-il. Nous venons de sauver un ennemi : Dieu nous donne en récompense un ami, que nous aurions peut-être oublié ; il était si en avant des autres.

On mit Israël sur un brancard et on le porta dans la voiture, où était déjà installé le jeune officier.

On continua les recherches; tous les cadavres sans exception furent examinés, mais hélas! l'on ne put sauver aucune autre victime de cette grande guerre.

— C'est égal, dit l'un des ambulanciers, nous n'avons pas perdu notre soirée, puisque nous avons pu sauver deux amis et un ennemi.

Après un pansement sommaire, mais exécuté avec le plus grand soin, les voitures se mirent en marche pour rentrer à Paris. Les deux méde-cins s'installèrent auprès des blessés ; leurs at-tentions étaient vraiment touchantes. Il est vrai qu'ils étaient tous les deux jeunes et engagés volontaires, non pour tuer, mais pour guérir ou pour soulager ; non pour donner la mort, mais pour la combattre.

Israël fut rapporté à l'ambulance du Grand-Hôtel.

Ses blessures étaient graves. Il avait perdu

tellement de sang, qu'il semblait ne pouvoir sortir d'une somnolence voisine de la mort.

Un prince de la science, qui avait réclamé l'honneur de se mettre à la tête de ce service, et qui avait apporté là un entier dévouement, déclara, le lendemain matin, que ce mourant pouvait être sauvé, mais à la condition d'avoir autour de lui les soins minutieux d'une mère ou d'une sœur.

En ce moment deux femmes, l'une déjà âgée, l'autre encore jeune fille, passaient au pied du lit d'Israël. Elles faisaient partie du corps des ambulancières de Paris.

C'étaient la comtesse de Nigès et sa fille.

Dès le commencement du siège, Mme de Nigès, veuve d'un officier supérieur tué au début de la guerre, était venue offrir ses services et ceux de sa fille à l'organisateur des ambulances parisiennes.

Cœur des temps antiques, elle croyait devoir épuiser jusqu'à la lie le calice de douleur. Elle avait vu, sans faire entendre une plainte, son fils Henri de Nigès prendre un engagement dans cet escadron de volontaires, que le glorieux Franchetti mena sans cesse au premier rang.

Peut-être en secret espérait-elle la vengeance du père par le fils?

Ah! si toutes les mères françaises avaient eu le courage d'agir ainsi, la guerre aurait autrement tourné.

Les deux nobles dames avaient entendu l'arrêt du grand chirurgien. Dans l'éclair d'un regard, elles se comprirent, et Mme de Nigès s'avança en disant :

— Il faut au blessé une mère ou une sœur. Ma fille et moi nous lui en tiendrons lieu.

— J'accepte, mesdames, répondit aussitôt le docteur. Le jeune blessé est digne de votre dévouement ; d'après le rapport que j'ai lu ce matin, on a été le ramasser bien en avant de tous ses compagnons d'armes ; n'ayant pu les entraîner à la victoire, il avait voulu mourir. J'accepte donc, sans hésiter, mais je vous préviens qu'il n'y a pas trop de vous deux pour veiller sur lui, il ne faudra le quitter ni le jour ni la nuit.

— Ma fille restera le jour auprès de lui et je passerai les nuits.

CHAPITRE V

Deux sœurs de charité.

Mme de Nigès, malgré son âge, était belle encore, d'une beauté douce et imposante. Marie, sa fille, lui ressemblait entièrement, et l'on pouvait deviner en elle combien la comtesse avait dû être séduisante à vingt ans.

Sa taille souple et flexible, vraiment digne d'une comparaison orientale qu'on rencontre si souvent dans les œuvres de Lord Byron, sa taille ondoyait. Elle avait le balancement enchanteur dn palmier.

La coupe ovale de son visage était d'une distinction suprême.

En la voyant, l'on sentait qu'on se trouvait en présence d'une jeune fille de grande race.

La main était fine, mince et terminée par des doigts effilés aux ongles roses et bien posés. L'on pressentait malgré cela que cette toute petite main devait être forte et nerveuse, comme l'on devine la vigueur et la puissance dans les attaches élégantes d'un noble coursier de pur sang.

Quant au pied, comme l'a dit notre grand poète Alfred de Musset, on l'eut prise pour une comtesse andalouse, ou pour une marquesa d'Amaegui.

Sa bouche était toute petite, avec des courbures adorables. Ses lèvres assez fortes n'avaient rien de sensuel. On trouvait sans cesse sur leur bord le sourire de la bonté, la quiétude de la pensée.

Son œil noir et doux avait des reflets métalliques, qui auraient donné parfois un peu de dureté à son regard, si cet éclat extraordinaire n'avait été pallié par la nature elle-même. Le blanc de ses yeux était bleu comme un ciel sans nuage : il reflétait son âme loyale sous un front pur, large, intelligent.

Marie de Nigès avait les cheveux chatain clair, ayant parfois la nuance charmeresse des cheveux couleur d'or.

On ne pouvait l'entrevoir sans l'admirer; on ne l'approchait pas sans garder d'elle un souvenir ineffaçable. Son aspect et sa tenue digne et modeste commandaient l'estime; dans le rayon de sa beauté, l'on ressentait une adoration muette, platonique, jamais un désir vulgaire, un caprice passager, sensuel.

Marie avait été élevée avec soin sous les yeux de sa mère, qu'elle n'avait jamais quittée. Elle était profondément religieuse, mais d'une religion bien entendue, de la vraie, de celle qui consiste à être sévère pour soi-même, tout en gardant des trésors d'indulgence pour les autres.

Sa mère était alliée aux Larochefoucault. Elle était persuadée de la vérité de cette maxime du grand parent philosophe :

Le tempérament surtout fait souvent la valeur
des hommes et la vertu des femmes.

Dans l'éducation de Marie, l'on avait mis en
précepte cette vérité; l'on avait voulu se garder
de ce danger.

Son père lui apprit lui-même à monter à cheval. Elle devint une amazone hors ligne.

Une femme professant la gymnastique vint
tous les jours lui apprendre à braver le danger,
et lui fit prendre des forces, de façon à ce que la
nervosité moderne, maladie devenant trop commune, n'eût pas de prise sur elle.

L'éducation physique marchait de pair avec
l'instruction intellectuelle. Lorsque la jeune fille
allait se coucher le soir, elle dormait d'un sommeil de plomb, au lieu de s'adonner à des rêve-
ries dangereuses.

Ainsi seulement, l'on peut faire de vraies
femmes, dignes d'être épouses, dignes d'être
mères. Il faut suivre les préceptes d'hygiène,
comme on préconise les principes de morale. Les
uns sont aussi utiles, et peut-être plus efficaces
que les autres. Le travail physique doit être soigné chez les enfants autant que le travail intel-
lectuel et l'enseignement moral. La lutte avec le
danger, le bon équilibre et le développement
des forces corporelles élève et fortifie l'âme ; il
faut que le système musculaire prenne le dessus sur le système nerveux.

Grâce à la manière dont elle l'avait élevée,

Mme De Nigès était sûre de sa fille comme d'elle-même. Voici pourquoi elle n'avait pas hésité à lui permettre d'entrer dans le service des ambulances, en même temps qu'elle; voici pourquoi elle n'hésita pas à prendre, pour notre héroïne et pour elle, la lourde charge et la difficulté des soins incessants, intimes, minutieux, nécessités par l'état d'Israël, le beau jeune homme blessé.

Du reste, il faut le reconnaître, pendant les épreuves diverses de ces quatre mois de siège, le mérite des femmes parisiennes, dans toutes les classes de la société, a été bien plus grand que celui des hommes.

Rien ne leur semblait trop dur à supporter.

Elles allaient stationner, pendant des heures entières et par un froid excessif, à la porte des boucheries municipales, pour avoir une ration presque dérisoire de mauvaise viande.

Elles grelottaient en silence dans leur logis sans feu, mangeant, en dernier lieu, du pain où il entrait de tout, hormis de la farine. Elles souffraient sans plainte et sans ostentation, tandis que les hommes avaient la distraction du corps de garde ou du bivouac, l'espoir ou le feu de la lutte.

Bourgeois, ils se donnaient la satisfaction de faire des promenades en armes, de parader en uniforme sans courir grand danger; ouvriers, ils se dis rayaient en jouant au bouchon.

Cette ardeur féminine n'étonnera personne. Est-ce que se dévouer n'est pas l'essence même de la femme française, de la chrétienne ?

Nous avons dit de la chrétienne, parce qu'en ce moment nous mettons en plein relief la conduite de deux vraies sœurs de charité, deux sœurs civiles, deux sœurs laïques.

Mme de Nigès et sa fille étaient deux chrétiennes convaincues, exemptes de toute exagération dans leur foi, de tout fanatisme dans leur amour du bien et du beau.

Demandez aux professeurs de l'Ecole de médecine s'ils ont besoin de ces garde-malades désintéressées de tout souci terrestre, n'ayant d'autre mobile, d'autre objectif que le ciel. Trouvez m'en un seul qui confierait à des mains mercenaires un malade en danger, s'il avait sous sa direction une petite sœur des pauvres.

Le siège de Paris a eu la gloire de faire naître une armée de sœurs de charité. On voyait, inscrites dans le service des ambulances, les grandes dames à côté des princesses de la rampe, les bourgeoises à côté des enfants du peuple.

C'était digne d'admiration comme un souvenir ou un exemple des grands traits historiques, mais ce dévouement n'est possible qu'en temps de guerre. Il est à souhaiter qu'il n'ait pas lieu de se produire.

Qu'on ne nous accuse pas ici de faire une digression ou un plaidoyer. Pour expliquer ce qui pourrait paraître étrange dans la hardiesse de notre jeune héroïne auprès de notre glorieux blessé, nous avions besoin de toucher cette note, comme un compositeur prépare son auditoire par un prélude en rapport avec son sujet.

Nous l'avons déjà dit, aucune des blessures d'Israël n'était mortelle, mais il était tellement affaibli par la perte de sang, qu'une attention et un soin de toutes les minutes pouvaient seuls le sauver.

La léthargie dans laquelle il était plongé était l'image de la mort; elle pouvait en sembler le précurseur.

Il restait beau néanmoins.

Marie de Nigès le souleva d'un bras rendu robuste par les exercices de gymnastique, auxquels elle s'était adonnée dès son enfance, et essaya de lui faire prendre du lait.

L'estomac du blessé ne garda pas ce reconfortant.

La jeune fille ne put retenir un signe de douleur, presque de désespoir; mais, sans dire un mot, elle reposa avec soin la tête du jeune homme sur l'oreiller, prit un linge et se mit doucement à faire disparaître les traces de ce gâchis laiteux.

D'heure en heure, elle soulevait la tête de son malade; ses bras lui servaient d'appui de façon à ce qu'il pût mieux respirer, tout en prenant du repos.

Lorsque la nuit arriva, Mme de Nigès vint relayer sa fille.

Israël n'avait pas encore ouvert les yeux.

— La voiture est en bas, dit Mme de Nigès. Tu feras bien de te coucher, quand tu auras dîné, mon enfant. Ne viens pas trop tôt, demain matin : je dois rester ici plus longtemps que toi, ne l'oublie pas.

— Soyez tranquille, ma mère ; je me reposerai bien, mais avant de rentrer, permettez-moi de passer chez un marchand de comestibles. On m'a parlé de fruits d'Amérique admirablement conservés, et dont l'action sur les malades est merveilleuse ; je voudrais en essayer demain sur notre blessé.

— C'est bien. Embrasse-moi. A demain matin. Ton frère n'est pas de service : il pourra t'accompagner et me ramènera à l'hôtel.

La jeune fille donna l'ordre à son cocher de la conduire à l'entrée d'un magasin, où l'on vendait des ananas conservés dans des boîtes en fer-blanc à l'aide de l'alcool. Ces fruits semblaient aussi frais que s'ils venaient d'être cueillis sur leur terre-patrie.

L'épicier, sentant qu'il avait affaire à une jeune fille incapable de marchander, lui demanda 50 fr. d'une toute petite boîte, contenant ces conserves précieuses.

— C'est bien, répondit-elle, mais à la condition que vous m'en garderez dix boîtes, si celle-ci me convient. C'est pour un blessé.

4

Le boutiquier, ne put s'empêcher de tressauter de joie dans l'espérance d'un pareil bénéfice; en son transport antipatriotique il faillit renverser un tonneau de mélasse.

Sa femme le gourmanda fort.

La jeune fille paya et sortit sans mot dire.

— Oh! ces gens des classes élevées, s'écria l'épicier — honteux en lui-même de bénéficier d'une façon aussi sauvage sur le malheur public, et essayant de chasser le remords par une insulte, comme un poltron essaye de chasser la peur qui le tient par un chant quelconque, — ces gens des classes élevées, quelle morgue! Heureusement que nous voilà en république : on la leur rabattra.

L'esprit mercantile poussé à l'extrême impose silence à tout noble sentiment; pendant cette guerre néfaste, nous n'en avons eu que trop d'exemples.

Le lendemain, Marie de Nigès, après avoir sauté au cou de sa mère, lui montra sa trouvaille de la veille.

— Notre bon docteur va bientôt arriver, dit-elle; je suis tout heureuse de lui présenter mon remède. Bien certainement il l'approuvera.

— D'autant mieux, chère enfant, répondit la mère, que nos tentatives répétées et variées sont demeurées vaines. Le pauvre malade rejette tout.

L'heure de la visite était venue. Le docteur, après avoir examiné Israël, s'écria :

— Il faut absolument trouver quelque chose que son estomac puisse garder.

— J'ai cherché et j'ai trouvé, répondit Marie de Nigès. Voilà l'objet demandé, docteur.

— Un ananas conservé ! Mais, oui, essayons. Ouvrez cette boîte.

On obéit.

Le fruit sortit de sa prison de fer-blanc, appétissant et parfumé, baignant dans une sorte de sirop alcoolique.

— Apportez-moi du sucre et du cognac, dit le grand guérisseur.

Et, lui-même, il pressa le fruit exotique pour en exprimer le jus, comme on fait d'un citron. Puis il fit ingurgiter de sa propre main une cuillerée de ce breuvage au blessé.

Le prince de la science, impassible d'ordinaire devant toute expérimentation, attendit avec anxiété le résultat de cette tentative.

L'estomac d'Israël garda ce cordial d'un nouveau genre, découvert par le zèle d'une apprentie garde-malade.

— Il sera sauvé, prononça le docteur, et grâce à vous. Dès l'instant que son estomac peut conserver un réconfortant quelconque, je réponds de lui ! Je savais bien que les femmes possédaient un merveilleux instinct de tous les soins possibles, mais si les jeunes filles s'en mêlent, il n'y a plus qu'à leur délivrer des diplômes, comme quelques-unes le réclament.

Puis, se tournant vers Mme de Nigès, le grand chirurgien lui demanda :

— Vous n'aviez jamais vu ce jeune homme? Est-ce que vous connaissez sa famille?

— Non, docteur, répondit la noble dame. N'a-t-il pas droit à notre dévouement, sans autre titre que celui d'avoir été blessé au service de la France?

CHAPITRE VI

La Convalescence.

Le cordial exotique, apporté par Marie de Nigès et employé par le docteur, donna bien vite
d'excellents effets. Le tempérament robuste
d'Israël fit le reste, et au bout d'une semaine le
blessé digérait déjà bien plusieurs tasses de
bouillon.

Lorsqu'il reprit ses sens pour la première fois,
c'était la nuit. La comtesse de Nigès était seule
à veiller auprès de lui.

— Où suis-je donc ? dit-il à voix basse, et
qui êtes vous, madame ?

— Vous êtes en bonne voie de guérison, et
soigné par des mains amies, des mains françaises ;
mais il faut du calme et surtout ne pas parler.
Je vais vous donner à boire.

La comtesse, au lieu de prendre la cuillère,
dont jusqu'à présent l'on avait dû se servir pour
conserver les facultés vitales au malade en léthargie, s'empara vivement d'une petite tasse,
et, soulevant d'une main son blessé, elle lui présenta de l'autre le précieux cordial.

Ah ! si vous aviez pu voir quelles touchantes
attentions il y avait dans ce simple fait, et quelle

sollicitude maternelle brillait dans le regard de la noble garde malade !

Elle avait songé tout de suite à faire croire au blessé, sortant à peine de son sommeil de plomb, qu'il entrait déjà en convalescence, et qu'on n'avait pas été forcé, en raison de sa prostration complète, de lui donner à boire comme à un enfant nouveau-né.

Une femme seule peut avoir cette délicatesse de pensée, ces effluves soudains de précautions attentives.

Israël lui envoya un regard de reconnaissance profonde, mais ce premier effort l'avait épuisé ; Mme de Nigès replaça doucement sa tête sur le lit. Un lourd sommeil s'empara de nouveau de son corps affaibli.

Le lendemain matin, Marie de Nigès arriva pour remplacer sa mère, en même temps que le docteur faisait son entrée pour sa visite quotidienne. Leur joie fut grande en apprenant que le malade avait repris connaissance pendant la nuit.

Le docteur, qui était un homme du monde et cachait sous une apparence brusque un cœur d'or, en même temps qu'un sentiment profond des convenances, résolut de présenter lui-même la jeune garde malade à son blessé et de profiter pour cela de la présence de la comtesse de Nigès.

— Je m'en vais l'éveiller, dit-il. J'ai besoin de l'interroger un peu.

— Mais vous allez le fatiguer, docteur, dit la jeune fille. Nous nous y opposons, c'est notre malade. Notre devoir est de le défendre au besoin contre vous.

— Bien, mademoiselle; alors j'attendrai qu'il s'éveille lui-même. Veuillez lui faire boire cette potion.

En disant ces mots, l'excellent homme sortit de sa poche une petite fiole contenant un remède énergique qu'il avait préparé lui-même, pour triompher de la léthargie persistante dans laquelle Israël était plongé.

— Je vais faire ma ronde, ajouta-t-il. Si le malade s'éveille avant que j'aie fini ou que je sois revenu, veuillez me faire prévenir immédiatement. Madame la comtesse, c'est aujourd'hui votre tour de remplir le rôle de dame surveillante, voulez-vous m'accompagner?

— Je suis à vos ordres, docteur.

Ils laissèrent la jeune fille dans l'entière possession de son poste auprès du blessé, auquel elle fit prendre sans retard la potion dont nous venons de parler.

Le docteur, lorsqu'il fut hors de portée d'être entendu par la jeune fille, expliqua alors son projet de présentation, à Madame de Nigès, qui lui donna son approbation. Puis il appela un aide et lui dit :

— Dans vingt minutes vous viendrez faire du bruit autour du lit du blessé n° 33. Il faut absolument qu'il se réveille. Vous n'aurez du reste, je le crois, pas grand'peine ; le révulsif que je viens de lui faire prendre est énergique.

Lorsque le malheureux aide vint pour remplir l'ordre de son chef, il fut reçu d'une façon qui lui donna la chair de poule. La physionomie si douce de la jeune fille devint effrayante : ses regards étaient fulgurants, comme ceux d'une jeune lionne défendant les siens.

Heureusement pour lui le docteur et Mme de Nigès ne s'étaient pas éloignés.

Ils accoururent.

— Votre malade ouvre les yeux, mademoiselle. C'est ce que je demandais ; laissez-moi l'interroger, si vous voulez le voir bientôt entièrement guéri.

Le grand chirurgien s'avança et prit le pouls d'Israël :

— Ah, dit-il, cela va très bien, et je suis content de vous. Où souffrez-vous ?

— Nulle part en particulier, mais partout.

— Oui, c'est une prostration générale... Où s'arrêtent vos souvenirs ?

— Nous avons été encore battus, et ma foi j'en avais assez : je n'ai pas voulu reculer.

— Tout sera réparé ; nous aurons la victoire finale.

— Mais alors je veux vivre, s'écria Israël en se soulevant à demi.

— Certainement que vous vivrez, mais pour

le moment il faut vous tenir tranquille. Comment ne seriez-vous pas revenu à la vie? Vous n'avez pas été quitté un seul instant par Mme la comtesse de Nigès ou par sa fille, que j'ai l'honneur de vous présenter. Toutes les deux font partie du noble corps des ambulancières de Paris : ce sont nos aides-de-camp. Leur vaillance dans notre œuvre de paix et de réparation est infatigable. La mère veillait sur vous pendant la nuit, et le jour sa fille prenait sa place.

Israël fut si étonné d'apprendre que les deux nobles inconnues lui avaient témoigné autant d'intérêt, qu'il ne trouva pas un mot à dire, mais il remercia de son beau et loyal regard, où la reconnaissance s'affirma énergiquement. Ses garde-malades s'en montrèrent touchées, et se trouvèrent ainsi assez payées de leurs soins.

Les nobles cœurs se comprennent d'un signe et sans l'échange d'une seule parole.

Quinze jours après, Israël était entré en pleine convalescence.

Mme de Nigès lui dit alors :

— Vous pouvez désormais vous passer de nos soins. Nous vous tiendrons compagnie chaque jour, ma fille et moi ; nous vous ferons faire la connaissance de mon fils, qui viendra avec Marie, lorsque je ne pourrai venir moi-même l'accompagner. Dès aujourd'hui, nous devons nos soins à d'autres, plus malades que vous.

— Je vous comprends, madame, et ne puis

que vous approuver. D'autres pauvres blessés seront certainement sauvés par vous, mais promettez-moi de ne pas m'oublier et soyez assurée que jamais votre souvenir ne quittera ma pensée.

— Je vous en remercie.

— Soyez bénie, et que Dieu vous donne, en échange du bien que vous faites, le bonheur de vos enfants.

— Vous avez raison, car, pour moi-même, le bonheur ne peut plus exister sur terre !

— Eh ! quoi !...

— Mon mari a été tué à Reischoffen en chargeant à la tête de son régiment, pour sauver ses compagnons d'armes.

— Oh ! madame, je vous dois la vie, mais elle sera consacrée tout entière à venger votre perte, en même temps que les injures faites à la patrie. Me permettez-vous de présenter mes remerciements à mademoiselle votre fille ?

— Certainement.

Et Mme de Nigès appela sa fille qui était en train de causer avec une de ses camarades de charité.

— Mademoiselle, lui dit Israël de sa voix chaude et vibrante, rendue plus mélodieuse et plus séduisante par l'émotion, heureusement pour moi ce n'est pas un adieu que j'ai à vous faire, puisque madame la comtesse m'a fait espérer que vous viendriez avec elle me voir encore pendant ma convalescence; sans cela je ne me consolerais pas de ne plus vous voir autour de moi comme un ange gardien, comme une bonne fée.

En disant cela, Israël tremblait, lui qui n'aurait pas sourcillé devant le danger le plus mortel.

La jeune fille le remit dans son assiette par les bonnes paroles suivantes :

— Nous n'avons perdu de vue aucun de nos blessés, mais vous particulièrement, monsieur, vous avez droit à notre empressement; votre vaillance et votre dévouement à la patrie blessée nous sont connus.

Encouragé ainsi, Israël reprit :

— Je suis un fils de l'Orient, et l'on peut à ce titre excuser chez moi un peu d'ignorance ou d'irrespect des usages européens. Voulez-vous me permettre de faire une demande à madame votre mère? Je vous préviens que cette demande vous touche et vous est adressée indirectement.

— Parlez, monsieur.

— Vous m'avez arraché à la mort. Dans quelques jours je pourrai retourner au combat en première ligne comme auparavant. Naguère, au temps des hauts faits d'armes, les combattants portaient les couleurs des nobles dames. Je suis assuré que si j'obtenais un souvenir de vous, il me porterait bonheur, il me servirait de talisman.

La comtesse de Nigès, l'interrompit en disant :

— Nous vous accorderons ce souvenir, et vous devrez être satisfait, car il sera tout intime.

— Oh! merci.

— Oui, nous vous apporterons une médaille du Christ; mon mari la portait à l'assaut de Sébastopol et à la bataille de Magenta.

— Pardonnez-moi, madame, répondit Israël avec confusion, avec douleur. Je ne puis accepter ce don, malgré mon désir extrême d'avoir quelque chose de vous. Je suis Israélite et Israélite croyant.

Les deux nobles dames furent d'abord un peu étonnées.

Marie de Nigès, craignant que leur silence ne devint blessant pour Israël, lui répondit la première.

— Toute croyance est respectable et mérite l'estime. Vous avez du reste un de vos coreligionnaires qui donne l'exemple du patriotisme le plus ardent: c'est le commandant Franchetti.

— Oui, reprit la comtesse, L'absence de foi est seule un danger public, mais elle n'existe pas. On l'arbore, comme un masque ou un manteau. Il n'est pas un être intelligent pouvant soutenir le contraire, à moins qu'il n'ait pas de cœur.

Au bout d'un instant la comtesse reprit:

— Vous accepterez de nous un autre genre de souvenir. Dans la panoplie ayant appartenu au père de mes enfants, vous viendrez choisir l'arme qui vous conviendra le mieux.

— Oh! merci, madame! Comment pourrai-je me rendre digne de cette faveur ?

— Je vous verrais avec plaisir entrer à l'escadron Franchetti, où est mon fils. Vous vous soutiendriez ainsi mutuellement à l'heure du danger.

— Mais je suis engagé au 3ᵉ zouaves pour la durée de la guerre.

— L'engagement est le même que le vôtre, aux volontaires à cheval. Ils sont incorporés dans l'armée comme vous. J'obtiendrai aisément, je pense, votre permutation.

— Faites, madame, ainsi qu'il vous plaira.

La comtesse et sa fille serrèrent la main d'Israël en le quittant. Ils les suivit d'un regard mélancolique et rêveur.

CHAPITRE VII

Contre-poison d'amour.

Israël avait été ébloui par l'imposante beauté de Marie de Nigès, faite pour exciter, ainsi que nous l'avons dit, les rêves de l'âme bien plus que les désirs matériels.

Toute sa pensée allait vers elle, soit qu'elle fût autour de lui, soit qu'elle en fût éloignée. Le jour il semblait rêver tout éveillé; le soir il se surprenait à murmurer comme Tobie : un ange est dans ma nuit.

La jeune fille, habituée à inspirer à tous cette admiration muette, n'y prenait pas garde. Elle la ranimait inconsciemment à chaque nouvelle venue, l'encourageait presque par un laisser-aller quasi-fraternel.

C'était un enivrement d'autant mieux assuré, qu'il était exempt de toute coquetterie et de tout apprêt étudié.

Israël se laissa d'abord bercer dans cette aurore d'un amour pur comme l'idéal, doux comme un rêve d'Orient. Puis il ressentit une appréhension intime, une sorte de vertige dans sa félicité digne des cieux.

Cette appréhension s'empara de lui après une visite d'Henri de Nigès, qui était vite devenu son ami et voulait l'avoir pour camarade de guerre.

Le commandant Franchetti, pendant qu'il était aux chasseurs d'Afrique, avait entendu faire l'éloge des parents d'Israël. Cet éloge était dans toutes les bouches. Le riche banquier d'Oran avait l'estime générale.

Il fut donc facile d'obtenir l'enrôlement d'Israël dans les volontaires à cheval. Franchetti fut enchanté de compter parmi ses enfants, comme il appelait ses subordonnés, un coreligionnaire aussi vaillant. Il se chargea lui-même de faire les démarches nécessaires, et les mena rondement, comme il faisait en toute chose.

— Voici votre livret, bel éclaireur, s'écria un soir Henri de Nigès. avant même de dire bonjour à Israël. Tout est en règle : vous êtes des nôtres et pour fêter votre bienvenue, nous réunirons, aussitôt que vous serez entièrement guéri, mes principaux amis de l'escadron...

— Où cela?

— Chez ma mère, parbleu : c'est convenu.

— Je ne sais si je dois accepter, répondit Israël tout ému.

— Ordre de ma sœur! Je voudrais bien voir qu'on osât ne pas s'y conformer; ce serait du nouveau.

Henri de Nigès avait à la fois de l'adora-

tion et le respect le plus absolu pour sa sœur.
Nature rêveuse et poétique, incapable de compter, il n'avait jamais su garder en équilibre le
gros budget que son père, un peu faible pour lui,
avait toujours mis à sa disposition. C'était sa
sœur qui lui avait, depuis longtemps, servi de
ministre des finances, ministre grondant un peu
fort quelquefois, mais réparant toujours les
brèches pécuniaires

Henri n'avait pas voulu embrasser la carrière
militaire. Le colonel en avait eu un chagrin
réel, mais il avait cédé, à la condition que son
fils se livrât à une occupation offrant quelque
utilité, au lieu de rester oisif comme tant d'autres
de ses camarades.

Marie de Nigès était survenue alors et avait dit :

— L'occupation utile est toute trouvée : nous
avons la terre de Bonville, qui est tout près de
Paris ; que mon frère y fasse de l'agriculture
modèle. Il fera couronner des bœufs aux grands
concours : j'irai applaudir ses lauréats.

Et l'adorable jeune fille avait ajouté tout bas
pour persuader son frère et enlever son con-
sentement :

— Nous trouverons bien moyen d'élever en
même temps des chevaux de pur sang, qui feront
triompher tes couleurs sur les hippodromes de
Longchamps et de Chantilly.

C'était, comme on le voit, un heureux père
que le colonel ; c'était une heureuse famille que

la famille de Nigès. Mais, comme le bonheur parfait n'est pas de ce monde, la guerre prit pour l'une de ses premières victimes cet homme auquel il ne manquait rien, et que la Providence jusqu'alors semblait avoir voulu combler de tous ses dons.

— C'est entendu, n'est-ce pas? reprit Henri en prenant congé d'Israël. Je me rends à mon service; j'annoncerai à nos camarades que vous ferez leur connaissance le verre en main.

— C'est entendu, répondit Israël d'un air contraint et distrait.

Henri n'y prit pas garde.

Après le départ du jeune homme, Israël devint encore plus triste. Des pensées lugubres traversaient son esprit; il se disait :

— Est-ce que cette chrétienne ardente pourrait jamais accueillir l'amour d'un Israélite comme moi? Il faut donc l'étouffer à sa naissance, en appelant à mon secours toutes les distractions possibles. Et puis n'ai-je pas les luttes d'avant-postes auxquelles je vais prendre part à nouveau? La patrie admet l'amour de tous ses enfants, en échange elle a droit à tous leurs sacrifices.

Ainsi que dans tous les amours puissants, la pensée de la mort lui apparaissait comme une solution.

C'est un phénomène bizarre, mais que depuis longtemps tous les observateurs ont constaté.

Dans les derniers jours de la convalescence d'Israël, une femme jeune et élégante visitait les salles où les blessés essayaient leurs premiers pas.

Elle était venue là par curiosité et pour faire parade de charité ou de patriotisme, plutôt que par devoir. On le voyait aisément, car elle restait minaudière et coquette, tout en remplissant sa mission de dame visiteuse d'une ambulance fort en vue.

Mme Blanche R... n'était pas belle régulièrement, mais son aspect frappait. Il était plein d'agaceries et d'invites au désir.

Elle cherchait à plaire ou à séduire ici comme partout, parce que sa nature la portait à la coquetterie quand même et toujours.

Israël la regarda de son œil noir et doux, fier et toujours brûlant, bien que rendu plus rêveur et plus mélancolique par la souffrance matérielle, moins encore que par le désespoir moral d'avoir été vaincu.

Ce descendant d'une grande race était vraiment fait pour éveiller le caprice ou l'amour.

Son front large et bien ouvert pour la pensée avait une couronne de ces cheveux noirs, dont la belle teinte est si chatoyante à l'œil.

Ils étaient fins et souples comme des cheveux blonds. C'était à donner envie d'en étreindre à pleine main les boucles soyeuses et frisotantes, de les noyer de caresses ou de baisers.

Son regard ardent et profond devait lancer la
foudre par moments; mais cet éclat, un peu dur,
était atténué par des cils longs et soyeux. Et
puis le blanc de ses yeux avait des teintes bleues.
C'est le genre de séduction le plus rare et le
plus complet.

Toute dureté disparait, lorsqu'on regarde de
près ces reflets d'azur sur fond sombre.

Sa taille était moyenne, mais d'une harmonie
parfaite. On devinait chez lui une force peu
commune, sous une grâce exquise.

Israël avait trente ans, l'âge de la maturité
physique et intellectuelle.

Aucun de ces détails n'échappa à Mme R...

Les extrêmes s'attirent.

Sa structure faisait contraste avec la nature
luxuriante d'Israël.

Elle était petite et frêle, blonde un peu outrée.
Elle avait le teint fade, les yeux très beaux, mais
trop minaudiers et toujours tourmentés par
l'envie d'éblouir.

Sa démarche cherchait à être voluptueuse et
n'était qu'agaçante.

Enfin l'on devinait la femme habituée probablement à plaire, dans le milieu où elle vivait, et
voulant plaire à tout prix.

Si vous avez un fils, que Dieu le préserve de
rencontrer une organisation semblable, soit pour
maîtresse, soit pour femme.

C'est l'éternelle répétition de Galathée.

Le cœur manque toujours à ces statues ani-
mées, quelle que soit la classe de la société à
laquelle elles appartiennent. Elles ne peuvent
vivre que d'encens.

Ce n'est pas un mari, ni un amant qu'il leur
faut, mais un cercle d'adorateurs.

Mme Blanche R... n'admettait pas qu'on pût
résister à son rôle d'enchanteresse en perma-
nence. Quand on semblait peu impressionné par
l'attrait de ses charmes presque insolemment
offerts, elle se piquait au jeu, et tenait d'autant
plus à la victoire, qu'il lui fallait manœuvrer
pour l'obtenir.

Elle vint droit à Israël, s'enquit avec intérêt
de ses blessures, le plaignit avec componction,
admira sa conduite, son dévouement.

Le convalescent se contentait de la regarder
avec étonnement plutôt qu'avec plaisir ; il répondait à peine, stupéfait, presque méfiant devant ces
avances, et résolu en raison même de leur vivacité à s'enfermer dans la plus stricte politesse.

La sirène, habituée à triompher sans peine,
faisait de violents efforts pour dissimuler son
dépit. Elle alla plus loin.

Israël fut bien malgré lui mis au courant de
la situation de Mme R...

Il dut apprendre qu'elle était mariée, que son
mari était à la tête d'une bonne maison de commerce, d'une grande maison de comestibles,
qu'elle-même paraissait au comptoir, etc., etc.

En terminant, la dame lança, à brûle-pour-point, au jeune volontaire, l'invitation la plus pressante et la plus gracieuse. Elle exigea qu'il lui promît de venir chez elle, pour achever de se guérir.

— Vous serez mieux soigné qu'ici, dit-elle, et l'air est bien meilleur.

— Mais cela conviendra-t-il à monsieur votre mari? se contenta de répondre Israël.

— Mon mari! Est-ce que cela le regarde?

— Comment?

— C'est une machine à gagner de l'argent, et voilà tout. Je ne l'ai pris que pour cela. C'est son unique rôle. Il m'y plaît, parce qu'il s'en acquitte bien et sérieusement. Mais il ne doit pas sortir de là.

La désinvolture et le babil de cette femme-lette sans cœur amusait Israël.

Ainsi que nous l'avons fait remarquer au commencement de ce chapitre, le convalescent craignait de retomber dans une maladie d'amour sans espoir. L'idée lui vint de combattre le mal dans sa racine par le contre-poison s'offrant à lui.

« Une femme est comme votre ombre, se rappelait-il en lui-même. Suivez-la, elle vous fuit. Fuyez-la, elle vous suit... » Combien est vraie cette parole du moraliste, et qui pourra cjamais expliquer les mystères ou les caprices du cœur de la femme?... Le remède n'a du reste

rien que de fort engageant ; il vaut la peine
d'être essayé.

Israël refusa l'invitation de plus en plus pressante de Mme R..., qui voulait absolument l'emmener chez elle pour la fin de sa convalescence ;
mais il promit d'aller lui rendre visite dès sa
première sortie.

Il tint sa promesse.

CHAPITRE VIII

Commerçante éhontée.

Israël se rendit chez Mme Blanche R..., ainsi qu'il le lui avait promis, sans attendre sa guérison définitive.

Il portait encore son uniforme du 3e zouaves, ne devant prendre son service que quelques jours après, à l'escadron des volontaires Franchetti.

Au milieu d'une grande salle, sur une estrade dominant tout, se trouvait installée Mme R...

Elle paradait là, comme une reine adulée sur son trône.

La salle était aménagée de façon à tenir une sorte de buvette dans le genre anglais.

C'était comme une halle immense, où la clientèle se trouvait très nombreuse, ce qui était l'essentiel, très mêlée, ce dont les patrons se moquaient, ayant pris pour devise :

Faire fortune quand même!

L'établissement se trouvait placé près d'un secteur des fortifications. Beaucoup de gros commerçants venaient là en partie de plaisir, pour rester à déjeuner toute la journée sous prétexte de monter la garde, ou pour avoir la satisfaction de parader en uniforme.

On y trouva jusqu'à la fin du siège de quoi manger copieusement.

Cette abondance de vivres, pendant que tant de ménages honnêtes souffraient de la faim, était obtenue grâce à un système d'approvision-nement, que nous ferons connaître dans le courant de cette étude historique.

On buvait et on mangeait sans s'asseoir, le plus près possible de Mme R... Les places autour d'elle faisaient prime ; on arrivait le matin, bien longtemps avant l'heure habituelle de sa première apparition, dans l'espoir de s'en emparer.

Les premiers occupants étaient enviés comme des bienheureux, et plus d'un enthousiaste fai-sait garder sa place par un patient, bien rému-néré pour lui rendre ce service de laquais sans livrée.

De tous côtés, des regards d'admiration las-cive, des coups d'œil de convoitise luxurieuse bombardaient l'idole de céans.

Elle répondait à tous par quelque minauderie, et semblait dire :

— Quoi que vous fassiez, quelles que soient vos adorations, je n'en trouve jamais assez.

Le mari était enchanté de lui voir prodiguer ainsi ses sourires. Il en profitait pour augmenter le prix de sa marchandise.

Si quelque client hasardait une observation, s'il avait une difficulté avec quelqu'un se trou-vant trop écorché, il le renvoyait à la sirène du

lieu, qui trouvait toujours moyen de s'en sortir
avec avantage.

Ainsi l'heureux époux voyait chaque jour augmenter la cote de l'amabilité de sa femme, en
même temps que celle de ses consommations,
dont la qualité laissait parfois à désirer.

A l'entrée d'Israël, dès que Mme R... l'aperçut,
tous ses adorateurs ordinaires furent délaissés.

En voyant leur reine impérieuse aller ainsi au-
devant d'un simple zouave, les habitués furent
d'abord saisis d'étonnement. Je vous laisse à juger s'il fut examiné, épluché.

— Ce doit être un parent, fit quelqu'un.

Et tous se consolèrent sur cette remarque qui
ménageait leur amour-propre.

Mme R., appelant son mari d'un signe auquel
il obéit, comme aurait fait un caniche bien dressé,
le mit sans mot dire à sa place, et, prenant la
main d'Israël, elle le fit entrer dans un salon
attenant.

Les préludes de cet éternel duo d'attraction,
existant plutôt sur les lèvres que dans le cœur, à
l'aurore de toute liaison, étaient à peine com-
mencés qu'un grand bruit se fit entendre dans
la salle.

Le mari accourut tout effaré.

— Qu'y a-t-il donc? s'écria Mme Blanche, cour-
roucée de cet incident.

— C'est..., répondit le mari, un peu intimidé
par le grand air de sa Junon contrariée, c'est un

garde national qui veut tout briser, sous prétexte que je compte trop cher. Viens vite, ma
Blanche. Toi seule, tu peux tout arranger, ajouta-
t-il, en prenant les mains de sa femme avec respect et componction.

Elle, sans s'émouvoir, lança à son piteux
époux un regard de mépris et s'excusa coquette-
ment auprès d'Israël.

Puis, habituée qu'elle était à des scènes pareilles, et ne les craignant pas, parce qu'elle les
avait toujours dominées, elle revint à sa place
accoutumée, de l'air que devait prendre Amphi-
trite pour calmer les flots irrités.

Mais cet air ne produisit pas son effet habituel.
L'ivrogne n'en parut que plus exaspéré. Elle
voulut aller vers lui presque menaçante. Il répondit par une injure grossière qui fut entendue
d'Israël.

Notre zouave crut devoir intervenir et mit le
drôle à la porte.

Vous croyez que Mme Blanche le remercia?
Pas du tout.....

Cette intervention d'un homme la connaissant
à peine, lui sembla toute naturelle, et le seul
sentiment qu'on put lire sur sa physionomie,
ce fut un dépit cruel causé par la première résistance qu'elle eût rencontrée.

Le garde national furieux ne se tenait pas
pour battu.

Par ce temps de souveraineté maladive du

peuple, souveraineté toujours en armes, il était facile de trouver de l'écho et de racoler des suivants, en déblatérant contre l'armée.

Heureusement qu'Henri de Nigès passait par là, escortant avec trois de ses camarades de service, un colonel de la garde nationale, ami de sa famille.

Il devina la scène désagréable, sinon périlleuse, qui menaçait Israël et résolut de la lui éviter. Il s'informa de ce qui venait de se passer et, en quelques mots, il mit le colonel au courant de la situation décrite par nous.

Le colonel commanda de mettre pied à terre.

C'était un homme énergique, franchement républicain et fort estimé, même de ses adversaires politiques. Rien ne lui était plus pénible que de voir l'insubordination des soldats citoyens; il la réprimait sans faiblesse, toutes les fois qu'il trouvait l'occasion de le faire.

Les *sang-impur*, comme on appelait la partie criarde de la garde civique, ne l'aimaient pas, mais ils reconnaissaient en lui un caractère et s'inclinaient.

Lorsque le drôle, dont nous avons parlé plus haut, arriva flanqué d'une cinquantaine de braillards récoltés auprès des comptoirs des marchands de vins du voisinage, ordre leur fut donné de rebrousser chemin et de se tenir tranquilles.

Ils protestèrent bruyamment, mais le colonel

s'avança au-devant d'eux, et réitéra l'ordre d'un ton ne supportant pas de réplique.

Les jeunes gens servant d'escorte au colonel étaient venus se placer sans mot dire autour de lui; Israël s'était avancé calme, mais prêt à entrer en ligne.

La contenance de la petite troupe était si pleine de résolution, si empreinte de courage froid et réel, si imposante de calme et de fermeté, que ces gens prêts à se mettre en révolte ouverte, rentrèrent immédiatement dans le devoir.

Quelques-uns d'entre eux murmuraient bien un peu et ne se retiraient qu'en maugréant, mais tout bas, comme à huis clos.

Tant il est vrai qu'il suffit de quelques hommes de cœur pour tenir en respect la multitude la plus irritée.

Quand ces ivrognes furent partis, Henri de Nigès présenta Israël au colonel, en lui expliquant l'origine des rapports intimes qui venaient de s'établir entre eux.

Le colonel serra cordialement la main du jeune convalescent, et lui adressa ses félicitations les plus flatteuses. Puis, se tournant vers Henri de Nigès, il lui dit :

— Vous allez rester avec votre ami. Envoyez chercher une voiture et reconduisez-le. Il a encore besoin de soins; cette scène pénible n'a pas été sans l'impressionner. Vos camarades ramèneront votre cheval.

A l'escadron Franchetti l'on était les uns pour les autres d'une complaisance extrême. Ces volontaires appartenant en grande partie aux premières familles de la noblesse, de la finance ou du haut commerce, habitués à toutes les aises et à toutes les douceurs de la vie, faisaient avec ardeur leur métier de soldat. Aucune charge n'était éludée par eux; ils avaient des palefreniers pour soigner leurs chevaux, mais tous les autres détails de guerre et de campagne leur incombaient.

Henri de Nigès dit à Israël :

— Puisque je vous ai délivré, vous m'appartenez pour le reste de la journée.

Israël demeurait rêveur et soucieux.

Mme R... ne lui avait pas adressé un mot de remerciement.

Son amour-propre de femme adulée, de dominatrice absolue, avait souffert. Les velléités de caprice étaient loin.

— Quelle drôle de femme tout de même! s'écria Israël en s'en allant, lorsque Henri de Nigès et lui eurent pris congé d'elle, sans que son front se fût déridé, sans qu'une seule parole gracieuse fût tombée de ses lèvres, où d'ordinaire le sourire semblait stéréotypé.

— Allons, bon! répondit Henri, voilà que vous en tenez, vous aussi. Je ne vous cache pas que je le vois avec peine.

— Pourquoi ?

— Parce que les enjeux ne sont pas égaux. N'allez pas vous prendre en ses filets.

— Elle m'a piqué au jeu.

— C'est une mince poupée, sans cœur pour sûr, et qui peut-être n'a même pas des sens. J'ai eu occasion de la connaître.

— Malgré cela je reviendrai.

— Au nom de notre jeune amitié, je vous demande de n'en rien faire.

— Quelle insistance !

— Bien que vous ne soyez pas entièrement remis, je préfère vous voir revenir au feu avec nous plutôt que de vous laisser sous la domination de sa pensée, sous l'attrait et l'impression de son désir. Une reconnaissance importante doit être tentée par nous dans trois jours. Je sais que vous l'annoncer, c'est avancer votre guérison. Péril pour péril, j'aime mieux l'un que l'autre pour vous. Préparez-vous donc à être reçu demain par nos camarades et par nos chefs. Vous en verrez une partie demain matin, en déjeunant chez ma mère.

— J'accepte avec joie, répondit Israël, mais ne me demandez pas la promesse de ne plus revoir cette jeune femme. Elle m'intrigue et m'appelle comme une énigme.

— Vous ferez ainsi qu'il vous plaira, mais je vous préviens qu'elle est incapable de ressentir le moindre amour. Elle s'aime trop elle-même, pour jamais avoir le plus petit entraînement du

cœur. Revenez la voir, si vous voulez, mais promettez-moi de me tenir au courant de votre
liaison.

— Je vous le promets, dit Israël.

Et les deux jeunes gens continuèrent leur
route sans ajouter un mot de plus, chacun d'eux
s'abandonnant à ses réflexions intimes. Leur
nature mélancolique prenait d'autant mieux le
dessus, que le deuil de la patrie semblait s'ag-
graver chaque jour.

CHAPITRE IX

L'escadron Franchetti.

Le lendemain, vers onze heures, une vingtaine de jeunes gens, appartenant au corps des éclaireurs à cheval, commandés par le glorieux Franchetti, se trouvaient réunis à l'hôtel de Nigès, pour fêter la bienvenue d'Israël.

L'on était déjà arrivé au mois de novembre ; les provisions de bouche se faisaient rares dans Paris assiégé.

La comtesse de Nigès et sa fille, qui ne reculaient devant aucune démarche pour se procurer tout ce qui était nécessaire au rétablissement de leurs chers blessés, s'inquiétaient peu de leur propre nourriture. Le plus souvent elles mangeaient sans s'asseoir.

Malgré l'insistance d'Henri de Nigès, qui aurait bien voulu user de l'influence de sa mère auprès des distributeurs de vivres pour arriver à mettre entre les mains de son chef de cuisine de quoi confectionner un déjeuner moins frugal que de coutume, les approvisionnements faisaient défaut.

Les deux nobles ambulancières, pour rien au monde, n'auraient distrait la plus petite parcelle de viande fraîche, bœuf ou mouton, en faveur du repas annoncé.

— Prends l'argent que tu voudras, avait dit la comtesse à son fils ; envoie chercher des conserves chez un Potin quelconque. Le prix importe peu. Tu connais l'habileté de notre cuisinier : mets-la à l'œuvre. C'est le moment où il doit montrer toutes les ressources de son art. Vous êtes bien portants : les vins fins abondent dans notre cave. Ne les épargne pas, et que votre gaieté, que votre bon appétit, que votre jeunesse fassent le reste.

Les éclaireurs Franchetti avaient à leurs frais toutes les charges : équipement, achat de leurs chevaux, etc., mais ils étaient incorporés comme soldats et touchaient des vivres de campagne.

Henri les mit en réquisition.

L'on vit arriver un petit chargement bizarre, composé de lard salé fort appétissant, de riz, de haricots, etc.

Il y avait aussi quelques légumes frais. Allant chaque jour en reconnaissance, les jeunes sportsmen faisaient quelques razzias de cette sorte, — razzias bien permises, puisqu'elles ne portaient préjudice à personne et profitaient à la consommation générale.

Le chef cuisinier vint lui-même recevoir ces vivres extra-modestes, dont le dernier de ses aides aurait fait fi quelques mois auparavant.

Ainsi va l'appréciation humaine.

6

Il les considéra en artiste et l'on put l'entendre murmurer :

— Je veux que mes convives rendent hommage aux ressources de mon talent culinaire. Bien faire avec peu de chose, voilà qui me séduit, — pour le moment.

Il se mit à l'œuvre avec plus d'entrain que s'il venait de recevoir de quoi donner, comme naguère, un dîner à grand service.

L'accueil fait à Israël par ses nouveaux camarades fut, on le croira sans peine, des plus sympathiques. Sa conduite était connue. Lorsque l'on doit aller ensemble risquer sa vie, l'affection vient vite, surtout quand elle est précédée par l'estime.

La physionomie que présentaient les éclaireurs à cheval a été dépeinte plus d'une fois.

Mon camarade et mon ami Edgard Rodrigues — aussi brillant homme de lettres que sportsman endiablé, devenu aujourd'hui un véritable marin d'eau salée, ne quittant son yacht de plaisance que pour chasser le lion avec Bonbonnel, ainsi que l'a raconté aux lecteurs du *Derby* mon collaborateur Léon Pharaon, — en faisait partie.

Il a retracé les explorations quotidiennes de l'escadron jusqu'aux lignes d'investissement, dans un livre intitulé: *les Volontaires de* 1870.

Ce livre devrait être partout, sur la table des salons aristocratiques, comme dans le bureau des commerçants.

C'est un chant de patriotisme plein de coloris,
où le cœur jette sans cesse de chauds accents et
où l'esprit étincelle à chaque page.

Moi-même, j'ai consacré le sonnet suivant à
l'escadron Franchetti, dans un recueil de poésies
paru sous le titre de :

CHANTS D'ARTISTE ET CHANTS D'AMOUR.

Peu soldats, ils étaient tous sportsmen émérites
Et l'on pouvait tenter l'impossible avec eux.
C'était à l'avant-garde un escadron de preux.
Du culte de la France ils semblaient les lévites.

Leur front était sans peur, leur zèle sans limites.
Ils savaient tout prévoir, et fouiller en tous lieux.
Ils demandaient sans cesse un poste dangereux,
Comme leur commandant, ne se croyant pas quittes

Envers leur mission d'éclaireurs, s'il restait
Quelque doute au rapport dont souvent les chargeait
Un général cherchant tout bas à mettre entrave

A tant d'ardeur... Combien, au ciel, a dû souffrir
L'âme de Franchetti de les voir défaillir,
Ces vieux chefs, dont le cœur naguère semblait brave !

Franchetti était un sportsman émérite. Les
Arabes avaient rendu hommage plus d'une fois
à son courage de lion, pendant qu'il était aux
chasseurs d'Afrique. En temps ordinaire ils
admiraient sa tenue à cheval ; en temps de guerre
ils étaient séduits par sa hardiesse demeurant

calme et froide, mais ne se démentant jamais.

Sous son commandement l'on pouvait tout oser.

En le voyant donner l'exemple, toujours au plus fort du danger, souriant aux menaces de la mort comme l'on pourrait sourire aux caresses d'une amante adorée, qui donc aurait songé à ne pas le suivre?

Il avait répondu à plus d'une mère ou à plus d'une sœur, lui parlant d'exposer un peu moins ses volontaires :

— Ce sont mes enfants. Je les conduirai sans cesse en première ligne, mais j'ai la conviction que j'aurai le bonheur de ne perdre aucun d'eux.

Il prévoyait juste. Il y a eu plusieurs blessés à l'escadron, mais aucune mort n'a été à déplorer.

Hélas! Franchetti seul fut offert en holocauste à la patrie agonisante : il paya de sa vie son dévouement sublime.

Ce héros était jeune, riche, plein de santé et de vigueur, étincelant d'esprit et de beauté.

La fortune lui avait jusqu'alors donné toutes ses faveurs: il pouvait vivre entouré presque d'une auréole de bonheur, entre une jeune femme charmante et une adorable petite fille.

Bien d'autres à sa place se seraient désintéressés de cette question patriotique et se seraient contentés de songer à leur avenir, assuré long et paisible pour toujours.

Le cœur de Franchetti battait plus chaudement.

Il était à Bagnères-de-Luchon, avec sa jeune femme qu'il adorait, et sa charmante petite fille. C'est là que, dans les premiers du mois d'août, la nouvelle de nos revers lui fut connue.

— *Si nous ne nous y mettons pas tous*, s'écria t-il, *nous sommes perdus !*

Il dit adieu à sa jeune femme, embrasse sa fille, reçoit la bénédiction de sa mère, et vient à Paris créer cet escadron d'élite auquel son nom fut attaché.

Ce corps de jeunes sportsmen eut l'honneur, dès le 19 septembre, de livrer le premier combat sous Paris, en chargeant les hussards bleus de la garde royale, auprès de Maisons-Alfort.

Quand la petite et vaillante troupe traversa les boulevards pour rentrer au quartier où elle était casernée, ramenant en tête ses blessés et conduisant par derrière des armes et des chevaux pris sur l'ennemi, elle fut reçue avec un enthousiasme de bon augure.

L'exemple était donné ; les Parisiens ne demandaient qu'à le suivre, mais il aurait fallu que dans chaque légion de la milice citoyenne il se fût trouvé quelque Franchetti.

En quelques jours ce vaillant chef sut communiquer à ces jeunes gens, qui pour la plupart n'avaient pas été militaires, cet entrain et cette tenue des vieilles troupes, qui donnaient confiance, et que les Prussiens eux-mêmes ont appréciés en leur rendant hommage.

L'escadron était composé de gentilshommes comme MM. de Kergariou et de Bédé, tous les deux amis d'Henri de Nigès ; d'hommes de lettres comme Edgard Rodrigues et Henri Becque ; de fils de banquiers comme Lefebvre, Grimaud, etc., de riches rentiers comme Châtelain, Philippini, etc.; de commerçants comme René Roche, Alfred Bobe, etc. Ce dernier avait renvoyé sa jeune femme et ses enfants en province pour rester à Paris et se consacrer à la défense. Un grand nombre des éclaireurs Franchetti se trouvait dans le même cas.

Les officiers étaient d'anciens militaires. Tout le personnel, on le voyait, avait été habitué à la fatigue et au danger.

Pour les cœurs d'élite, le danger n'est qu'un attrait puissant ; c'est un aimant mortel, mais il a des charmes irrésistibles.

La mort glorieuse des membres du Jockey-Club, dont nous avons cité les noms immortels en tête de l'œuvre que nous écrivons, prouve combien nous avons raison en soutenant cette thèse.

Franchetti fut puissamment aidé dans l'organisation de son corps d'avant-garde par son capitaine, M. Benoît-Champy.

Qui ne connaît ce fils de magistrats illustres, ressemblant à un homme d'armes des temps antiques ? Malgré le poids énorme que lui donne sa structure de géant, il reste dix heures à cheval, en chassant le cerf ou la bête fauve, sur des destriers qui semblent échappés d'un tournoi du Moyen-Age.

Son cheval noir est connu de tout Paris. Il a fait venir, pour le soulager d'abord, pour le remplacer ensuite, un gigantesque cob du Devonshire, un alezan souple et léger comme un racer de premier ordre, sautant comme le Nageur ou Congress, tout en ayant les reins forts et larges comme un limonier.

Les progrès du canotage parisien sont dus en grande partie à son initiative. Aujourd'hui il fait partie du Cercle de la chasse, et donne son concours puissant à l'amélioration de nos chiens indigènes.

En un mot, c'est un sportsman accompli, ce qui ne l'empêche pas d'être un administrateur de premier ordre. Cette dernière qualité fut d'un grand secours à Franchetti pour l'organisation de ses volontaires.

Le courage de M. Benoît-Champy est d'autant plus remarquable qu'il demeure toujours froid. On est frappé de voir une nature aussi puissante se dominer ainsi.

A nos yeux, le courage froid est le seul réel, le seul incontestable. L'autre vient d'une impétuosité nerveuse qui peut faire défaut, ou bien il est voisin d'une bestialité sauvage.

Une circonstance particulière montra combien le capitaine des éclaireurs Franchetti était maître de lui.

Les volontaires, commandés par lui, ce jour-là, allaient faire leur reconnaissance quotidienne. Arrivés aux fortifications, ils trouvèrent un bataillon de garde nationale fort aviné, qui voulut leur imposer le cri de : Vive la République.

En entrant à l'escadron, chacun avait fait abstraction de ses opinions politiques. C'était pour la patrie qu'on voulait combattre et non pour un principe quelconque. Toute préférence intime était ajournée, sinon écartée.

De plus, aucun de ces jeunes gens n'était d'humeur à bien accueillir une demande grossièrement faite.

— Vive la France! répondirent-ils tous.

La querelle menaçait de s'envenimer et pouvait devenir très sérieuse.

M. Benoît-Champy s'avança et dit aux plus forcenés :

— Il y a un moyen de tout concilier. Depuis deux jours, les francs-tireurs de la Presse ne cessent de se battre aux avant-postes. Nous avons mission d'aller préparer un coup de main de concert avec eux et les francs-tireurs des Ternes, ceux qui ont adopté la fière enseigne de la branche de houx. Nous irons donc aujourd'hui encore plus loin que de coutume. Venez avec nous et je vous promets de faire pousser le cri que vous demandez par mes volontaires, lorsque nous serons seulement à quelques mètres des Prussiens.

Cinq hommes acceptèrent seuls la proposition. Le reste baissa l'oreille et se tut.

Inutile de dire que ce reste était composé des plus braillards.

Ces cinq hommes résolus montèrent en croupe derrière les cinq cavaliers ayant les meilleurs chevaux, comme les zouaves montent souvent derrière leurs amis les chasseurs d'Afrique.

Ils se comportèrent fort bien, et sur l'exemple du capitaine, les volontaires poussèrent, en essuyant les coups de feu d'un avant-poste allemand, le cri promis.

A leur rentrée, les éclaireurs furent accueillis avec enthousiasme par les mêmes hommes, qui le matin étaient prêts à les traiter en ennemis.

Ainsi le sang-froid et l'esprit d'à-propos du capitaine avaient évité peut-être une rixe civile. Dans la plupart des occasions, il en est ainsi.

CHAPITRE X

Le cousin Raoul Calcul.

Les jeunes convives étaient réunis. La présentation d'Israël à ses nouveaux compagnons d'armes venait d'être faite : il avait été accueilli avec une cordialité et une sympathie aussi spontanées qu'unanimes.

A l'approche de se mettre à table, Henri de Nigès s'écria :

— Qui donc va nous servir ? Nos domestiques sont de garde aujourd'hui.

— Nous saurons bien nous servir nous-mêmes, répliqua vivement Israël. A la guerre comme à la guerre.

— J'avais été prévenu, dit le commandant Franchetti avec son beau sourire. J'ai amené deux de nos trompettes. Plus d'une fois, en temps d'expédition, ils ont fait la popotte pour les officiers de chasseurs d'Afrique ; je ne réponds pas que le prix des provisions ait toujours été scrupuleusement débattu ou réglé par eux, mais j'affirme qu'on était toujours bien servi.

— Vive le commandant ! s'écria-t-on de toute part.

Les volontaires étaient ravis. Ils aimaient leurs trompettes, et ils avaient raison.

C'étaient des braves à tous crins, choisis avec soin par Franchetti, ayant tous fait campagne, et rendant sans cesse aux jeunes sportsmen les mille petits services que leur expérience de la guerre les mettait en position de leur rendre.

Ils étaient quatre, sous les ordres d'un brigadier.

Le brigadier rêva de splendeurs panachées pendant la Commune. Il se complut à parader en costume de colonel d'état-major, mais il est probable qu'il se fit tuer bravement pendant la bagarre, car l'on n'a plus entendu parler de lui. A nos yeux, c'est une excuse.

Les autres sont tous bien placés.

L'un d'eux remplit le rôle de pître devant la luxueuse baraque du sieur Legois, un entrepreneur de spectacles forains, qu'on dit très riche, et qui réalise de plantureuses recettes. Il est fort bien payé, fort jovial et très joufflu.

Onze heures sonnèrent.

— A table, messieurs, s'écria Henri de Nigès. Ma mère m'a chargé de l'excuser auprès de vous, si elle n'était pas rentrée à onze heures. Elle aura été retenue probablement pour quelque œuvre utile.

L'on entendit un roulement de voiture sous la voûte de l'hôtel.

— C'est peut-être elle qui rentre. Quel bonheur !... Mais non, je n'aperçois que ma sœur, en compagnie de notre cousin Raoul. Qu'y a-t-il donc ?

Et le jeune homme s'élança au-devant de sa sœur.

Marie de Nigès entra avec un sourire plein de malice, qui ne lui était pas habituel.

Voyant l'air consterné de son frère, elle lui dit, après avoir salué ses invités :

— Ne sois pas inquiet de notre mère. Elle a été obligée de rester à l'ambulance, et je vais aller la rejoindre. Je suis venue vous prévenir et vous amener un nouveau convive, mon cousin Raoul Calcul, un capitaine de la garde nationale.

En prononçant ces derniers mots, la jeune fille avait un air si moqueur, que le cousin en fut tout décontenancé.

Elle n'en prit aucun souci et continua en ces termes :

— Mon cousin m'a aidée à faire quelques achats fort avantageux, dont vous allez profiter... Voilà ce que c'est que d'appartenir à la milice citoyenne.

— Conte-nous cela, dit Henri.

— Ne riez pas : inclinez-vous devant le succès. La comtesse de Nigès désirait avoir pour le déjeuner d'aujourd'hui quelques boîtes de ces conserves d'ananas, qui ont contribué à redonner la santé à notre blessé. C'est un ingrat : il se cache là-bas dans un coin, au lieu de venir me presser la main.

Israël sembla changé en statue.

— Eh bien ! monsieur, reprit mutinement la jeune fille, faut-il donc que j'aille vous chercher ? Voyons, je fais la moitié du chemin ; n'est-ce pas assez ?

Israël se décida à avancer ; la jeune fille lui prit cordialement la main.

— C'est bien, monsieur le sauvage... Revenons à mes boîtes de conserves. Comme je retournais chez mon épicier, j'aperçus mon cousin Raoul en uniforme de capitaine. Je lui fis signe de venir prendre place dans ma voiture, et le priai de m'accompagner.

Il crut à quelque grand événement et s'y prépara.

Au moment où nous entrions dans le magasin de l'épicier un acheteur avait une dispute bruyante avec le maître de céans, qui voulait lui faire payer la boîte d'ananas 2 fr. au lieu de 1 fr. 80. L'acheteur prétendait être un client assidu et ne pas vouloir subir cette exigence nouvelle. Je ne pus m'empêcher de dire à mon cousin : Il paraît qu'il y a divers prix dans la maison, car on m'a fait payer les mêmes boîtes 50 fr. la pièce depuis deux mois.

— Mais c'est une indignité ! s'écria Raoul, devenu impétueux, et je ne souffrirai pas que vous soyez ainsi exploitée.

L'épicier, m'ayant reconnue, vint avec force salutations demander ce que je désirais.

— Quelques boîtes d'ananas, répondis-je.

— Oui, ajouta Raoul, et cette fois c'est moi qui vous payerai.

L'épicier pâlit. Certains commerçants ont l'intuition de tout danger couru par leur caisse profonde, dévorante et bien aimée.

— Combien en faut-il ? murmura le spéculateur en pruneaux et autres ingrédients.

— Vingt boîtes.

— C'est beaucoup ; nous n'en avons presque plus.

— Tu te trompes, mon ami, cria d'une voix stridente la femme de l'épicier. Tu peux en promettre cinquante à monsieur, s'il les veut. Je n'ai qu'à les envoyer chercher au magasin de réserve.

L'épicier faisait des signes désespérés à sa femme, qui se demanda s'il était en train de perdre la tête.

— Faites en préparer cinquante boîtes immédiatement, dit Raoul, et faites-les porter à notre voiture.

Madame l'épicière appela elle-même trois de ses garçons ; puis elle leur ordonna d'empaqueter vivement la commande et de la livrer.

L'épicier flairait un malheur, il se livrait à une pantomime solitaire et désolée.

Quand les cinquante boîtes, soigneusement

enveloppées eurent été portées à la voiture en station près de la porte, Raoul sortit trois pièces de vingt francs de son porte-monnaie, et en donna une à chacun des trois garçons qui avaient été occupés à le servir.

L'épicière jubilait; à la vue de cette générosité, elle songea à doubler le prix de sa marchandise.

Sa joie fut courte.

Raoul prit un billet de cent francs et le lui tendit en disant :

— Vous venez de vendre ces conserves à raison de 2 fr. la boîte : Je l'ai vu. Vous avez vendu depuis deux mois la même marchandise 50 fr. la boîte à ma cousine, en abusant de son inexpérience et de sa générosité. Je n'aurais qu'un mot à dire pour faire fermer votre maison, ou peut-être la faire démolir, sous l'effervescence de l'indignation publique. Je préfère me contenter de vous donner une leçon.

— Ah! mon Dieu ! s'écria la dame, nous sommes volés !

Elle tomba en pâmoison.

L'épicier pleurait silencieusement, penché sur une grande cruche contenant de l'eau alcoolisée, qu'il débitait en détail sous le nom de noyau. Ses larmes devaient constituer ainsi pour lui une légère source de bénéfice.

Cet homme avait le génie du lucre.

Quant à moi j'ai eu un accès de fou rire, et il n'est pas encore entièrement calmé.

J'ai récolté de plus, sur la garde nationale en général et sur mon cousin en particulier, une appréciation commerciale que je n'avais pas. Inclinez-vous, messieurs les volontaires, inclinez-vous.

Aucune expression ne saurait rendre la malice qu'il y avait dans ces dernières paroles.

Raoul Calcul, qualifié de cousin par Marie de Nigès et passant pour tel aux yeux du monde, était le fils d'un camarade de guerre, blessé mortellement aux côtés du comte de Nigès à la bataille de Solférino.

Le père de Raoul était un officier de grand mérite. Il n'avait qu'un fils auquel devait revenir une très grosse fortune, la mère, une millionnaire, étant morte depuis quelques années.

Le brave officier avait fait promettre à son chef, qui était en même temps son ami, de ne pas perdre de vue le fils qu'il laissait.

Le colonel prit en grande affection cet orphelin et le fit recueillir à son foyer comme l'un des siens. Henri de Nigès et sa sœur le traitèrent toujours comme leur cousin et l'appelèrent ainsi sans autre réflexion.

Raoul aimait secrètement et follement Marie de Nigès, mais ce fils d'un brave était d'une nature cauteleuse qui déplaisait souverainement à la jeune fille.

Il était, du reste, fort disgracié par la nature. Aux yeux des jeunes filles, même les plus spiritualistes, c'est toujours un défaut capital.

Inconsciemment, Marie de Nigès en avait fait son souffre-douleur.

Raoul s'était révolté souvent contre les attaques ou les caprices de la jeune fille. Il boudait des mois entiers, mais revenait toujours. On pouvait pressentir cependant qu'un jour, l'amour-propre et l'orgueil blessés changeraient en haine cet amour sans espoir, et amèneraient des pensées de vengeance.

La scène que nous venons de décrire fut l'étincelle, qui mit le feu aux poudres, dans cette nature concentrée et envieuse.

Nous en verrons l'effet dans l'un des chapitres suivants.

Raoul souffrait visiblement, et personne ne venait à son secours pour le tirer d'embarras.

Israël en eut pitié, et le voyant délaissé de tous il vint à lui.

Les natures vraiment fortes sont toujours portées à secourir le faible, sans s'inquiéter s'il le mérite ou non.

— Je suis heureux de faire votre connaissance, lui dit-il, d'autant mieux que vous êtes parent de ceux auxquels je dois d'être sur pied en ce moment.

Raoul s'inclina, mais ne répondit rien.

Marie de Nigès s'approcha d'Israël et lui dit :

— Offrez-moi votre bras pour indiquer le chemin aux invités de mon frère. C'est une fête

7

donnée en votre honneur : vous êtes donc le prince de céans.

« Vous, commandant, ajouta-t-elle en allant vers Franchetti, prenez ma main. C'est celle d'un bon garçon, comme on m'appelle souvent, c'est presque celle d'un soldat.

— Puis-je y mettre une condition, dit Franchetti avec une émotion dont ni lui, ni aucun de ses volontaires ne se rendit compte pour le moment, mais qu'on ne put s'empêcher de se rappeler plus tard ?

— Certainement.

— C'est que si je suis blessé, vous me soignerez de concert avec madame votre mère.

— C'était accordé d'avance ; c'était même convenu. Désormais nous formerons l'ambulance spéciale des éclaireurs Franchetti. Nous constituerons une famille de combat, chacun dans notre sphère.

Puis se tournant vers les volontaires, la jeune fille ajouta :

— Je vais vous installer à table, messieurs. Vous me permettrez ensuite d'aller rejoindre ma mère. Je reviendrai avec elle ce soir pour prendre ma récréation quotidienne. Tu sais ce que cela veut dire, mon frère Henri ?

— Oui, répondit Henri ; je serai prêt et tout sera préparé. Israël m'aidera pour les accessoires.

L'on aurait pu entendre le malheureux Raoul murmurer :

— Toujours ces séances de gymnastique ! Maudites soient les femmes fortes !

Les convives passèrent dans la splendide salle à manger de l'hôtel de Nigès.

Marie de Nigès plaça Israël à côté du commandant Franchetti et du capitaine Benoit-Champy. Son frère se mit en face et la jeune fille pria les invités de vouloir bien prendre place à table à leur guise, en disant :

— Vous êtes ici chez vous. J'espère que votre bonne humeur et votre appétit viendront en aide à la maigre chère qu'on va vous servir : *Siège oblige*.

— Oui, répondit Henri de Nigès, et toi tu le lèves, le siège.

— C'est le mot de la fin, dit la jeune fille, je t'embrasse et je pars. Au revoir, messieurs.

Marie de Nigès trouva moyen de passer auprès d'Israël et de lui dire :

— Mon frère a dû vous prévenir que vous étiez notre hôte pour quelques jours. Nous avons encore besoin de veiller autour de vous jusqu'à votre plus complet rétablissement. Ma mère m'a chargée d'insister auprès de vous pour qu'il en fût ainsi.

— Je n'ai qu'à obéir, répondit Israël, ne pouvant s'empêcher de rougir un peu.

Ce vaillant contre les hommes était un timide auprès de toutes les femmes, à plus forte raison auprès d'une belle et respectable jeune fille.

Raoul n'avait rien perdu de cette scène. Il eut une lueur instantanée de jalousie intense, et se dit en lui-même en étouffant les sanglots de son cœur :

— Je souffre depuis trop longtemps. Je veux qu'elle ne soit à personne, puisque je n'ai pas l'espérance qu'elle puisse être à moi. J'ai un moyen certain de vengeance et je l'emploierai dès aujourd'hui.

CHAPITRE XI

Conférences de table.

N'attendez pas ici que je vous fasse une description longue et pompeuse dans ce genre diffus et ennuyeux qu'ont inventé les romanciers anglais, et qu'ont suivi quelques-uns de nos auteurs soi-disant naturalistes, trouvant commode de remplacer l'imagination et la pensée, en adoptant le rôle passif de photographes de lettres.

Ne craignez pas que je vous dise le genre de vaisselle servie à l'hôtel de Nigès, sans vous faire grâce d'une fourchette ou d'un couteau, le nombre des plats qui parurent à table, grâce au génie du cuisinier et malgré la rigueur des temps, etc.

Mon but est de peindre des caractères et non des objets inanimés.

Je suis complètement de l'avis de ce rédacteur en chef, dont parle Léon Gozlan dans ses *Aventures d'Aristide Froissart*, un livre que je vous conseille d'avoir toujours sous la main pour les moments, où vous éprouverez le besoin de vous égayer.

Ce rédacteur en chef avait pris le sage parti de ne plus payer les descriptions. C'était le meilleur moyen de s'en délivrer, bien qu'il fût en opposition complète avec quelques écrivains d'alors, ayant la prétention de se faire compter leur signature pour une ligne et de se la faire payer cinquante centimes, comme un oui un non des *Mousquetaires* d'Alexandre Dumas.

Arrivons donc tout de suite à la fin du déjeuner, au dessert, au moment où l'on se met à causer et où l'esprit reprend son empire.

Franchetti prit ainsi la parole :

— L'on ne m'accusera pas d'être un bavard, et je n'ai pas la prétention de passer pour un beau parleur, vous le savez, mais le plaisir que j'ai à me trouver aujourd'hui au milieu de vous, après un repas que Lucullus, en temps de siège, n'aurait pas désavoué, m'inspire l'idée de causer un peu gastronomie.

— Bravo, mon commandant, s'écria Henri de Nigès. Vous allez nous faire une conférence sur quelques mets exotiques ; vous devez en connaître beaucoup, ayant tant voyagé et tant campé. Je vais vous faire apporter le café, il vous servira de verre d'eau sucrée.

— Oui, et il sera mieux dans mes habitudes et dans mes goûts. Je vais vous parler du *brindo*.

Tout le monde se regarda avec étonnement. On ne connaissait même pas le mot.

Franchetti continua ;

— C'est un mets sauvage, mais sa saveur est telle que nous conseillons aux gourmets d'en

essayer, s'ils le peuvent. Nous avons bien le Jardin d'acclimatation ; pourquoi ne créerions-nous
pas la cuisine d'acclimation? Qu'en dites-vous?
capitaine, ajouta-t-il, en se tournant vers M. Benoit-Champy.

— C'est très bien. Vous entrez au cœur de la
question, vous donnez l'assaut comme un franc
soldat et comme un véritable orateur. Si vous
continuez, nous n'avons qu'à préparer votre élec-
tion pour la future Chambre des députés.

— Ne me troublez pas si vous voulez que je
conserve le fil de mes idées.

— Pardon, commandant, c'est vous-même qui
avez interrompu.

— C'est parbleu vrai. Allons-y quand même :
En Abyssinie le mets de prédilection des classes aisées, le *nec plus ultra* de la gastronomie,
c'est la viande absolument crue, chaude encore,
palpitante et presque vivante. Il n'est pas un
Abyssinien de condition élevée qui n'ait le
ténia. La présence de ce rongeur dans l'estomac
est la preuve d'un régime alimentaire distingué,
et l'on en tire vanité. Pourquoi s'en étonner, est-
ce qu'en Allemagne, cet inconvénient arrête les
grands mangeurs de viandes de porc à moitié
crues?

Le mets favori des Abyssiniens a reçu d'eux le
nom de *Brindo*.

On n'abat qu'au moment même du repas le
bœuf qui doit en fournir les éléments. Un quar-

lier est aussitôt porté sur la table. Le maître de la maison plonge dans les chairs encore frissonnantes de vie un couteau bien affilé, et en détache des tranches minces et artistement découpées qu'il trempe dans une sauce composée de poivre rouge, de sel, de piment, de beurre frais et de bile de l'animal.

Puis chaque bouchée est enveloppée d'un morceau de pain très mince et présentée par l'amphitryon lui-même à ses convives.

Il y a là un usage que des amoureux en pleine ardeur de lune de miel, pourraient seuls se permettre dans nos pays, mais qui est en grande vogue dans ces contrées exotiques ; quand l'amphitryon veut donner une marque particulière d'affection à l'un de ses invités, il met d'abord dans sa bouche le fin morceau, qu'il doit offrir ensuite après l'avoir mâché. Le comble de la distinction c'est de l'insinuer délicatement dans la bouche de l'heureux convive, ainsi que le fait une fauvette pour ses petits à peine éclos.

Ne vous détournez pas ainsi avec dégoût. En France, nous disons bien : il faut lui mâcher les morceaux pour qu'il n'ait plus qu'à les avaler. On peut donc croire qu'autrefois la chose a été pratiquée quelquefois chez nous, puisque le terme est resté.

Mais si vous voulez vous contenter de goûter à ce mets simplement en *barbares*, comme vous appelleraient les gourmets abyssiniens, vous couperez la viande en petits morceaux que vous tremperez dans la sauce à la bile (surtout ne pas supprimer la bile); puis vous roulerez ces petits morceaux de viande entre des tranches de pain. Vous aurez ainsi des sandwitchs à la viande crue.

Après deux ou trois bouchées l'on devient fanatique du brindo.

Le goût de cette viande chaude et presque encore en sensation vitale est fort agréable. Il rappelle la saveur des huîtres grasses et bien à point.

On peut en manger aisément un demi-kilo en guise d'absinthe. Ce n'est qu'un apéritif.

Son goût est d'autant plus délicat que la viande est plus fraîchement tuée et que les contractions musculaires se sentent mieux sous la dent.

Je garantis au restaurateur de Paris qui voudra mettre ce mets excentrique à la mode un éclatant succès.

Par exemple il faut qu'il attende la levée du siège, puisque le brindo n'est qu'une absinthe solide.

Franchetti se rassit au milieu d'une salve d'applaudissements prolongés.

Le commandant reprit:

— Je tiens à ce que mon exemple soit suivi. Notre docteur va nous dire les qualités négatives du bouillon. Je sais qu'il a fait des études spéciales sur ce sujet.

— Bien volontiers, répondit le docteur, et il commença immédiatement.

C'était le convier à noce.

Messieurs,

Il existe un préjugé très répandu, dans les classes populaires surtout, c'est celui d'attribuer au bouillon de grandes qualités nutritives. Il n'y a pas d'erreur plus grossière.

Le bouillon, comme du reste l'indique son nom, c'est de l'eau plus ou moins bouillie avec de la viande et des os, ou bien avec de la viande seulement.

Si on le fait bouillir avec des os, on lui donne un peu de force, parce qu'il profite de la moelle des os, mais il devient trouble et comme l'œil n'est pas flatté par son aspect, on n'en veut plus, surtout dans la consommation parisienne. C'est tellement vrai que je pourrais citer de grands établissements parisiens qui ont renoncé à utiliser leurs os pour en faire du bouillon, préférant les vendre comme déchets.

— Quels sont ces grands établissements? demanda l'un des écouteurs.

— Les établissements Duval.

Si l'on ne met dans le pot-au-feu que de la viande seule, on arrive aux résultats suivants:

Quand l'eau, dans laquelle on a mis la viande, arrive à 100 degrès et entre en ébullition, les matières albuminoïdes qui constituent l'essence même du muscle se coagulent et deviennent insolubles avant de bouillir. L'eau a dissous, c'est vrai, une certaine proportion d'albumine, mais cette albumine dissoute au-dessous de 100 degrés s'est coagulée dès que l'ébullition a commencé. C'est ce qui forme l'écume, et comme on la jette, la qualité du bouillon ne peut rien gagner.

Je vois qu'une partie d'entre vous trouve mes termes scientifiques peu amusants. Ils savent bien qu'ils n'ont pas à se gêner avec moi. Ils peuvent aller faire un tour et revenir dans quelques instants: j'aurai fini.

Pour éviter cette perte de l'écume, on a voulu essayer de ne déposer la viande dans l'eau que lorsqu'elle a déjà bouilli. Les qualités nutritives y gagnent, mais le bouillon ne devient pas plus nourrissant.

Il faut donc rayer le bouillon de la liste des aliments riches et réparateurs des forces physiques.

Du reste, l'usage a toujours été à l'encontre des idées reçues.

Quand on sert un grand dîner, dans les classes élevées comme dans les classes populaires, le bouillon et le bouilli ne sont que des accessoires passant inaperçus, lorsqu'il n'y a pas des fanatiques de ce mets.

On arrive à faire des potages nutritifs, mais ce sont des spécialités.

Quant au bouillon lui-même, son procès est

passé et son règne doit être fini. L'exécuteur de cet imposteur séculaire a été le docteur C.

Voici l'expérience qu'il a faite pour savoir quel est exactement le degré de puissance nutritive du bouillon.

Il a pris deux chiens de même conformation, de même âge, de même santé, et il a soumis l'un à une diète absolue, l'autre à un régime exclusivement composé de bouillon.

Le premier est mort le vingt-septième jour, le second ne lui a survécu que de quarante-huit heures, malgré ses orgies de bouillon.

L'autopsie a montré que les deux victimes de l'expérience étaient également mortes d'inanition.

Un journal seul peut supporter plus longtemps le régime du *bouillon*, mais à la condition de recevoir d'autre part des aliments quotidiens, ou d'avoir des fonds secrets à sa disposition.

La malice populaire a du reste dit depuis longtemps, lorsqu'elle a voulu désigner une affaire condamnée à mort : quel bouillon elle va faire boire !

En résumé, le bouillon ne nourrit pas.

Est-il inutile ?

Non. Il prépare la digestion en déblayant la muqueuse de l'estomac souvent trop chargée.

Mais c'est surtout en excitant le sens du goût qu'il provoque à la digestion facile. C'est ce qui a fait dire que le bouillon n'est réellement utile que lorsqu'il est agréable.

Il peut aussi être nécessaire à certaines orga-
nisations, mais il n'est pas utile, en général,
comme un préjugé fort répandu voudrait le faire
croire.

Pour notre compte, nous avons toujours vu
les amateurs de bouillon être fort maigres.

Et nous ne voyons pas que la maigreur exces-
sive soit un bien enviable. Vous êtes de notre
avis, n'est-ce pas, messieurs?

Le docteur s'aperçut en voulant saluer son
auditoire pour terminer, qu'il avait fait le vide
autour de lui.

Franchetti seul avait tenu bon avec le capitaine,
Henri de Nigès et Israël.

L'excellent homme était du reste habitué à
prêcher dans le désert, et ne laissa paraître
aucun mécontentement.

— Trompette, s'écria Franchetti, allez sonner le
boute à table. J'entends que ces déserteurs re-
viennent entendre quelques mots bien sentis sur
la truffe. La parole est à notre hôte.

Les convives furent vite revenus, à l'exception
de Raoul Calcul, qu'on ne put retrouver.

Henri de Nigès commença ainsi :

Il y a en France trois espèces de truffes : la
noire, la grise, la truffe à odeur d'ail. Celle-ci,
nous n'en parlerons que pour la maudire, comme
Horace maudissait l'ail.

Une dinde aux marrons vaut mieux qu'une
dinde farcie avec la truffe grise.

La vraie patrie de la bonne truffe, de la truffe
noire et marbrée, c'est le Périgord et une partie
du Quercy.

Sa maturité n'arrive qu'en décembre. Tant
qu'il n'a pas fait froid, elle demeure sans par-
fum, comme une simple rose du Bengale. L'hu-
midité lui est fort nuisible.

Avant les premières gelées, elle est blanche,
molle et sans saveur. Aux premiers froids, elle
devient noire et marbrée.

Sa qualité s'accentue à l'approche de la fête des
Rois. N'est-ce pas un mets vraiment royal?

On dit que quelques palais vulgaires ou cha-
grins lui préfèrent un légume quelconque. Lais-
sons leur ce goût inavouable, et plaignons-les,
en donnant la palme à ce brouet noir, savoureux
et parfumé, sur celui de tous les Spartiates passés ou futurs.

Comme la violette, elle est trahie par son par-
fum. Le cerf, le chevreuil, le renard, le sanglier
la recherchent avec ardeur.

Plus une nation est florissante, plus les truffes
s'y vendent cher. Le régime parlementaire est
très favorable au commerce des truffes. Sous
Louis-Philippe, les maîtres d'hôtel du Périgord
faisaient tous rapidement fortune, grâce à leurs
nombreux envois de truffes.

Il y aussi la truffe de Paris. C'est un produit
difficile à définir. On dit que sa base est le fond
des vieux pantalons noirs ou noircis par la boue

parisienne. Les mauvaises langues ajoutent que des charcutiers ont été condamnés pour avoir employé cet ingrédient dans leurs comestibles soi-disant truffés, mais nous n'en croyons rien.

Brillat-Savarin appelle la truffe le diamant noir de la cuisine. Charles Monselet a, dit-on, exprimé le désir d'être enterré au milieu de ces bijoux bruns, espérant que son palais de gourmet à outrance se réveillera en les sentant autour de lui *amoncelés*.

On dit tout bas que la truffe invite à l'amour. Cette propriété a besoin d'être confirmée par l'expérience personnelle : dans cette voie, du reste, les éclaireurs à cheval n'ont pas besoin d'excitant.

Cette terre du Périgord est vraiment bien favorisée. Aussi comme elle goûte ses trésors et comme on y entend la bonne chère.

Les gais propos de table n'ont pas de fin. En voici un entre mille. Il est d'un jeune fils de famille, auquel on reprochait de jeter sa fortune au vent de la fantaisie.

— Nous sommes sur cette terre pour bien vivre, si nous le pouvons, répliqua-t-il. C'est au moment où l'on a bon estomac, qu'il faut savoir en profiter. Les sots emploient leur jeunesse à amasser de la fortune, dont ils espèrent jouir étant vieux : vain espoir : l'impuissance est venue! Je préfère de beaucoup dépenser ce que j'ai, tant que je suis jeune. Je travaillerai, quand

je serai vieux : j'aurai mieux le temps, aucune
passion ne viendra me distraire.

La pensée est un peu épicurienne. Soyez indul-
gents : c'est la truffe qui l'a inspirée. Comment
une coupable aussi séduisante n'obtiendrait-elle
pas grâce devant vous.

L'on trouva charmant cet aperçu sur la phy-
siologie de la truffe, dit sans prétention et rempli d'humour. Au moment où le concert des
félicitations unanimes touchait à sa fin, l'on vit
rentrer le cousin Raoul Calcul.

— D'où viens-tu et qu'as-tu donc? s'écria Henri
de Nigès, en voyant sa pâleur presque livide.

— J'ai été indisposé, répondit Raoul en balbu-
tiant. Tu sais que je n'ai pas l'habitude des vins
capiteux.

— En effet, reprit Henri, tu es d'une sobriété
exemplaire. Ce ne sera rien : tu vas prendre un
peu de thé, et tu seras vite remis.

Mais la contenance inquiète et troublée du revenant était encore plus marquante que sa
pâleur.

Franchetti se pencha vers Israël et lui dit :

— La physionomie de ce garçon ne me va pas.
On dirait qu'il vient de faire quelque mauvais
coup.

— Mais non, répondit l'indulgent Israël, il est
confus de s'être trouvé ainsi malade au milieu de
nous. Quel mauvais coup voudriez-vous qu'il
pût faire ici?

— C'est égal, je n'aime pas cette figure devant moi, et je lève la séance.

Les autres convives ne tardèrent pas à suivre l'exemple de leur chef. Henri de Nigès, Israël et Raoul demeurèrent seuls.

Comme nous le verrons dans le chapitre suivant, le commandant Franchetti avait raison de soupçonner Raoul Calcul, et il avait eu tort de lui fournir un prétexte de sortie, en invitant le docteur à faire sa conférence endormante. Sans le vouloir, il lui avait ainsi procuré le moyen de mettre à exécution son projet de vengeance.

C'est ainsi que les plus petits incidents produisent les grands effets.

CHAPITRE XII

Guet-apens gymnastique.

Marie de Nigès rentra vers trois heures avec sa mère.

Mme Chéron, son professeur de gymnastique, était déjà arrivée. Depuis longtemps elle n'avait plus rien à apprendre à son élève, devenue de première force dans tous les exercices qu'elle lui avait démontrés. Elle venait néanmoins chaque jour, chargée par la comtesse de Nigès de modérer l'entrain et la hardiesse de la jeune fille.

Mme Chéron est une physionomie bien parisienne. Beaucoup de nos grandes mondaines doivent à ses soins, soit la souplesse et la grâce de leur taille, soit l'amélioration de leur santé, soit le redressement de quelque défectuosité physique.

Elle est fort estimée dans toutes les maisons où elle passe, fort aimée de ses élèves et s'attache à elles comme à ses enfants.

Marie de Nigès était sa favorite. Aussi fallait-il voir avec quel soin elle la suivait de l'œil dans ses divers exercices. Chaque semaine elle visitait un à un les divers appareils dont se servait la jeune fille, abordant désormais les plus hautes difficultés gymnastiques dont elle ne se faisait qu'un jeu. Cet examen semblait suffisant, puisque les familiers de la maison ou les parents étaient seuls admis dans ce gynécée sportif.

La veille Mme Chéron avait passé sa revue hebdomadaire. La fatalité l'avait voulu sans doute; aussi l'excellente femme crût-elle n'avoir rien à visiter, en attendant son élève.

Mal lui en prit.

Nous avons vu, dans le chapitre précédent, Raoul Calcul quitter les convives réunis et rester longtemps éloigné sous prétexte de malaise. Il avait pénétré dans le gymnase de Marie de Nigès, et bien résolu de ne pas reculer devant l'horreur d'une vengeance à tirer de l'inattention de la jeune fille à son égard, ou de ses boutades malicieuses, il s'était pris à réfléchir au moyen d'exécuter son projet.

La jeune fille s'amusait souvent à s'élancer d'un trapèze à l'autre, ainsi que le font Azella ou Léona Dare. Il n'y avait qu'à déranger un peu l'un des appareils, et, la distance n'étant plus la même, une chute devenait probable, mais elle aurait lieu dans un filet solide et présentait peu de danger.

Raoul Calcul songea bien à défaire les mailles du filet, mais le piège risquait trop d'être découvert sans profit.

Tout à coup il eut un sourire de satisfaction

féroce : il avait trouvé ce qu'il cherchait. On eut
dit un damné venant de découvrir une voie de
révolte.

Avec une vivacité dont il n'aurait pas été
capable en tout autre moment, il alla chercher
dans une armoire avoisinante une boîte à outils,
où se trouvait une petite scie de qualité supérieure comme tout ce qui entrait à l'hôtel. Il
grimpa au haut d'une échelle de bois et se mit à
scier à moitié deux des barreaux les plus élevés.

Il avait pris soin d'étendre au-dessous une
large couverture de toile, de façon à recueillir et
à faire disparaître les débris de la sciure.

Après avoir scié les barreaux, il fit disparaître
soigneusement, à l'aide d'une lime très fine, les
rugosités du bois, de manière à ce que la main
de la jeune fille ne put trouver aucune différence
au premier toucher.

On voit qu'il songeait à tout.

Marie de Nigès avait l'habitude, après avoir
monté à la force du poignet au haut de cette
échelle, de faire ce qu'on appelle *le bras de fer*,
c'est-à-dire de prendre la position horizontale,
de faire la planche en se soutenant sur les avant-
bras.

Elle devait donc fatalement être brisée en tombant à plat, car, bien que l'échelle fut haute de
quinze mètres, la jeune fille était tellement sûre
de sa force musculaire, que l'on n'avait pas pris
la précaution de mettre un filet.

La seule chance qu'elle eût d'être sauvée, c'était qu'il ne lui prit pas fantaisie de se livrer à cet exercice, avant la visite hebdomadaire de Mme Chéron, qui ne laissait jamais rien à vérifier.

Raoul Calcul prévoyait bien le cas, mais il n'avait pas le temps d'organiser un guet-apens plus sûr : il fallait bien par conséquent se contenter de celui-là.

Marie de Nigès, aussitôt arrivée, sauta au cou de Mme Chéron et dit à son frère :

— J'ai envie de faire les trapèzes volants, tu viendras me les lancer.

Puis se tournant vers Israël :

— Vous aimez la gymnastique, n'est-ce pas ?

— J'aime et je pratique tous les exercices de sport, répondit Israël.

— Alors vous êtes des nôtres. En attendant, et puisque ma mère est là, vous allez choisir le souvenir qu'elle vous a promis. Allons à la salle d'armes : on y trouve un peu de tout.

C'était vrai. La panoplie du comte de Nigès était des plus complètes et des plus variées. L'on y remarquait les armes les plus antiques et les plus modernes, en passant par celles des époques intermédiaires. C'était une sorte de musée historique, relatant les diverses phases par lesquelles avait passé l'art terrible de la guerre,

Le colonel était surtout un amateur passionné d'armes à feu. Il possédait une collection de

fusils anglais et français qu'on ne pouvait rencontrer nulle autre part.

Il y en avait de toutes les sortes, Leurs batte-
ries et tous leurs mouvements étaient soignés
comme des ouvrages d'horlogerie. Leur préci-
sion devait donc être extrême.

Le colonel donnait la préférence aux armes de
provenance anglaise.

— On leur reproche, disait-il, leur prix élevé.
Quand on veut être bien servi, il faut bien payer.
Si nos armuriers français sont inférieurs à ceux
d'Angleterre, c'est qu'en France les chasseurs riches, eux-mêmes, ne veulent pas mettre le prix
à leurs fusils, comme on le fait actuellement en
Angleterre. Une bonne arme anglaise coûte de
1,700 à 2,000 fr. Chez nous, les princes de la finance seuls ne reculent pas devant ce chiffre. Les
autres vont trouver un ouvrier français, qui leur
livre une bonne arme, mais non une arme parfaite. Il y a pourtant un armurier de la rue de
Ponthieu qui fait, pour 800 fr., des fusils presqu'aussi bons que les fusils anglais. Il imite en
véritable artiste.

L'arme qui frappa le plus Israël fut un
revolver de gros calibre, pouvant se monter
en carabine très [facilement et ne tenant pas
plus de place qu'un pistolet d'arçon de fort
modèle.

C'était un véritable petit chef-d'œuvre d'armu-
rerie. Un ami du colonel, connaissant ses goûts

intimes, lui en avait fait présent pour le jour de sa fête.

Ce serait l'arme par excellence pour un corps d'éclaireurs à cheval, n'étant d'aucun embarras, ne gênant aucun mouvement du corps et pouvant porter à deux cents mètres en permettant de bien viser.

— Choisissez le souvenir qui vous plaira le mieux, dit gracieusement la comtesse de Nigès à Israël.

— Puisque vous me le permettez, répondit-il, je choisis ce revolver-carabine. J'espère en faire usage bientôt.

— Vous aurez ainsi le bijou préféré du colonel, reprit avec émotion la comtesse.

CHAPITRE XIII

Chute et parachute.

Marie de Nigès était allée revêtir le costume qu'elle portait ordinairement pour se livrer à ses exercices favoris de gymnastique.

Ce costume était d'une simplicité sévère et d'une commodité absolue.

Fait en simple flanelle rose, sans aucun ornement, il consistait en un justaucorps bien adapté à la taille, à la fois svelte et robuste, de la jeune fille. Il laissait deviner ses formes exquises, mais ne les accusait pas.

De même le pantalon, allant jusqu'à la fine cheville de cette gymnaste aristocratique, était trop large pour mouler sa jambe divine, mais pas assez étroit pour ne pas permettre de remarquer qu'on était en présence d'un modèle digne de figurer dans la statuaire antique.

La vigueur et la puissance des muscles transpirait quand même, et mettait à jour les charmants secrets du voile à demi flottant, qu'on leur avait imposé.

Au moindre mouvement, la draperie semblait animée et faisait saillie.

Jamais peintre, jamais sculpteur ne fut admis à contempler une pureté de lignes aussi parfaite. L'artiste moderne qui aurait pu avoir devant les yeux un pareil chef-d'œuvre, aurait certainement fait éclore, du marbre ou du pinceau, une œuvre immortelle.

Israël, en la voyant apparaître, demeura ébloui.

— Mon Dieu, pensa-t-il, pourquoi suis-je admis à la voir dans cette intimité, plus séduisante que jamais ? Elever vers elle ma pensée ne peut qu'être insensé. Suis-je donc condamné à monter, pas à pas et sans espoir, ce douloureux calvaire d'amour ?

Marie de Nigès s'approcha de lui, nullement embarassée d'être dans ce court-vêtu, à la fois pudique et provoquant. Il lui semblait tout naturel de se présenter ainsi sans pruderie, de même que la Virginie de Bernardin de Saint-Pierre s'inquiétait peu de sa toilette, plus que sommaire, devant Paul.

Dans un élan de coquetterie inconsciente, la jeune fille demanda à son frère :

— Me trouves-tu bien équipée aujourd'hui, monsieur mon maître ?

— Oui, mais tu as oublié ta ceinture de gymnastique.

— Madame Chéron va me l'apporter. Elle a voulu la visiter plus minutieusement que de coutume : je ne sais trop pourquoi, car, tu dois le reconnaître, c'est aujourd'hui une précaution bien inutile. Je suis sûre de moi.

Cette ceinture était une invention de Madame Chéron.

On y attachait une corde fine et solide, laquelle était enroulée autour d'une poulie bien attachée au cintre du gymnase, et retombait au bas, où elle était tenue par le bras attentif du professeur, toujours prêt à empêcher ainsi ou bien à amortir une chute.

Madame Chéron apparut bientôt avec son engin ; la jeune fille s'y soumit en maugréant un peu, mais pour rien au monde elle n'aurait voulu contrarier sa maîtresse, qu'elle aimait beaucoup.

Raoul Calcul regardait ces apprêts sans mot dire. On était habitué à ses allures taciturnes, et personne n'y prenait garde ordinairement, mais ce jour-là il semblait anxieux et troublé d'une façon extrême.

Marie de Nigès le remarqua :

— Qu'avez-vous, mon cousin ? lui dit-elle avec intérêt. Vous seriez-vous offensé de mes dernières taquineries ? En ce cas, je vous prie de me les pardonner. C'est mon défaut, vous le savez bien ; je tâcherai de me corriger.

— Vous vous trompez, Marie. Je souffre : c'est la suite de ce maudit déjeuner.

— Tant mieux, si ce n'est que cela. Vous allez être distrait et guéri, je l'espère. Je vais tra-

verser l'espace en changeant de trapèze; vous
avez toujours aimé à me voir faire cet exercice.
Voulez-vous aller détacher la corde et me l'envoyer pour que je monte à mon poste?

— Ordinairement, reprit Raoul en devenant
blême, vous montez sur la plate-forme par la
grande échelle; pourquoi vouloir vous fatiguer
en montant à la corde avant de commencer la
voltige?

— Notre mère me disait, il y a quelques instants,
que je lui semblais moins bien portante; je tiens
à prouver que je n'ai pas perdu de force.

— C'est bien, j'obéis. Il faut, du reste, toujours
vous obéir.

— Qu'a-t-il donc? pensa la jeune fille.

Henri de Nigès était déjà sur la plate-forme
au-dessous des trapèzes, qu'il devait lancer à sa
sœur.

Marie de Nigès monta à la force du poignet,
puis se balançant d'une seule main, elle eut vite
gagné le petit espace où elle devait attendre
le signal de son professeur pour s'élancer dans
le vide.

Elle était vraiment superbe de confiance et
d'audace.

La voltige aérienne, à laquelle se livrait cette
jeune fille du meilleur monde, était fort dange-
reuse, mais tout était exécuté avec une telle
facilité que le péril semblait écarté. En quittant
un trapèze pour aller en atteindre un autre, elle

s'élevait sur les bras avec une telle puissance,
qu'elle semblait planer comme une reine de
l'air, avant de se rattraper à ce bâton balancé
dans l'espace.

Elle apparaissait bien réellement comme la
sylphide de la gymnastique.

Ce jour-là, je ne sais quelle virtuosité extraordinaire s'était emparée d'elle. Elle s'enivrait et
s'excitait elle-même dans ses prodiges de hardiesse.

— Assez, cria Mme Chéron. Mademoiselle, je
vous prie de descendre. Monsieur le comte,
veuillez prier mademoiselle votre sœur de descendre immédiatement.

— C'est bien, dit Marie de Nigès, faites approcher la corde. Je veux descendre en faisant des
temps d'arrêt sur un seul bras.

— Non, non, insista Mme Chéron : c'est assez,
c'est même trop pour aujourd'hui. Descendez
par l'échelle.

— Alors je vais faire le bras de fer.

Raoul Calcul tressaillit douloureusement.
L'heure allait sonner où il allait probablement
devenir meurtrier.

Aussi mauvaise, aussi pervertie que soit la
nature humaine, il doit rester toujours une secrète horreur pour toute action lâche et criminelle, au moment de la commettre. Les récidi-
vistes endurcis eux-mêmes, n'en sont, dit-on,
pas exempts.

La situation était terrible. Raoul ferma instinctivement les yeux.

Marie de Nigès abandonna son trapèze et se
prépara à descendre en dessous de l'échelle, en
se tenant par les mains seules.

Son habitude, quand elle montait ou descen-
dait ainsi, était de faire une pause en haut de
l'échelle, de saisir un barreau de chaque main,
et de faire ce qu'on appelle *la planche*.

Elle était trop en goût pour y manquer ce
jour-là.

Par je ne sais quel caprice, au lieu de prendre
les barreaux par le milieu, comme à l'ordinaire,
elle mit sa main la plus élevée au bord du
barreau et la plus basse sur l'échelle même.

L'exercice était ainsi beaucoup plus difficile :
il fut accompli avec une perfection achevée, et
la jeune fille se remit au repos.

Rien n'avait bougé.

Mme Chéron ne put s'empêcher d'applaudir ;
Henri de Nigès et Israël l'imitèrent.

Raoul rouvrit les yeux, ne comprenant rien à
ce qui venait de ce passer. Il fut mis au courant
par les louanges de Mme Chéron, qui parlait en
artiste et en professeur enthousiasmé de son
élève.

— Maintenant, descendez tout doucement,
ordonna Mme Chéron.

— Encore un bras de fer, répondit l'intrépide
jeune fille.

Raoul Calcul éprouva un remords subit; il s'avança pour prévenir la jeune fille, mais comment aurait-il pu expliquer sa connaissance du guet-apens? Comment parler après s'être tu, après même avoir encouragé la gymnaste à monter par cette voie, au commencement de ses exercices?

Du reste, il n'eut même pas le temps de se laisser aller au bon mouvement qu'il avait eu. Marie de Nigès, prenant cette fois les barreaux par le milieu, s'arcbouta par une forte contraction de reins.

Les barreaux se brisèrent. L'on entendit deux cris d'épouvante et d'horreur poussés par Henri de Nigès et Mme Chéron.

Raoul Calcul était tombé raide, inanimé, comme foudroyé, plusieurs secondes avant la terrible chute.

Israël n'avait pas poussé un cri, mais il s'était élancé à temps pour recevoir la victime dans ses bras et lui servir de parachute.

Tous les deux étaient tombés évanouis et gisaient enlacés sur le sable.

Henri de Nigès et Mme Chéron semblaient plus morts que vifs; mais l'énergie de la maîtresse de gymnastique eut vite repris le dessus.

Elle s'approcha de la jeune fille et s'assura qu'elle n'avait rien de cassé, que son cœur battait encore. Puis elle dit à Henri :

— Madame la comtesse doit être ressortie : je

sais qu'elle est attendue chez M. le Comte de Fla-
vigny pour organiser un nouveau service d'ambulances. Veuillez aller vous en assurer et faites
venir la femme de chambre de mademoiselle
pour m'aider. Il faut s'arranger de façon à ce que
madame la comtesse ne sache rien de l'accident.

Henri semblait changé en statue.

—Mais allez donc! commanda un peu brusquement l'excellente femme.

Puis elle se pencha sur Israël.

La poitrine du jeune homme était pleine de
sang. Deux de ses blessures s'étaient rouvertes.
La douleur le fit revenir à lui. Sa première parole fut :

— Où est-elle ?

— Elle est là, sauvée par vous. Souffrez-vous
beaucoup, et où souffrez-vous ?

— Je ne souffre plus, répondit-il, comme en extase.

Henri rentra, amenant la femme de chambre
de Marie de Nigès, qui l'avait élevée et avait pour
elle un dévouement et une affection absolus :
dévouement et affection qu'on rencontre encore
parmi les domestiques dans les grandes familles,
quoi qu'en dise le clan des parvenus, — je ne
dis pas des arrivés, — parce qu'on ne se croit
pas quitte envers ses gens en les couvrant d'or,
parce qu'on les regarde comme de la maison, et
qu'on a pour eux, à la fois, bons sentiments et
bons procédés.

La comtesse heureusement était partie pour aller s'occuper de ses chers blessés.

La femme de chambre et Mme Chéron emportèrent la jeune fille qui rouvrit les yeux au bout de quelques pas.

Henri de Nigès ne voulut confier à personne le soin de prendre Israël dans ses bras et de l'emporter.

Quant à Raoul Calcul, heureusement pour lui il fut oublié, car dans ce moment il aurait pu se trahir. La sensation du froid le ranima au bout de quelques heures.

La mémoire de ce qui s'était passé lui revint. Il eut d'abord un accès de frayeur presque épileptique. Quand il se fut un peu remis, un autre courant d'idées s'empara de lui.

— Est-elle morte, ou vit-elle encore pour mon malheur? se demanda-t-il. Il faut absolument que j'aille le savoir.

Raoul n'avait qu'une notion vague de la façon dont s'était dénoué son guet-apens. Ainsi que nous l'avons dit, il était tombé dans une prostration presque complète au moment décisif.

Il rencontra la femme de chambre de Marie de Nigès et lui demanda des nouvelles de sa maîtresse.

On avait fait la leçon à la cameriste, qui, du reste, n'en avait pas besoin vis-à-vis de Raoul. Instinctivement, elle se méfiait de lui, comme le chien dévoué à son maître déteste par intuition tous ses ennemis.

Elle lui répondit :

— Mademoiselle se porte fort bien ; elle a été très émue par une chute qu'a faite M. Israël, le nouvel ami de son frère, mais l'accident n'aura pas de suites graves.

— Quelle chute?

— Il est tombé en faisant de la gymnastique. Ses blessures se sont rouvertes. Nous les avons déjà soignées, nous saurons bien les faire refermer.

Raoul demeura ahuri. La femme de chambre était déjà loin.

— Aurais-je rêvé? se dit-il.

La vérité était que Marie de Nigès, simplement étourdie sur le coup, ne s'était fait aucun mal et était déjà sur pied. Israël seul avait été fort maltraité.

Raoul Calcul, après avoir vérifié le fait et s'être assuré qu'on n'avait aucun soupçon sur lui, s'écria en blasphémant :

— Tout cela me paraît fort louche; mais, s'il l'a sauvée, les voilà encore mieux rapprochés. Cette fois, c'est à lui que je m'attaquerai.

CHAPITRE XIV

Le général Triangle obtus

On avait si bien su cacher à la comtesse de Nigès la réalité de l'accident qui avait forcé Israël à reprendre le lit, qu'elle ne soupçonna même pas la vérité. Puisqu'on avait réussi à faire prendre le change à Raoul Calcul lui-même, il n'était pas étonnant de voir la comtesse accepter la version que Mme Chéron avait été chargée de lui faire.

S'il est une occasion où Dieu lui même doit approuver le mensonge, c'est lorsqu'il s'agit d'éviter un chagrin à une mère.

On conçoit avec quelle sollicitude plus intime que la première fois Marie de Nigès soigna, ou plutôt fit soigner les blessures d'Israël.

Par un sentiment dont elle ne se rendait pas compte, elle évita de se trouver seule auprès de lui, comme à l'ambulance du Grand-Hôtel. Elle n'entrait dans sa chambre qu'accompagnée de sa mère ou de sa fidèle femme de chambre ; elle se retirait en même temps qu'elles ; mais elle se plaisait à lui répéter parfois avec un doux abandon :

— Vous disiez me devoir la vie. Désormais

nous sommes quittes ; sans vous j'aurais été infailliblement brisée.

Henri de Nigès avait fait une enquête minutieuse sur la cause de cette chute, qui devait être mortelle ; mais tous les domestiques de l'hôtel adoraient leurs maîtres, aucun d'eux ne pouvait être soupçonné.

Avaient-ils laissé entrer un étranger ? Telle était la seule question à leur poser. Tous répondirent que personne n'avait pu entrer dans le gymnase.

Henri de Nigès était si loin de soupçonner le vrai coupable, qu'il avait prié Raoul Calcul de l'aider dans ses recherches, en lui disant que Mme Chéron, lors de sa visite habituelle, avait trouvé deux barreaux de l'échelle sciés par le milieu.

— Heureusement, avait-il ajouté, qu'elle s'en est aperçue.

Raoul avait ainsi acquis la certitude qu'on ne le soupçonnait pas.

Du reste, bientôt Henri ne lui parla même plus de ces recherches.

Le meurtrier par intention eut pourtant une journée terrible à passer. Henri de Nigès avait été commandé pour une reconnaissance importante aux avant-postes et devait être absent pendant quarante-huit heures. Il fit promettre à Raoul de venir tenir compagnie à Israël, qui allait beaucoup mieux, mais ne pouvait encore sortir.

Raoul fut bien forcé de tenir sa promesse, mais combien cette station lui parut douloureuse!

La haine instantanée, qu'il avait vouée à Israël, n'avait fait que s'accroître à la vue des témoignages d'affection chaque jour plus intime, que Marie de Nigès prodiguait à son hôte, à son blessé, comme elle l'appelait.

De son côté, Israël ne pouvait se défendre d'une certaine répulsion, peu habituelle à sa nature toute faite de bienveillance, mais bien justifiée par l'allure cauteleuse de Raoul.

Tous les deux étaient contraints; le soir, Israël se plaignit d'être fatigué, et demanda à se coucher plus tôt que d'habitude, pour se délivrer d'une compagnie qui lui pesait.

Marie de Nigès, avec son tact affectueux, leur avait fait visite plusieurs fois dans la journée; mais le visage de Raoul devenait alors si renfrogné et si blafard, sa tenue était tellement douloureuse, que la même contrainte ne tardait pas à s'établir entre eux trois.

Heureusement que l'approche de la nuit y mit fin.

Le lendemain matin, lorsqu'Henri de Nigès entra dans la chambre d'Israël pour avoir de ses nouvelles et lui serrer la main, la première demande que lui fit le malade fut celle-ci :

— Si vous voulez que j'aie une rechute, vous n'avez qu'à me faire passer une seconde journée comme celle d'hier.

— Pourquoi?

— Votre cousin faisait une figure à porter en terre l'homme le mieux en santé.

— C'est vrai, il est parfois lugubre, mais aujourd'hui nous allons nous dédommager. Je suis tout à vous, et j'ai des nouvelles intéressantes à vous conter.

— Lesquelles?

— Celles de notre dernière expédition. Les incidents ne nous ont pas manqué.

— Contez donc.

Henri de Nigès prit un fauteuil, et s'asseyant auprès du lit d'Israël, il lui fit le récit suivant :

Le seul chagrin que j'aie jamais causé à mon honoré père, le colonel de Nigès, ça été de n'avoir pas le moindre goût pour la carrière militaire. J'avais vu quelques officiers si communs et si inintelligents parmi ses camarades, que je me déclarais incapable de vivre dans un pareil milieu. Il y a bien des compensations dans le côté des hommes d'élite, qui sont en nombre dans l'armée; mais comme l'on ne peut s'empêcher d'être en rapports continuels avec tous, je n'aurais jamais pu m'y faire, d'autant mieux que ces *culottes de peau* sont toujours fort bruyants et que leur importunité est collante.

La journée d'hier m'a montré combien j'avais eu raison d'éviter cette compagnie, par cela même que nous avons eu à la subir.

Le commandant Franchetti, toujours à l'affût

d'un service à rendre, avait su qu'en avant du fort X..., il y avait un coup de main à tenter, Les Prussiens étant là en très petit nombre, il était persuadé qu'on pouvait forcer la ligne, si on le voulait bien, et s'était chargé d'aller tout préparer pour cela.

Il réunit tout l'escadron et s'exprima, suivant son habitude, en termes très militaires, dont nous devons atténuer la vivacité :

— Le général Ducrot a proposé au comman-mandant en chef Trochu de tenter de faire une trouée en prenant avec lui vingt mille volontaires. Ceux d'entre vous qui voudront former l'avant-garde n'ont qu'à se faire inscrire. Réfléchissez avant de dire oui; il y aura plus d'un coup à donner et à recevoir.

Il n'y eut qu'une voix dans l'escadron :

— Nous vous suivrons partout où vous voudrez nous mener.

— C'est bien. A présent je dois vous prévenir que ceux qui seront debout, après avoir forcé les lignes ennemies, auront droit au grade d'officier d'état-major. J'en ai la promesse formelle du général. Rompez les rangs.

Deux jours après, c'est-à-dire hier, nous partions du quartier è cinq heures du matin, commandés par Franchetti. Nous emportions des vivres pour deux jours.

Arrivés au fort X..., à sept heures, nous mîmes pied à terre, et Franchetti alla lui-même porter un ordre du commandant en chef au général placé dans ce rayon.

Il fut tout étonné de trouver là un officier qu'il avait connu en Afrique, et que son incapacité notoire semblait alors devoir condamner à ne jamais avoir un commandement de quelque importance.

Il se nommait Triangle : ses camarades l'avaient surnommé *Triangle obtus.*

Malgré son incapacité, ou peut-être à cause d'elle, il s'était lié avec une sorte de général beau parleur, une variété de militaire avocat, ayant en ce moment une grande influence. Celui-ci se montra reconnaissant de l'avoir compté naguère parmi ses auditeurs ou ses prôneurs complaisants. Il paya sa dette en lui donnant un avancement aussi scandaleux qu'antipatriotique.

La vie de plusieurs milliers d'hommes était ainsi compromise, le succès final devenait presque impossible.

Qu'importe tout cela aux parvenus d'un jour ? C'étaient alors de minces questions pour eux : mais il est temps que le jugement de l'histoire commence, il est temps de faire le jour dans ces ténèbres.

Aussi peiné qu'il fut de voir Triangle commander dans cette région, parce qu'il redoutait non pas une défaillance de sa part — le nouveau général était fort brave, — mais quelque ineptie,

Franchetti ne lui donna pas moins connaissance de sa mission.

Les éclaireurs à cheval devaient chercher le point le plus favorable pour faire une trouée, et se faire aider dans ces préparatifs par les francs-tireurs mis en première ligne, ou par les détachements de l'armée chargés de garder les avant-postes.

— C'est fort bien, s'écria plein d'enthousiasme le général Triangle. Cela va nous remémorer nos coups de main d'Afrique.

Et il fit appeler son aide de camp.

Cet aide de camp était digne du maître. C'était un excellent sous-officier, rien de plus ; beaucoup de bravoure, mais de cervelle point.

— Vous allez, de concert avec le commandant Franchetti, ordonna le général, tâcher de vérifier les points vulnérables de l'ennemi. Il s'agit de percer les lignes.

— Très bien, mon général, et nous réussirons, nom de mille yatagans.

Ce brave se croyait déjà parti pour Berlin. Dès qu'il s'agissait d'aventures, l'on pouvait compter sur lui.

Avec beaucoup d'eau-de-vie et du tabac, il aurait fait le tour du monde. C'était un sabreur émérite. Malheureusement l'art scientifique de la guerre adopté par les Prussiens mettait presqu'à néant ces qualités, qui naguère donnaient la victoire.

Franchetti l'eut vite jugé. Aussi présenta-t-il aussitôt cette observation au général :

— Je me trouve très honoré que vous vouliez bien nous adjoindre votre aide de camp, mais l'ordre que je vous apporte est formel : je dois seul avoir la direction de la reconnaissance, et je crois devoir vous le rappeler.

— Même si je voulais aller moi-même la commander.

— Oui, mon général. Sans cette condition expresse, je serais obligé de me retirer.

Le *Triangle* eut un soubresaut d'indignation, comme le général Boum, contredit dans l'un de ses fameux plans.

Franchetti se contenta de le regarder avec une fermeté calme et tranquille ; l'aide de camp sortit son chef d'une position fort embarrassante, en disant :

— Je m'estime très honoré d'être sous les ordres du commandant. Il peut être assuré de mon concours le plus absolu.

— Merci, et je vais le mettre tout de suite à contribution. Vous devez avoir un rapport sur les dernières évolutions de l'ennemi et sur les escarmouches de nos avant-postes. Veuillez me le communiquer : nous préparerons ainsi ensemble nos opérations.

— Mais non, nous n'avons rien.

— Comment, vous n'avez rien ? Est-ce vrai, mon général ?

— Oui, mais vous saurez vous guider vous-même.

— Il le faudra, parbleu, bien.

Franchetti n'essaya même pas de cacher son mécontentement, et prit congé du général sans ajouter un mot.

L'aide de camp le suivit.

Les trompettes sonnèrent à cheval : l'on se remit en marche. Hommes et chevaux avaient utilisé ce temps de repos, pour se refaire en déjeunant. Franchetti seul remonta à cheval sans avoir rien pris.

Il mordillait sa fine moustache et taquinait un peu son cheval. En pareil cas, on le savait préoccupé, et l'on s'apprêtait à lui obéir au moindre signe.

Tous ses volontaires l'aimaient tant.

— Voulez-vous avoir la préférence de marcher en tête, à côté de moi, dit-il à l'aide de camp. Vous m'indiquerez où finissent vos avant-postes, et où commencent les lignes occupées par les Prussiens.

— Avec honneur et gloire, je l'espère, répondit l'excellent soldat.

— Trompettes, sonnez au trot.

On allait vite à l'escadron Franchetti, et on fut bientôt à portée des avant-postes.

— Halte ! cria le commandant.

Il prit sa lorgnette, et au bout d'un instant, il demanda :

— Par qui sont occupés ces baraquements
en planches, au bord de ces grands peupliers à
main gauche ?

— Par les nôtres, répondit l'aide de camp.

— En êtes-vous bien certain ?

— Oui, commandant.

— C'est bien. Monsieur Bobe, allez nous faire
reconnaître.

Bobe partit au galop. Arrivé à portée, il fit les
questions d'usage. On lui répondit par des coups
de feu, et plusieurs soldats prussiens se montrèrent.

Bobe ne fut pas atteint.

— Vous voyez bien, monsieur, dit Franchetti,
que vous n'étiez pas certain de vos renseignements, et que j'ai bien fait de ne pas y aller de
confiance. On nous aurait tout simplement ca-
nardés comme des lapins de garenne un jour
d'ouverture de chasse. Et cet avant-poste que
j'aperçois à droite, savez-vous s'il est occupé par
les nôtres ?

— Pour celui-ci, j'en suis sûr ! Il est occupé par
des mobiles, et commandé par un de mes parents.

— Je vais moi-même m'en assurer.

Au bout de cent mètres, le commandant prit
sa lorgnette et reconnut l'uniforme des mobiles.
Il revint un peu sur ses pas, et fit signe au peloton d'avancer.

Au moment où les éclaireurs arrivèrent auprès

de lui, ils furent accueillis par des coups de fusils, fort mal dirigés du reste, et tirés de trop loin.

Aucun d'eux n'eut de mal.

— Qu'est-ce que cela? cria Franchetti. Je suis pourtant sûr que ce sont des mobiles. Y aurait-il embûche par changement de costume?

— C'est à moi d'aller le savoir, commandant, dit l'aide de camp, et sur un signe de Franchetti, il s'élança dans la direction de l'avant-poste.

Son parent le reconnut et arbora un guidon tricolore. Il expliqua que, en les voyant venir du côté des baraquements repris depuis la veille par les Prussiens, ses hommes avaient cru à une attaque hardie des uhlans et qu'ils avaient fait feu malgré lui.

— Mauvais début de journée, dit Franchetti. Espérons que la fin sera meilleure.

Au bout d'un instant, il demanda à l'officier de mobiles :

— Qu'est-ce que ce groupe bivouaquant que j'aperçois en avant de vous, dans le lointain et en plein champ?

— C'est un poste prussien.

— Vraiment! Eh bien! s'il en est ainsi, nous allons nous amuser à l'enlever, et au galop, n'est-ce pas, mes enfants? Cavalier Henri de Nigès, vous êtes l'un des mieux montés, vous allez venir avec moi en avant. Je tiens à me rendre compte moi-même de ce que nous allons faire. Un des trompettes va nous suivre, pour sonner la charge, s'il y a lieu.

Puis s'adressant à l'aide de camp du général, il ajouta :

— Veuillez prendre le commandement du peloton. Je vois que je puis compter sur vous. Avancez doucement au pas, et faites déployer vos hommes, sabre au poing, de façon à ce qu'ils puissent être en ligne spontanément. La réussite en pareil cas, vous le savez, dépend de la promptitude d'exécution... Etes-vous prêt, cavalier de Nigès?

Lorsque Franchetti ne donnait pas à ses volontaires la dénomination de monsieur, mais celle de cavalier, c'est qu'il avait une remontrance à leur faire, ou bien une mission de confiance à leur accorder. On ne s'y trompait pas.

Je m'élançai aux côtés de Franchetti, fort heureux de l'honneur qu'il me faisait en me désignant pour le suivre. Je suis toujours admirablement monté, ayant trois chevaux de pur sang de rechange, trois nobles bêtes qui ont fait triompher mes couleurs sur plus d'un hippodrome, et qui font leur service de guerre avec une endurance sans égale. Aussitôt que vous serez rétabli, mon cher Israël, il va sans dire que l'un d'eux sera mis à votre disposition.

Nous avançâmes au petit galop. A portée de fusil, Franchetti s'arrêta, en disant :

— Mais je ne reconnais pas les couleurs prussiennes, et il me semble apercevoir un guidon
français. Qu'est-ce encore que cela?

Nous nous mîmes au trot. Rien ne bougeait.
Franchetti cria : Qui vive! à la sentinelle.

Elle nous répondit : Français.

— A quel corps appartenez-vous?

— Aux francs-tireurs d'Alsace, mon commandant, répondit une voix mâle. Ne reconnaissez-
vous pas Heinrich, l'ancien sergent de zouaves,
que vous avez retrouvé dernièrement au combat
de la Malmaison?

— Et de trois, s'écria Franchetti. Celle-là est
trop forte. Depuis quand êtes-vous là?

— Nous en avons délogé les Prussiens, ce matin, et sans tirer un coup de fusil, à la zouave,
c'est-à-dire à la baïonnette. C'est mon plus jeune
fils, mon Benjamin, qui l'a voulu ainsi; et, dame,
les autres font tout ce qu'il veut.

— Cette fois, dit Franchetti, ce n'est pas la
faute de notre aide de camp. Il lui était permis
d'ignorer votre façon de déloger les mangeurs
de choucroute. Trompette, allez dire au peloton
de remettre les sabres au fourreau et d'arriver.
Croiriez-vous, père Heinrich, que j'avais eu la
fantaisie de vous enlever en un temps de galop
et en quelques coups de sabre?

— Je l'avais bien vu. Voilà pourquoi je vous
laissais approcher, pour ne perdre aucun de mes
coups. Voilà pourquoi aussi nous avons pu nous

reconnaître sans avarie. Entre soldats d'Afrique, on aime à causer de près, à se saluer avant le combat, et l'on peut s'entendre.

Ici se passa un incident venant prouver que, dans les situations les plus graves, il y a toujours la note comique.

Le groupe des éclaireurs, actuellement sous les ordres de l'aide de camp, avait un fossé assez large à sauter pour venir rejoindre le commandant. Les volontaires firent franchir l'obstacle à leurs chevaux, avec leur aisance habituelle, mais l'aide de camp, sous prétexte d'enlever sa monture, lui avait scié la bouche au moment du saut et l'avait arrêtée dans son élan.

Le cheval, qui sans cela aurait fort bien passé, fut obligé de tomber au milieu du fossé plein d'une boue vaseuse et noirâtre. Il était de race, et se releva avec ardeur. Le maître et la bête pataugèrent dans la vase, de façon à s'en couvrir avant de gagner le bord.

—Vous avez vu la cause de l'accident, messieurs, dit Franchetti avec son fin sourire, qu'il vous serve de leçon. La bouche d'un cheval c'est de la viande, et de la viande très sensible ; il ne faut pas la torturer. Ayez donc toujours la main légère. Heureusement, cette fois, la chute n'a pas de gravité. Un peu de savon la réparera.

Franchetti eut, par le père Heinrich, tous les renseignements qu'il désirait; c'est pour cela que nous sommes rentrés dans Paris plus tôt

que nous ne le pensions. Je ne sais si l'on donnera suite à ce beau projet : l'on en a déjà fait
beaucoup qui n'ont pas abouti. Je crains bien
que notre général en chef ne soit qu'un verseur
d'encre, et ne tire aucun parti des ardeurs incon-
testables qu'il pourrait trouver dans la population parisienne, s'il savait les faire vibrer et s'en
servir.

Quant à nous, notre rôle ne varie pas. Il n'y a
qu'à continuer à faire notre devoir, sans nous
inquiéter des bévues commises par nos chefs,
pas plus que des défaillances se produisant autour de nous. Néanmoins, il faut avouer que nos
destinées sont confiées à de tristes directeurs, s'il
y en a d'autres comme ce général *Triangle obtus*. Et
malheureusement l'on dit qu'il y en a beaucoup.
Dans ce moment de presse et de disette, les uns
ont été nommés au hasard, les autres par cama-
raderie, un grand nombre par intrigue ou par
coterie. L'on a introduit la politique dans l'armée, d'où elle doit être exclue par tous les gou-
vernements, sous peine de suicide inévitable
pour eux, et, ce qui est plus grave, sous peine
de compromettre la patrie.

C'est un spectacle aussi triste qu'écœurant.
Vous voyez donc que j'ai bien fait de résister aux
désirs paternels et de ne pas vouloir entrer dans
la carrière militaire.

— Mon ami, répondit Israël, il faut fermer les
yeux sur tout cela. Ne songeons qu'à une seule

chose, n'ayons qu'un seul but : vaincre quand même.

— Vous avez raison, mais je ne me livre à cette critique que dans l'intimité.

— C'est déjà trop.

— Diable, c'est le langage de mon père !

— Non, mais celui de votre frère aîné.

Et les deux jeunes gens se serrèrent la main avec effusion.

C'est ainsi que le sentiment du bien et du beau réunit forcément les hommes que la naissance, l'éducation ou la position sociale ont le plus éloignés.

De ces deux sportsmen, l'un était un catholique et un légitimiste fervent, l'autre, un Israélite, se croyant par cela même obligé d'être anti-monarchiste ; mais ils devaient se comprendre et s'entendre, parce que tous les deux portaient au cœur le culte de l'idée divine, les aspirations de l'idéal et l'amour de la patrie.

CHAPITRE XV

Étranges fournisseurs.

Dans le chapitre précédent, nous avons retrouvé Heinrich, le fier chasseur, combattant sous les murs de Paris à la tête de ses volontaires alsaciens, et venant d'enlever un avant-poste prussien à la baïonnette.

Si nos lecteurs veulent bien retourner un peu en arrière avec nous, ils auront l'explication de sa présence à ce poste d'honneur.

Tout en mettant sa vie et la vaillance de ses volontaires au service de son pays en danger, Heinrich n'avait cessé de poursuivre Ludwig, son indigne fils, pour le ramener dans le droit chemin ou en tirer justice ; mais le rusé déserteur de tout devoir avait une telle crainte de tomber entre ses mains, qu'il ne négligeait aucune précaution afin d'éloigner ce danger, redouté entre tous par ses misérables compagnons comme par lui-même.

Au moment où l'ancien zouave croyait les tenir, ils lui échappaient, comme l'anguille, ce serpent aquatique, se joue de la main qui veut trop la serrer et s'enfuit cauteleusement.

Les diverses fugues de Ludwig et de ses cama-

rades de désertion formèrent une véritable
odyssée.

« Nous les avons laissés au moment où le vieil
Heinrich avait été obligé de renoncer à les atteindre, n'ayant pas de barque pour passer la
rivière. Malgré cela, leur fuite demeura longtemps encore précipitée : la peur rendait leurs
jambes agiles et infatigables.

Ils arrivèrent enfin à un bois ombreux et très
fourré. Là, ils eurent le loisir de s'orienter et de
délibérer sur le meilleur parti à prendre.

Dès que la défaite du maréchal de Mac-Mahon
le leur eut permis, les Allemands occupèrent
immédiatement tous les passages des Vosges ;
mais comme Ludwig et ses compagnons de fuite
avaient la parfaite connaissance des moindres
sinuosités de la contrée, il leur était possible.
sinon facile, d'échapper aux regards de l'ennemi.

Ils redoutaient, du reste, bien moins les Prussiens que la poursuite d'Heinrich, le patriote résolu, austère, et devant être pour eux implacable. A cet égard, ils ne se faisaient aucune
illusion : tomber entre ses mains, c'était être
certain d'encourir un châtiment sans pardon et
sans appel.

— Il faut nous séparer, dit Ludwig ; sans cela,
nous serons fatalement signalés et découverts.
Nous risquons, en outre, d'être pincés par le
père Heinrich, et, si nous sommes pris, vous
pouvez être assurés qu'un sort peu enviable

nous attend. Allons donc chacun de notre côté, à la grâce de Dieu.

— Pourquoi parler de Dieu? s'écria Karl ; je ne puis admettre son intervention ni son existence.

— Tais-toi ! s'écria le gros Max d'un ton menaçant.

Max n'avait pas le moindre sentiment de religion, l'idée la plus sommaire de la divinité, mais il n'en était que plus timoré, plus superstitieux.

— Nous resterons sans cesse autour des troupes françaises, chacun de notre côté. Nous ne nous perdrons pas de vue ; mais, quand nous nous rencontrerons, il faudra avoir l'air de ne pas nous connaître.

— Oui, dit Raphaël, nous offrirons nos services pour faire bouillir la marmite des combattants, en remplissant notre bourse. Nous allons ainsi trouver l'emploi de nos aptitudes commerciales, laissant aux naïfs, aux patriotes, comme ils s'appellent, le danger et la gloire, et gardant pour nous la sécurité et le profit. C'est moi qui tiendrai les comptes.

— Gare à toi, si tu triches ! s'écria Max.

Il sembla à ces conspirateurs contre la patrie entendre du bruit dans le feuillage. Ils prêtèrent une oreille attentive, mais reconnurent qu'ils s'étaient trompés.

Ainsi le lièvre pusillanime s'effraie sans aucune raison.

Au bout d'un instant, Karl reprit :

— Dans mes voyages à Paris, je me suis trouvé en rapport d'affaires avec divers fournisseurs de l'armée. J'arriverai, je l'espère, à sous-traiter avec eux pour la fourniture de quelques régiments des plus exposés. Il y a souvent gros à gagner ainsi. En ayant des intelligences avec les Allemands, nous pourrions toucher des deux côtés.

— Nous ne voulons pas de cela, dirent ensemble Ludwig et Max.

— Vous n'êtes que des esprits faibles ; néanmoins, je cède à vos préjugés. Nous nous contenterons d'aller dans les campagnes, d'effrayer les paysans autant que nous le pourrons et de leur acheter ainsi, presque pour rien, des marchandises que nous revendrons à gros bénéfice aux fournisseurs. Suis-je assez accommodant ?

De nouveau l'on crut entendre un bruissement dans le feuillage.

— Si c'était le vieil Heinrich ! s'écria Raphaël, blême de frayeur. Fuyons.

Ce n'était encore qu'un effet de leurs imaginations tourmentées, ou plutôt une crainte bien méritée de leur conscience entrant en éveil.

Ludwig leur dit, après réflexion :

— Je crois que nous ferons bien de ne pas nous séparer. Quatre hommes résolus, quatre têtes s'entendant bien, c'est une force.

— Oui, dit Karl, rappelez-vous les quatre mousquetaires d'Alexandre Dumas.

— Je te vois venir, répondit Raphaël en s'adressant à Ludwig. C'est la crainte de ton père qui te fait parler. Tu ne voudrais pas te trouver seul en sa présence, mais je ne me soucie pas de te servir de garde-du-corps.

— Eh bien! va-t-en au diable, moucheron, s'écria le gros Max. Je n'aime pas les avortons autour de moi; j'ai toujours envie de cracher dessus.

Raphaël s'enfuit comme un roquet ayant peur d'être fustigé.

L'hercule ajouta, en venant se placer à côté de Ludwig :

— Je reste avec toi. Tu penseras et j'agirai. Les travaux de tête me fatiguent et m'ennuient. Et toi, Karl, que décides-tu?

— J'associe ma fortune à la vôtre, répondit sentencieusement le philosopheur de la défaillance.

— Eh bien, alors, décampons. On est probablement sur notre piste.

En effet, Heinrich et les siens étaient en chasse, mais leurs efforts pour retrouver les fuyards ne devaient aboutir que beaucoup plus tard.

Le surlendemain, Ludwig et ses camarades venaient d'arriver dans une auberge de petit village. Ils étaient exténués de fatigue, ayant fait plus de quarante kilomètres sans s'arrêter et sans prendre aucune nourriture.

Néanmoins, ils se mirent à table sans em-

pressement et d'un air tout maussade, comme
des gens peu satisfaits d'eux-mêmes.

Ils n'avaient pas réussi auprès des fournisseurs de l'armée. On avait voulu les employer
comme simples acheteurs à gages, et cela ne
pouvait ni leur plaire, ni leur suffire, le contrôle des prix étant fait avec une sévérité et une
rigueur extrêmes.

Il était naturel que leur humeur s'en ressentît,
puisque le lucre, obtenu par tous les moyens
honnêtes ou déshonnêtes, était leur seul mobile
et leur unique but.

Karl, le beau parleur, se mit à déblatérer avec
sa violence et sa volubilité habituelles contre le
gouvernement qui donnait des monopoles de
fournitures, au lieu de faire participer tous ceux
qui voulaient travailler à ces mines de gains
souvent illicites, sorte d'agapes des corbeaux du
commerce.

Le petit nombre de paysans attablés autour de
Karl l'écoutait bouche béante, en opinant du
bonnet. Les orateurs de carrefour ont toujours
chance d'être approuvés : ils flattent les passions
haineuses et s'adressent aux plus mauvais instincts de l'humanité.

Cette diatribe fut interrompue par l'arrivée de
Raphaël.

Le pygmée n'avait pas perdu son temps.

— J'ai une affaire magnifique à vous proposer, dit-il à ses camarades, après s'être appro-

ché d'eux en tapinois. Il y a gros à gagner, mais il faut le concours du quatuor tout entier.

— C'est bien, dit Ludwig ; assieds-toi près de moi.

— Encore ce mioche, grogna Max. Je croyais que nous devions en être débarrassés pour toujours.

— Ecoutons son projet ; ça ne nous engage à rien, dit Karl.

Lorsqu'ils furent demeurés seuls, Raphael exposa ainsi sa découverte :

— Il reste trois cents bœufs à la grande distillerie de L.... Mon père, vous le savez, était l'acheteur préféré du régisseur de l'usine. Ils s'entendaient à merveille pour bien tirer mutuellement leur épingle du jeu. Je suis allé le trouver, c'est un homme des plus accommodants ; il m'a promis de me les vendre pour trois cents francs la pièce, sous deux conditions : la première, c'est qu'il touchera un pot-de-vin de dix mille francs, la seconde, c'est que nous nous arrangions de façon à faire courir le bruit de la venue immédiate des Prussiens, et qu'il puisse plus tard invoquer l'excuse d'avoir eu la main forcée. Les bœufs valent, quoi qu'il arrive, de quatre cent cinquante à quatre cent quatre-vingt francs l'un dans l'autre ; ils sont en parfait état, n'ayant pas travaillé depuis le commencement de la guerre. Si, entre nous tous, nous n'avons pas assez d'argent pour les payer tout de suite, on nous prêtera, c'est convenu, pourvu que dix mille francs de pourboire soient soldés avant tout.

— Très bien, dit Ludwig, mais que ferons-nous de cette marchandise, puisque les fournisseurs attitrés de l'armée ont résolu de tout acheter par eux-mêmes, ou par des hommes commissionnés à cet effet, puisqu'ils ne veulent accepter aucun envoi des revendeurs comme nous.

— J'ai obtenu aussi une exception à cette règle.

— Est-ce possible? s'écria le trio.

— Voilà ce que c'est que d'avoir de bonnes connaissances. J'avais été pris en amitié par le plus gros bonnet des fournisseurs, dans un voyage où mon père m'avait amené avec lui au marché de La Villette.

— Tous les goûts ne devraient pas être dans la nature, murmura Max.

— Cet homme avait perdu un fils me ressemblant. Il l'adorait; en raison de cette ressemblance, il m'accueillit avec une sollicitude que je n'ai pas oubliée.

— Après tout, continua Max, les canards aiment bien les crapauds, et les hiboux découvrent, assure-t-on, des beautés cachées à leurs produits.

— Je me suis souvenu de cette affection, reprit Raphaël, sans perdre contenance et bien assuré d'avoir sa revanche sans tarder. J'ai bien fait, pour vous comme pour moi, puisque j'ai obtenu une exception en notre faveur. L'on nous achètera les bestiaux que nous pourrons amener, et j'obtiendrai certainement un bon prix.

— Bravo, le moutard, hurla Max : je t'ai méconnu, mais, pour te faire amende honorable, je vais te porter en triomphe. Ça va te grandir.

Max installa Raphël sur une chaise ; le petit bonhomme se laissa faire sans trop de frayeur; il ne pouvait faire autrement.

Puis l'hercule, l'enlevant à bout de bras, le promena autour de la table aux applaudissements de ses deux compagnons.

Les trois cents bœufs furent livrés au gros fournisseur de l'armée. Raphaël arriva à les faire payer cinq cents francs la pièce. Le régisseur toucha ses dix mille francs, et les tristes associés se partagèrent le beau denier de cinquante mille francs.

Ils furent seulement mis en goût par ce bénéfice aussi déshonnête qu'exagéré, et reprirent avec ardeur le cours de leurs bas exploits.

L'un de ces exploits méritant de les faire rouer vifs, montre trop leur génie du mal, pour que nous ne le racontions pas ici.

Ces sectaires du négoce criminel avaient obtenu de fournir eux-mêmes directement deux divisions, placées assez loin du groupe de l'armée. Voici le genre de fraude qu'ils imaginèrent.

Les sous-officiers chargés de recevoir la viande s'étaient montrés incorruptibles; ils exigeaient le dû de leurs hommes en qualité comme en quantité.

Que faire? Même en fournissant avec honnêteté les quatre associés gagnaient gros, mais c'était chez eux un besoin naturel que de tromper. Ils n'admettaient pas qu'on les forçât à marcher droit.

La viande était reçue la nuit : c'est ce qui les sauva.

Ils firent adapter des griffes de fer aigu à des poids de vingt kilos, que le gros Max maniait comme s'ils eussent été en carton peint. Jamais l'hercule n'avait suivi bien régulièrement son métier de boucher; il avait la nostalgie des fêtes foraines et des tours de force exécutés en public, aux applaudissements des belles filles d'Alsace. Aucun bateleur n'avait jamais été plus fier de ses oripeaux défraîchis et de ses paillettes dédorées; jamais aucun n'avait jonglé d'une manière plus remarquable avec les poids les plus lourds.

Il devait donc lui être facile de lancer où il voudrait ces sortes de flèches pesantes, que l'imagination diabolique du petit Raphaël venait d'inventer pour un usage déloyal.

Le luminaire employé dans la grange qui servait d'abattoir était des plus sombres. Il se composait d'une ou deux mauvaises chandelles, incrustées dans des sortes de bougeoirs en fer-blanc, fort graisseux et peu réflecteurs. Du reste Ludwig, Karl et même l'exigu Raphaël s'arrangeaient de façon à venir faire ombre sur le peu de lumière projetée.

Max pouvait ainsi, tout en causant avec le sous-officier de service, avec son air bonasse et sans avoir l'air de s'occuper de rien ni de penser à mal, lancer l'un de ces poids armé de griffes sur la moitié de bœuf qu'on était en train de peser. Le poids s'incrustait dans la viande du côté opposé à celui que pouvait voir le sous-officier; pour qu'il n'y eut pas de contre-coup trop sensible, celui des associés qui était chargé du pesage mettait sur le plateau plus de ferraille qu'il n'en fallait, tout en le maintenant à terre avec son pied, de plus il appuyait fortement avec ses mains sur les cordages de la balance.

Ainsi l'on gagnait sur chaque pesée au moins vingt kilos. Les soldats, chargés de défendre notre sol envahi, se trouvaient privés d'autant de nourriture. Karl, le libre penseur, avait le cynisme de les traiter d'imbéciles, en disant que les peuples ne devaient pas se battre, etc.

A ceux qui mettraient en doute la possibilité du fait signalé par nous, et diraient qu'une fraude aussi audacieuse n'est pas admissible, nous pourrions dire qu'on en a vu bien d'autres en temps de paix, depuis la désastreuse guerre de 1870. L'administration le sait bien, puisqu'elle a dû modifier entièrement son système de fournitures en viande fraîche.

Nous nous proposons du reste de faire la

lumière entière sur ces questions d'une importance capitale, dans une grande étude spéciale, que nous publierons prochainement à la librairie Dentu.

La caisse des quatre associés s'était fort arrondie. Ils pouvaient désormais entreprendre par eux-mêmes de grosses opérations. Ils y songeaient, lorsqu'une occasion inattendue vint s'offrir à eux.

La confiance aveugle, avec laquelle avait été entreprise la guerre contre l'Allemagne, commençait à faire place au découragement. Une grande pensée surgit, celle d'approvisionnements immenses à concentrer dans Paris.

L'homme qui eut cette pensée est mort. Il appartient donc à l'histoire; l'on a le droit et le devoir de le juger sans parti pris.

C'est à lui qu'est due la résistance de Paris pendant quatre mois. Sans les approvisionnements de toute sorte qu'il sut y accumuler en quinze jours, l'on n'aurait pu songer à se défendre.

Son nom est Clément Duvernois : plus tard ce nom fut compromis en des opérations financières auxquelles il n'entendait absolument rien et où il s'était fourré — c'est le mot, — parce qu'il était demeuré pauvre, bien qu'ayant été au pouvoir à un moment de trouble, où les millions lui étaient donnés à manier sans contrôle.

Combien d'autres n'ont pas suivi son exemple;

ils sont aujourd'hui au pinacle de la fortune, mais quand ils entreront dans l'histoire, leur sort sera navrant.

C'est dans un sentiment intime de justice historique que j'ai écrit le portrait de Clément Duvernois, ministre intègre, victime inconsciente, qui avait cru pouvoir sortir d'une mauvaise situation financière, comme l'on sort d'une mauvaise situation politique.

Il gagne dans la mort le pardon historique.
On lui rendra justice en la postérité.
C'était un noble cœur dans ce siècle agité,
Où l'on veut rapporter tout à la politique.

Il eut d'un grand élan l'auréole civique,
Quand ministre tout jeune, avec intégrité,
En quinze jours il fit de Paris assiégé
Un grenier d'abondance, une halle homérique.

Maniant sans contrôle un flot de millions
Il sut demeurer pauvre. En ces occasions
Bien d'autres n'ont songé qu'à contenter leur suite,

Et qu'à se bien gorger. C'est pour cela que Thiers
N'avait jamais voulu signer une poursuite
Contre cet égaré des labeurs financiers.

Nous établirons ce qu'il fit pour l'approvisionnement de Paris; nous dirons comment il aurait pu encore faire mieux, et nous rappellerons ce qu'on fit après lui.

Nos lecteurs compareront.

CHAPITRE XVI

Les deux approvisionnements de Paris.

Le parallèle, que nous allons établir entre l'approvisionnement primordial, fait par les hommes du métier, ayant présenté des comptes nets et loyaux, relatant toutes leurs opérations, et les marchés de complaisance accordés en dernier lieu à quelques intrigants toujours prêts à pêcher dans l'eau trouble de la politique, ou à profiter du deuil de la patrie, touche à des questions capitales. L'honnêteté des uns fera ressortir l'impudeur des autres.

Nous croyons devoir commencer ce parallèle en citant ces paroles inoubliables de Claude Bernard, l'un des plus grands penseurs de notre siècle, un philosophe de haute vue en même temps qu'un savant aux recherches profondes :

« On a compris qu'il ne suffit pas de rester spectateur inerte du bien et du mal, en jouissant de l'un et en se préservant de l'autre. La morale moderne aspire à un rôle plus grand : elle cherche les causes, veut les expliquer et agir sur elles ; elle veut, en un mot, dominer le bien et le mal, faire naître l'un et le développer, lutter avec l'autre pour l'extirper et le détruire. »

Fort de cet encouragement d'un maître, nous allons raconter simplement ce qui s'est passé, ajoutant à peine quelque commentaire. Nos lecteurs seront juges.

Clément Duvernois, nommé ministre dans les circonstances difficiles que l'on connaît, se mit à l'œuvre avec une énergie inoubliable. Pour faire de Paris, en quelques jours, une immense halle regorgeant de provisions de toute sorte, il fit appeler les grands commerçants de tous les corps de métier.

C'était la vraie voie, la plus économique et la plus honnête.

Pour l'achat des bestiaux, le ministre s'adressa aux deux plus forts commissionnaires du grand marché de La Vilette, MM. Rolin et Cardon ; il les chargea de réunir dans le plus bref délai, tous les bœufs, moutons ou porcs qu'on pourrait trouver.

Ce fut un tort de ne pas faire venir un plus grand nombre de commissionnaires en bestiaux, et de confier cette mission si importante à deux seules maisons, mais le choix était parfait en lui-même et les intérêts de l'Etat étaient mis entre de dignes mains.

En dix jours l'on fit entrer dans Paris vingt et un mille bœufs, cent quatre-vingt mille moutons et neuf mille porcs.

Le résultat était fort satisfaisant pour les bœufs, bon pour les moutons, médiocre pour les porcs.

Ni la maison Rolin, ni la maison Cardon ne s'occupait directement de la commission en porcs. Si l'on avait chargé MM. Castille, Gabory et Guicheteau de ces achats, l'on aurait réuni un nombre beaucoup supérieur de cette marchandise, la plus facile de toutes à conserver, et, par cela même si précieuse en vue de soutenir un siège.

Voici comment opérèrent les acheteurs du gouvernement.

Ils envoyèrent dans diverses provinces quelques-uns de leurs représentants, et écrivirent à tous leurs clients d'acheter pour leur compte tout ce qu'ils trouveraient, moyennant la commission assez modeste de 10 fr. par bœuf, et d'un prix corrélatif pour les moutons et les porcs.

Ainsi en quelques jours les achats furent faits sur tous les points du territoire à des prix avantageux. La grande sécheresse de l'année 1870 et la rareté des fourrages avaient fait baisser beaucoup les bestiaux. Les éleveurs étaient fort heureux de s'en débarrasser et ne se montraient pas trop exigeants.

Tous les transports furent payés par l'Etat. La commission d'enquête sur les achats, par l'organe de son président, M. Daussel, alors député, aujourd'hui sénateur de la Dordogne, a rendu justice à la netteté des comptes présentés par MM. Rolin et Cardon.

Les achats avaient été dirigés dans tout le sudouest, avec un zèle et une célérité des plus loua-

bles, par MM. Conte et Delarue, le premier associé de la maison Rolin, le second de la maison
Cardon.

Si l'on n'eût pas opéré aussi vite, le coût des
bœufs aurait pu doubler. Les marchands de
bœufs, enivrés par les premiers bénéfices de
leurs envois, auraient fait augmenter les prix
dans des proportions incalculables.

Le commerçant en bœufs, expédiant sur Paris,
est en effet une variété à part de la corporation
des trafiquants Son métier n'est qu'un jeu de
bascule, où la hausse et la baisse dépendent
d'un rien ; du plus ou moins d'appétit des Parisiens, de la moindre variation de température,
d'un arrivage plus ou moins considérable de
poisson, de volaille, de gibier, ou de légumes, etc.

Il est donc, par sa nature, d'une audace et
d'une nervosité peu communes Au moindre encouragement, au moindre espoir de gain, il court
comme un joueur bien appâté.

En les commissionnant presque tous à la fois
et leur faisant acheter partout les bœufs dispo-
nibles pour la vente, on s'en faisait des alliés, au
lieu de les avoir pour adversaires.

L'étude suivante faite par nous d'après nature
établit bien le caractère du marchand de bœufs.

Le commerçant de bœufs, sous le vent, sous la pluie,
L'hiver comme l'été, de nuit comme de jour,
Travaille sans relâche, et constamment essuie
Les revers du métier qu'il fait avec amour.

Le boucher parisien, commerçant sybarite,
Achète par gros lots les bestiaux conduits
Et classés dans un parc par ordre de mérite.
L'un a les gros travaux, l'autre les gros profits.

Le premier bien souvent, pour cacher sa misère,
Est forcé d'arriver comme un triomphateur;
La baisse d'un marché fait bouillir sa colère,
Et la plus forte perte augmente son ardeur;
Tandis que le second, tranquille à La Villette,
Inspecte froidement tous les divers envois,
Sachant bien qu'il les tient comme sur la sellette,
Comme un loup les moutons perdus au fond d'un bois.

On le voit, la partie est par trop inégale.
Comment se fait-il donc que cela dure ainsi?
C'est que l'on trouve un charme ardu. que rien n'égale
Dans cette lutte folle, et c'est peut-être aussi
Qu'il existe un attrait dans ce commerce triste
Par sa difficulté. Chacun veut le tenter.
Tout jeune on le commence, on le fait en artiste.
Et la ruine vient, quand on pourrait lutter.

Dans ce jeu, le marchand de trop d'argent dispose;
En sortant de la peine il se rue au plaisir;
Il se plait à mener, à voir la vie en rose,
Et devient raisonnable alors qu'il faut finir.
Le boucher *chevillard*, élevé par son père
Avec soin dès l'enfance, est toujours âpre au gain.
Pour lui l'expéditeur doit être un tributaire;
L'exploiter est son droit, son but et son dessein.

Le marchand dure peu malgré son énergie.
Son travail quotidien en province, à Paris,

N'est, en réalité, qu'une incessante orgie,
Qu'un jeu tout parsemé d'audace et de paris.
L'on achète trop cher et malgré tout l'on gagne ;
On revient à l'achat et l'on court comme un fou.
L'on fait, à son retour, des rêves en Espagne...
La baisse est à Paris, venant on ne sait d'où !

Dans ce prisme d'argent, quelques-uns réussissent,
Mais c'est l'exception, et l'on peut dire d'eux,
S'ils résistent d'abord, et puis s'ils s'enrichissent,
Qu'ils ont été souvent moins habiles qu'heureux.
Mais on voit rarement parmi ceux-ci, le père
Conseiller à son fils de suivre ce métier,
Car c'est un jeu de dupe, où l'on est tributaire,
D'abord du paysan, ensuite du boucher.

Tous ceux qui ont été en situation d'observer le caractère des commerçants de bœufs, reconnaîtront la justesse de cette étude. Presque tous sont des bohêmes, vivant au jour le jour, s'adonnant à tous les plaisirs, pour compenser les fatigues et les tracas de toute sorte auxquels ils se soumettent.

Il y a quelques exceptions, mais si peu, qu'en en citant trois ou quatre la liste serait bien vite close.

Le petit nombre des membres de cette corporation de commerçants fantaisistes qui n'avait pas reçu l'ordre d'acheter pour le compte de l'Etat, fit de gros bénéfices en expédiant sur Paris pendant cette période ; quelques intrigants, comme il s'en trouve toujours, avaient obtenu des marchés particuliers et s'ingéniaient à gruger la patrie à qui mieux mieux.

Parmi les moyens inqualifiables employés par eux, il en est un qui porte vraiment le cachet de la fraude éhontée.

Nous avons déjà dit que l'Etat avait pris à sa charge le transport des bestiaux, achetés pour l'approvisionnement de Paris en vue du siège à soutenir.

Que faisaient les titulaires de ces marchés particuliers, ou leurs sous-traitants?

Après avoir fait prix avec les marchands de bœufs pour les expéditions qu'ils avaient sur place, ils les envoyaient payer leurs feuilles de transport au chemin de fer, en spécifiant que ces feuilles acquittées leur seraient remises; puis ils se faisaient rembourser ces frais en livrant leurs bestiaux à l'Etat, qui se trouvait ainsi payer deux fois le transport.

C'est déjà assez ingénieux, n'est-ce pas? Eh bien! c'était encore fort anodin, en comparaison de ce qui se passa, lorsque le gouvernement dit de la défense nationale eut pris le pouvoir.

Alors l'on donna des marchés à outrance, autorisant les favoris du jour à livrer toute sorte de bestiaux devant être pesés vivants.

Ce fut un gâchis complet.

L'on vit un certain Toutpoids, ainsi nommé sans doute parce que tout chez lui devait entrer en balance, appeler et retenir au cabaret les employés de la ville, de façon à acheter leur complaisance au prix de l'ivresse, en même temps qu'à prix d'or.

L'on fit passer jusqu'à quatre et cinq fois les mêmes bœufs sur la bascule gouvernementale, pour se les faire payer autant de fois.

La caisse de l'État était effondrée par les moyens les plus inavouables. Les femmes elles-mêmes était devenues des vampires commerciaux.

Parmi elles se distinguait une certaine baronne Stick, ayant un marché à son nom. Elle alla du reste continuer en province la série de ses dépradations anti-françaises, ayant obtenu, jusqu'aux derniers jours de la guerre, des monopoles pour fournir des haricots avariés et des semelles en carton.

Toutes les monstruosités relatées par nous ne sont malheureusement que trop vraies ; il nous serait facile de citer les noms réels de ceux qui les ont commises.

Pendant que les hommes de cœur, à quelque parti qu'ils appartinssent, oubliaient leur opinion pour se consacrer entièrement au service du pays envahi, d'autres ne songeaient qu'à garnir leurs poches en pressurant la patrie.

Ils devraient être mis au ban de l'humanité.

Nous allons terminer ce chapitre en montrant la différence qu'il y eut entre l'entrée à Paris du père Heinrich à la tête de sa compagnie des francs-tireurs d'Alsace, et celle de Ludwig, son indigne fils. D'un côté nous ferons admirer le dévouement du patriotisme le plus pur, de l'autre nous flétrirons les instincts sordides de ces corbeaux de grand chemin, qu'avait enfantés la guerre.

Nous avons dit que Ludwig et ses compagnons étaient à la tête d'un beau magot, lorsqu'arriva en province la nouvelle du grand approvisionnement.

Ils songèrent immédiatement à faire de gros achats de bestiaux et à les conduire eux-mêmes à Paris.

— Je connais une région, dit le petit Raphaël, où nous pourrons aisément effrayer les paysans et faire ensuite des acquisitions fort avantageuses. Un exemple de leur naïveté vous édifiera à cet égard. Mon père avait acheté presque pour rien un convoi de bœufs venant d'une contrée de l'Allemagne, où sévissait alors la péripneumonie. Il les revendit comme bœufs d'attelage aux bons paysans dont je vous parle. Quelques jours plus tard, nous passions dans un village ; il pleuvait si fort que nous demandâmes l'hospitalité à l'un des gros bonnets de l'endroit. Le brave homme avait acheté pour sa part une trentaine de nos bœufs malades. Il se plaignit que ses nouveaux pensionnaires toussaient beaucoup.

— Est-ce que vous les avez fait déferrer, lui répondis-je aussitôt?

— Mais oui, vous savez bien que chez nous les fers sont inutiles : le terrain est si doux.

— Voilà la cause de leur mal. Ils n'ont pas l'habitude de marcher pieds nus dans la boue ou dans la rosée, et se sont enrhumés.

— C'est peut-être bien çà. J'en ferai part à mes voisins.

Le gros Max eut un accès d'hilarité, qui résonna comme un coup de tonnerre.

Raphaël reprit :

— Vous devinez le dénouement. Au bout de trois semaines, nous avions racheté à bas prix tous les malades, avant qu'on n'eût signalé leur mal épidémique et nous nous en étions défait avec avantage en les expédiant de tous les côtés pour les faire tuer.

— Petit gueux ! hurla le gros Max; si tu avais eu affaire à moi !...

— Pas d'attendrissement, reprit Karl.

Les associés suivirent le plan indiqué par Raphaël. Ils firent ainsi de fructueuses expéditions sur Paris.

La nouvelle de la honteuse capitulation de Sedan leur vint en aide. Ils résolurent alors de réunir un dernier et nombreux convoi, et de se diriger sur Paris, pour s'y enfermer tous les quatre, avec l'intention bien arrêtée de s'y livrer ensuite à tous les trafics que les privations d'un siège peuvent amener.

Karl avait de nombreuses affiliations dans la

grande ville, et le petit Raphaël était une véritable ressource, une mine féconde à exploiter.

Le vieil Heinrich apprit les diverses menées de son indigne fils et de ses coassociés. Il sut qu'ils avaient exploité avec un cynisme infernal la frayeur de leurs naïfs compatriotes, en les menaçant tantôt de l'invasion ennemie, tantôt des déprédations, hélas indéniables, de quelques pillards se disant français. L'ancien zouave résolut de les poursuivre dans Paris, où il apprit que la troupe de ces jeunes brigands ténébreux devait se rendre.

Voici pourquoi le dix septembre entraient presque simultanément par la porte d'Allemagne et par celle de Flandre deux cortèges fort différents : l'un composé de bestiaux de toute sorte et de toute provenance, conduit par des hommes sans vergogne, ne songeant qu'à pressurer leur pays envahi ; l'autre formé de volontaires ayant fait le sacrifice de leur vie, et sentant, à mesure que le péril augmentait, leur dévouement grandir pour la France blessée.

En tête des volontaires marchait un vieillard à cheval. C'était le comte de Cidler, un sportsman dont nous sommes heureux de rappeler le mérite, comme une consolation à mettre en regard des défaillances ou des turpitudes.

Il y avait peu de temps que dans l'une de ses forêts, dont Heinrich avait la garde, le comte avait eu la jambe broyée dans une lutte corps à corps avec un énorme sanglier. Sa blessure était loin d'être guérie, mais il s'était fait faire un appareil lui permettant de se tenir à cheval au prix de cuisantes douleurs, et il était venu se joindre aux volontaires d'Alsace.

En voyant de tels exemples, l'on devait se croire autorisé à ne pas désespérer encore du sort de la patrie.

CHAPITRE XVII

Infamies alimentaires.

Nous allons mettre au jour dans ce chapitre bien des turpitudes écœurantes, mais nous croyons à la fois utile et nécessaire d'avoir ce courage, d'autant mieux que nous avons à citer en regard plusieurs actes du patriotisme le plus élevé et le plus consolant.

Il s'est trouvé des hommes ayant perdu tout sentiment national et ne voyant dans l'agonie de la France qu'une occasion de faire fortune : il faut que leur conduite soit connue, que leur mémoire soit maudite, pour que d'autres, en pareille occasion, n'osent pas rentrer dans cette voie criminelle.

L'antiquité, en multipliant ses dieux, avait fait la marge très belle au brigandage mercantile. Chez elle, Mercure était à la fois la divinité des marchands et celle des voleurs. Les faits que nous allons raconter prouveront que l'adoration du veau d'or avait créé des individus dignes d'être placés sous ce double et honteux patronage.

L'hiver de 1870-1871 fut exceptionnellement rigoureux, l'on s'en souvient ; Paris semblait être devenu une succursale de la Sibérie. Or, sauf quelques hôtels particuliers appartenant au peu de grands seigneurs qui nous restent, ou à quelques grands financiers, les habitations parisiennes sont installées de façon à ne défendre ceux qu'elles abritent, ni contre le froid, ni contre la chaleur.

Bâties avec une parcimonie bourgeoise, c'est-à-dire cruelle, elles ont des murs d'une exiguité extrême, si perméables que le soleil les pénètre en quelques rayons au cœur de l'été et que la chaleur s'y concentre, de manière à faire subir aux malheureux locataires une température de four surchauffé.

L'hiver, c'est un autre inconvénient.

Aucune porte ne ferme bien, aucune fenêtre n'est bien close. Le vent entre par toutes les ouvertures mal jointes. Même avec un bon feu, l'on souffre du froid. Que devait-ce être, lorsque tout combustible était devenu une rareté, alors que les privations de toute sorte, alors que la faim même annihilait la chaleur naturelle?

Les approvisionnements de vivres de toute sorte réunis dans Paris étaient suffisants pour plus de six mois de siège, si, dès les premiers jours où l'on ferma les portes, ils avaient été répartis d'une façon sévère et équitable.

Au lieu de cela, l'incurie la plus complète, la fantaisie ou le favoritisme le plus absolu furent trop souvent le seul guide des répartisseurs,

lorsqu'un mobile plus bas, l'intérêt personnel
ou la tentation d'un lucre frauduleux, ne vint
pas guider leur main.

Encouragés par cet exemple venant d'en haut,
quelques petits commerçants se laissèrent aller
sur cette pente criminelle jusqu'à commettre des
actes de lèse-nation. Sans doute ils sont inex-
cusables, mais que dire de ceux qui avaient
accepté des fonctions publiques, qui avaient
sollicité et obtenu des postes de confiance, d'où
dépendait le salut de la patrie?

Nous allons simplement rappeler quelques-
uns des faits constatés de nos propres yeux, ou
qui nous ont été signalés par les hommes les
plus dignes de foi. Ils n'ont pas besoin d'être
commentés. Nous y joindrons un tableau du
prix auquel on fit ainsi monter les denrées alimentaires. L'indignation publique, nous l'espérons, fera justice.

Dans les premières semaines du siège, beaucoup de propriétaires de chevaux n'ayant plus
de nourriture à leur donner, et ne trouvant à
les vendre pour aucun prix au marché où ils les
avaient conduits, les abandonnaient sur place.
Le premier venu pouvait s'en rendre maître;
personne ne réclamait.

Les habitués du marché aux chevaux, d'accord
avec quelques garçons bouchers, s'emparèrent
des abandonnés et les nourrirent avec du pain,
jusqu'au moment où l'heure fut venue de s'en

défaire à prix d'or. Plusieurs employés de l'administration municipale eurent connaissance de ce
détournement de la nourriture principale, si
précieuse pour les classes populaires, mais on
les fit taire en leur promettant une bonne part
sur les bénéfices.

La commission chargée de répartir la viande
de boucherie était composée en majeure partie
d'hommes fort honorables, ayant donné des
preuves de leur probité commerciale et ayant
une position de fortune qui les mettait à l'abri
des tentations frauduleuses, il y eut malheureusement quelques exceptions à déplorer.

Parmi eux s'étaient glissés quelques hommes
n'ayant fait jusque-là que de mauvaises affaires.
A la fin du siège ils étaient riches. Aujourd'hui
ils briguent des fonctions publiques, et obtiennent en attendant des missions de confiance.

Ainsi triomphe la fraude.

Nous consacrerons à ces déserteurs de tout
devoir un ou deux chapitres à part, où leur
conduite sera bien dévoilée. En attendant nous
nous contenterons de dire qu'ils réservaient
chaque jour cent ou cent vingt livres de viande
sur les distributions qu'ils étaient chargés de
faire à l'abattoir, après avoir abattu les bœufs ou
les moutons qu'ils devaient livrer aux bouchers
détaillant dans les divers quartiers. Cette réserve se composait naturellement des meilleurs
morceaux ; ils les vendaient 10 fr. la livre

et se faisaient ainsi des journées de mille à douze cents francs.

Les bouchers détaillants se plaignaient bien, mais on ne les écoutait pas, ou bien on leur faisait de belles promesses. Quand l'un d'eux criait trop, on lui donnait un supplément de morue, car les préposés de l'administration centrale distribuaient aussi de la morue.

Les abats de moutons étaient payés 80 centimes à la Ville, et les acheteurs les revendaient près de dix francs.

Un boulanger faillit empoisonner les habitants de toute une rue. Il avait chauffé son four avec des débris de démolitions. La fumée, dégagée par la couleur incrustée sur ces bois, donna des coliques épouvantables à tous ceux qui mangèrent du pain cuit ainsi. Il y eut plusieurs cas de mort.

L'association, dont nous avons parlé plus haut, achetait beaucoup de pain chez ce boulanger. Les chevaux qui en avaient mangé furent très malades ou périrent empoisonnés.

Ces monstres humains ne les firent pas moins manger à leurs compatriotes, sous forme de pâté, de boudin, ou sous le nom de bœuf conservé.

Rien ne fut épargné dans ces saturnales des trafiquants, encouragés par l'incapacité administrative et la complicité de plusieurs fonctionnaires. Les marchandises, qu'on aurait dû réquisitionner et taxer dès le début, furent cachées pour être vendues à un prix ridicule au moment opportun, à l'heure psychologique.

Pendant que les hommes de cœur, les vrais Français étaient aux avant-postes et s'offraient en holocauste pour essayer de sauver la patrie agonisante, le gouvernement permettait qu'on se livrât à des tripotages de toute sorte, qu'on vendît des chiens pour des moutons, des rats pour des cochons d'Inde, du crottin de cheval sous prétexte de boudin, des cuirs de cheval, auxquels on avait enlevé le poil avec un rasoir, sous prétexte de tripes à la mode de Caen, etc.

Le prix des vivres atteignit ainsi des proportions scandaleuses, comme on peut s'en convaincre par les chiffres suivants :

Viande d'éléphant, la livre	20 fr.	»
Viande d'ours, comme étrennes, la livre	15	»
1 petit cochon de lait a été vendu . . .	580	»
Ail, la tête.	0	50
Le 1/2 k. de beurre fondu et salé. . . .	40	»
Le 1/2 k. de beurre frais	60 fr.	»
Le 1/2 k. de beurre végétal mélangé . .	12	»
Les 100 kil. de bois.	24	»
Le 1/2 kil. de biscuit de mer.	1	10
1 boîte de sardines.	12	50
1 boîte de haricots verts	8	90
1 boîte de petits pois.	6	»
1 bougie	0	80
Le 1/2 kil. de bœuf conservé.	15	»

Le 1/2 kil. de boudin de cheval	6	»
1 coq.	55	»
1 corbeau	6	»
100 litres de coke	16	»
1 cervelle de mouton.	5	»
1 chat	15	»
1 chou-fleur.	12	»
1 carotte	2	25
1 chou	12	»
Le 1/2 kil. de champignons.	6	»
100 kil. de charbon de terre.	30	»
Charbon de bois (le boisseau)	3	»
Le 1/2 kil. de chocolat	4	»
1 dinde.	200	»
1 paon.	140	»
Escarolle	1	25
Le 1/2 kil. de fromage de Gruyère . .	30	»
Le 1/2 kil. de galantine (cheval).. . .	5	75
Le 1/2 kil. d'huile d'olives	20	»
Le 1/2 kil. hure (cheval)	8	»
Haricots secs, le litre.	7	»
Jambon, les 500 grammes.	45	»
Le 1/2 kil. de lard	22	»
1 lapin	60	»
1 lièvre	75	»
1 navet.	1	50
1 œuf frais	2	75
1 oie	175	»
Oignons (le boisseau).	65	»
1 passereau	1	50
1 pigeon	14	»
1 poule.	70	»
1 poulet.	50	»

Pâté de lièvre, le 1/2 kil..	75	»
Pâté de volaille, la pièce	45	»
Pâté de bœuf.	28	»
1 pied d'échalotte	0	50
1 poireau	1	50
Pommes de terre (le boisseau).	50	»
1 rat	2	25
Riz, le 1/2 kil..	2	»
Saucisson de cheval, le 1/2 kilo	8	»
Saucisson de bœuf, le 1/2 kilo.	12	»
Saucisson de mulet et d'âne.	10	»
Sucre, le 1/2 kilo.		»
Viande de chien, le 1/2 kilo	3	50
Viande de mouton, le 1/2 kilo.	12	»
Viande d'âne, le 1/2 kilo	12	»
Pâté de têtes de chien le 1/2 kilo . . .	10	»
3 chiens sous le nom de moutons . . .	450	»
1 tête de chien	3	»

CHAPITRE XVIII

Patriotisme.

Comme compensation et en regard des infamies alimentaires que nous venons de signaler, nos lecteurs auront plaisir, nous le pensons, à voir comment d'autres Français remplissaient leur devoir.

La *Gazette des Tribunaux* du 21 septembre 1871 publiait les lignes suivantes :

« La magistrature parisienne a perdu, l'année dernière, un de ses anciens et très honorables membres dans des circonstances qui, par la force des choses, sont demeurées ignorées jusqu'ici, et que nous nous faisons un devoir de porter à la connaissance de nos lecteurs.

» M. Deterville-Desmortiers, qui fut juge d'instruction au Tribunal de la Seine pendant vingt-neuf ans, et qui remplit toujours, avec autant de zèle que de conscience ses importantes fonctions, ayant été admis à la retraite, par application du décret sur la limite d'âge, après trente-six ans de loyaux services dans la magistrature, dont la croix de la Légion d'honneur et la haute approbation du ministre de la justice avaient été la

seule récompense, s'était retiré dans sa propriété
sise à Parmain, près de l'Ile-Adam.

» Au mois de septembre 1870, Parmain s'est
défendu héroïquement contre les Allemands. Il
a succombé au nombre, à la défection, à la
trahison.

» M. Deterville-Desmortiers, au desespoir de
voir la France envahie, s'était joint, malgré son
âge (soixante-et-onze ans), aux jeunes francs-
tireurs de l'endroit pour défendre son pays.

» Le jeudi 29 septembre, à six heures du soir,
il est surpris par les ennemis et emmené à
Persan, avec un jeune ouvrier, Edouard Maître,
saisi en même temps que lui. Tous deux furent
attachés ensemble pendant trente-six heures,
sans boire ni manger, Après avoir subi ce
martyre, ils ont été fusillés le samedi 1er octobre
1870, à six heures du matin.

» Ordre absolu avait été donné de ne laisser
approcher personne de ces deux corps, jetés
ensemble dans une fosse et gardés par des
soldats.

» Aucune des démarches de la digne veuve de
M. Deterville-Desmortiers, auprès des ennemis,
n'a pu faire lever cet ordre inexorable.

» La veille de la mort de M. Desmortiers,
Parmain était incendié par les Allemands. Rien
n'a été sauvé. La maison de Mme veuve Deterville-Desmortiers et toute sa petite fortune sont
sous les cendres. Cette dame si respectable, et le

petit-neveu de son mari, enfant de dix ans, sont restés avec les habits qui les couvraient. Il serait assurément dificile d'imaginer un désastre plus complet et plus cruel.

» On ne peut contenir son émotion, et, disons le mot, son indignation, en voyant la manière dont nos ennemis ont traité un courageux magistrat et son jeune compagnon d'armes, pour les punir d'avoir essayé de défendre leur patrie et de repousser les envahisseurs du sol national. Rien n'effacera le souvenir de telles atrocités.

» Quant à l'infortuné M. Deterville-Desmortiers, tombé victime de son dévouement à son pays, il laisse l'impérissable et enviable mémoire d'un homme qui fut à la fois un magistrat honorable et un citoyen héroïque. »

Voulez-vous un autre acte de patriotisme admirable? Il vous est facile de le trouver à un degré tout autre de l'échelle sociale.

Sur les bancs des écoles, l'on apprend aux jeunes générations de nombreux traits d'héroïsme empruntés aux fastes de l'histoire romaine, aucun ne l'emporte sur le suivant, accompli sans forfanterie et sans l'ivresse des actions d'éclat d'un jour de bataille. C'est le dévouement obscur d'un simple jardinier de Bougival.

Sans les soins de son maître, M. Paul Avenel, dont il surveillait la maison de campagne pendant la période de l'année terrible, ce héros serait demeuré inconnu.

Vers la fin du mois de septembre, un régiment prussien, le 46e, vint s'établir à Bougival. Tout d'abord, les officiers firent établir un fil électrique reliant la commune à Versailles et permettant d'avoir ainsi des relations instantanées.

Dès le lendemain, le fil était coupé. On le rétablit en vain plusieurs fois. Une main invisible le recoupait sans cesse.

C'était le sécateur de François Debergue, jardinier de M. Paul Avenel, qui détruisait ainsi le télégraphe ennemi.

Au bout de quelques jours, il fut soupçonné, presque surpris sur le fait.

On le fit appeler devant une commission militaire. Le président lui dit :

— C'est vous qui avez eu l'audace de couper notre fil télégraphique?

— Oui, c'est moi, répondit Debergue, sans la moindre émotion dans la voix, sans la moindre hésitation dans le regard.

— Pourquoi avez-vous fait cela?

— Parce que vous êtes les envahisseurs de mon pays?

— Recommencerez-vous?

— Oui.

— Comment osez-vous l'avouer?

— Parce que je suis Français et que je ne vous crains pas.

Le corps des officiers ne put contenir sa surprise et son admiration, en voyant des sentiments aussi élevés chez un simple cultivateur, chez un vieillard de soixante ans.

François Debergue ne fut pas moins condamné à mort.

Les habitants de Bougival avaient tous de l'estime et de l'affection pour le vieux jardinier. Ils réunirent une somme de dix mille francs, qui fut offerte comme rançon à la justice militaire prussienne.

Debergue en eut connaissance, et dit tout simplement :

— C'est fort inutile, car demain je recommencerais, si l'on obtenait de me racheter.

A toutes les observations qu'on pouvait lui faire, il répondait :

— C'est mon devoir de Français.

Le 26 septembre, un peloton de soldats prussiens, commandé par un officier, conduisait le vieux patriote en plein champ.

L'officier ne pouvait contenir son émotion, et les soldats semblaient saisis de respect.

Les habitants de Bougival, qui avaient suivi le cortège mortel, entendirent plusieurs fois ce mot sortir des lèvres allemandes :

— Patriotisme! Patriotisme!

On attacha le condamné avec une corde au tronc d'un pommier. L'officier demanda un mouchoir pour lui faire bander les yeux.

— J'en ai un dans ma poche, dit François Debergue; faites-le prendre.

Quelques secondes plus tard, le pauvre jardinier tombait foudroyé, la poitrine trouée de dix-huit balles.

Le nom du brave François Debergue ne périra pas. Une souscription a été faite à Bougival pour lui élever un monument dont l'exécution a été confiée au sculpteur Lanzirotti, mais là où sa mémoire doit demeurer impérissable, c'est dans le cœur de tout Français, digne de ce nom.

Dans l'armée il y a eu des faits d'armes personnels, dignes des temps antiques.

En voici un accompli par un simple soldat :

Parmi les réservistes versés au 50e de ligne, figurait un nommé Rebeyrol Maxime, soldat de première classe, chevalier de la Légion d'honneur, domicilié à Sarliac canton de Savignac-les-Eglises (Dordogne).

Voici l'action d'éclat qui a valu à ce brave soldat la croix de la Légion d'honneur.

Un jour, dans les environs du Mans, se trouvant de grand'garde, il vit venir à lui un officier supérieur prussien, suivi de deux cuirassiers qui lui servaient d'escorte. Dès qu'il le jugea à portée, Rebeyrol ajusta l'officier qui tomba raide mort. Les cavaliers dégaînèrent et se précipitèrent ventre à terre du côté ou était parti le coup. Le soldat les attendit de pied ferme. Il en abattit un premier d'une balle et tua le second d'un coup de sabre-baïonnette, S'emparant alors des dépêches dont était porteur l'officier ennemi, il les emporta pour les remettre à ses chefs. Elles étaient de la plus haute importance.

Rebeyrol appartenait alors au 32e régiment de marche.

Nous n'aurions que l'embarras du choix pour continuer cette liste. Si la France avait pu être sauvée par les dévouements privés, par les traits d'héroïsme personnel, elle ne se serait certainement pas inclinée devant ces vainqueurs n'ayant jamais pu s'emparer d'un canon, ou même d'un fusil, que le carnet à la main, après des capitulations dont les commandants en chef sont seuls coupables et doivent seuls porter le poids.

Malgré ses fautes méritant peut-être châtiment, malgré ses caprices et ses orages intérieurs, qui en font une sensitive perdant courage ou prenant confiance avec trop de facilité, quelquefois même sans raison, malgré les défaillances ou les crimes de quelques-uns de ses enfants, un pays, produisant des hommes, à tous les degrés de l'échelle sociale, comme ceux dont nous venons de citer les nobles exemples, un tel pays ne peut ni ne doit rester longtemps abaissé. Mais, ne l'oublions pas, un seul sentiment peut amener l'heure du réveil et du succès, c'est celui du patriotisme.

CHAPITRE XIX

Poursuite du fils par son père.

Ainsi que nous l'avons dit, Heinrich était entré à Paris avec ses volontaires d'Alsace, quelques heures après l'arrivée de Ludwig et de ses compagnons. Il s'occupa de loger ses hommes et d'assurer leur nourriture. Puis l'ancien zouave, dont l'idée fixe était de mettre la main sur les déserteurs qu'il était venu poursuivre, résolut de se rendre dans les divers hôtels avoisinant le marché de La Villette, espérant y trouver quelques renseignements utiles.

Benjamin devina sa pensée.

Le plus jeune des fils d'Heinrich était une nature toute faite de tendresse. Quelque coupable que lui parut Ludwig, il n'oubliait pas qu'il était son frère, et s'était promis, n'espérant pas obtenir sa grâce, de tout tenter pour atténuer son châtiment. Il comptait pour y arriver sur l'affection extraordinaire qu'Heinrich avait pour lui, affection frisant la faiblesse, comme le disait parfois cet homme de fer.

Benjamin fut donc plus câlin que de coutume, et réussit à se faire emmener par son père.

Heinrich ne lui parla nullement des recherches

qu'il allait faire. Il lui dit simplement qu'il allait voir s'il ne trouverait pas quelque ancien camarade dont on lui avait parlé. Benjamin n'en redouta que davantage les effets de cette colère sourde et concentrée; elle était contraire aux habitudes franches, aux allures emportées du vieux chasseur.

Heinrich parcourut, sans recueillir aucun indice, les divers hôtels situés dans la rue d'Allemagne, aux environs du marché de La Villette, où les marchands de province ont l'habitude de descendre. Enfin, au café du Marché, on lui dit qu'un Alsacien était venu, mais qu'il était en ce moment aux abattoirs.

Le vieux chasseur y courut avec l'ardeur qu'il mettait à suivre toute piste.

Il trouva en effet un marchand alsacien, qui se fit un malin plaisir de lui donner des renseignements sur son fils Ludwig, et le félicita de sa grande réussite dans les diverses opérations faites depuis quelque temps par lui, sachant combien il causait de peine à cet ardent patriote.

La plupart des hommes vivant de lucre ont l'esprit méchant.

— Il faut bien, ajouta le commerçant avec un accent goguenard, que quelques-uns de nous se dévouent pour faire les approvisionnements nécessaires. Tout le monde ne peut pas combattre : chacun a sa place.

— C'est vrai, répondit Heinrich, avec un accent qui effraya fort Benjamin.

Jamais il n'avait vu son père se contenir ainsi.

Heinrich demanda, au bout d'un instant à son compatriote :

— Est-ce que vous n'avez pas vu Ludwig? On m'a dit qu'il était à Paris.

— On me l'a dit aussi, mais je ne l'ai pas rencontré. Il doit être très préoccupé, car il a amené un fort convoi de bœufs, et, depuis hier, le Gouvernement a donné l'ordre de ne plus acheter. Il faudra qu'il vende sa marchandise comme il le pourra. J'ai eu peine à vendre la mienne. On tue des masses de chevaux et on donne la viande presque pour rien. Il paraît que beaucoup de propriétaires les lâchent sur la voie publique : en prend qui veut! Comprend-on un Gouvernement pareil?

— Oui, dit Heinrich, la poule a été tellement plumée qu'elle demande à laisser repousser les plumes, avant de permettre à ses bourreaux de recommencer leurs exercices.

Pendant ce colloque, Benjamin avait aperçu la tête de fouine de Raphaël, et l'immense stature de Max se profilant derrière la porte d'une écurie à bœufs.

Il avait été tellement effrayé par la sourde rage de son père, qu'il songea à leur donner un avertissement sans mot dire. En se faisant reconnaître par eux, il était assuré que son frère

Ludwig serait prévenu du danger que leur faisait courir l'arrivée du vieil Heinrich et de ses
volontaires.

Il s'avança donc et se mit bien en vue pour
être reconnu, malgré son uniforme de franc-
tireur, qui le changeait un peu.

Raphaël ne s'y trompa pas, et tirant Max par
sa longue blouse, il lui dit :

— Il n'est que temps d'aviser. Heinrich est
sur nos traces. Je viens de voir Benjamin ; et,
Dieu me pardonne, voici Heinrich lui-même qui
le rejoint.

— Où cela ?

— Derrière toi.

Max se retourna.

Telle est l'influence indiscutable qu'un homme
honnête et brave possède sur celui qui se sent
coupable, que l'hercule se mit à trembler.

Il demeurait là comme pétrifié et aurait pu
être surpris par Heinrich, si Raphaël ne l'avait
entraîné, en disant :

— Alerte, il n'est que temps d'aller prévenir
les autres. Nos bestiaux sont à l'abri, le mieux
est de nous cacher pour l'instant.

Ludwig et Karl étaient dans l'écurie ; ils les
rejoignirent et montèrent ensemble dans le grenier à foin.

De là ils purent entendre au bout d'un instant
Heinrich dire à Benjamin :

— Il est temps d'aller rejoindre les frères et

leurs compagnons. Nous reviendrons chercher mon camarade un autre jour.

Les coupables respirèrent en les voyant partir. Ils avaient un peu de répit pour se défendre, pour échapper peut-être à la poursuite du vieux soldat.

Ils tinrent conseil.

Dès leur arrivée, en apprenant que l'administration municipale avait mis un terme aux fraudes de tout genre dont elle venait d'être victime, et qu'elle avait fait cesser tout achat de nouveaux bestiaux, ils furent un instant embarrassés, mais comme nous l'avons déjà vu, ils étaient gens de ressource et ils ne devaient pas se laisser intimider longtemps.

Karl, dans une des réunions publiques qu'il suivait assidûment, lorsqu'il faisait un voyage à Paris, avait fait la connaissance d'un certain Bebaro, associé ou plutôt homme de paille d'un ancien boucher fort riche. Bebaro avait à sa disposition deux échaudoirs à l'abattoir de la Villette; il les employait à faire la commission en bœufs et moutons.

Ce Bebaro était un petit homme à museau de renard, à passions de satyre, le tout joint à un appétit de vautour, à une ambition démesurée et par cela même mauvaise conseillère.

—Il y a moyen de s'entendre avec lui, dit Karl. Je l'ai vu prendre des deux mains, tromper à la fois son patron et les clients de son patron. C'est l'homme intelligent qu'il nous faut. Il doit être bien au courant de la situation.

— Où le trouverons-nous ? demanda Raphaël, le temps presse.

— S'il n'est pas à son échaudoir, je l'aurai vite trouvé. J'irai chez sa maîtresse, la grosse Roselia. Elle a eu des bontés pour moi.

A ces derniers mots, Karl se rengorgea.

Bebaro, nous l'avons dit, avait des passions de satyre. Elles lui coûtaient cher, car il était loin d'être séduisant. Son inconstance était sans égale, mais la grosse Roselia le dominait, comme une habitude dont il ne pouvait se défaire.

Elle connaissait ses fredaines et s'en inquiétait d'autant moins, que de son côté elle était très volage, bien que mariée et *amantée*. Mais si, tous les mardis et tous les samedis, Bebaro n'apportait pas la rente bi-hebdomadaire, Roselia allait à l'abattoir et exigeait en belles espèces sonnantes ce qu'elle croyait lui être dû.

Elle appelait cela aller en recette et elle arrivait avec une assurance vraiment belle à constater.

Roselia opérait avec conviction, avec majesté.

Le mari trouvait son compte à cette impudeur, qui lui permettait de faire le commerce des chevaux, commerce lui plaisant beaucoup, mais auquel il n'entendait rien. Il dépensait ainsi la rente de sa femme.

Ce ménage à trois s'entendait du reste fort

bien, lorsque la question du budget était réglée en temps.

On voit par ce qui précède, que Bebaro avait besoin de faire bien des dupes, car il dépensait plus que ses ressources ne le lui permettaient. Il était donc toujours prêt à accepter ce que, par euphémisme, il appelait *une affaire*

Le jour où Karl et ses compagnons vinrent trouver Bebaro, il éprouvait un entraînement irrésistible pour Mme Blanche R..., la cabaretière dont nous avons parlé au commencement de cette étude. Nous ne pouvons donner le nom d'amour aux sensations bestiales de Bebaro le satyre ; c'était simplement du désir inassouvi, mais quand il avait martel en tête sur cette question, il devenait vraiment extraordinaire. Rien ne lui coûtait ; aucun obstacle ne le faisait reculer.

Comme l'argent est en tout le nerf de la guerre, il en désirait plus que jamais.

Karl arrivait donc au bon moment. Aussi fut-il bien accueilli.

Bebaro habitait dans une ruelle solitaire, entre l'abattoir général de La Villette et le chemin de fer de ceinture. La maison, située entre cour et jardin, avait des dépendances nombreuses. Les écuries étaient vastes et garnies de superbes percherons, ayant la tâche de mener la viande dans Paris. Le canal de l'Ourcq coulait à côté. L'emplacement était admirablement choisi pour tous les genres de fraude.

On avait établi dans les caves un abattoir clandestin. En temps ordinaire, c'était déjà d'un beau rapport. Que serait-ce dans un temps troublé ?

Bebaro avait fait prendre l'habitude à ses meneurs de viande de passer chez lui avec les voitures chargées, sous prétexte de se rafraîchir à la maison même, au lieu d'aller chez le marchand de vins ; un prétexte moral en apparence, comme vous le voyez.

En réalité, cette halte permettait au maître gueux de charger sur les voitures des animaux de qualité douteuse, dont l'inspecteur aurait peut-être confisqué la viande à l'abattoir, et qui ainsi échappaient à l'impôt de l'octroi.

Bebaro avait du reste trouvé un autre moyen de frustrer la ville et l'octroi.

Chaque mois on tare les voitures devant mener la viande, et le poids constaté fait foi jusqu'à nouveau pesage. Chaque voiture porte un numéro matricule, et tous les soirs, lorsqu'elle passe sur la bascule avec sa charge de viande, on déduit le chiffre de la tare pour établir la note à payer.

Bebaro avait fait fabriquer des voitures en double. Elles étaient exactement semblables et portaient chacune de leur côté le même numéro. Seulement les unes avaient un double fond, pouvant contenir cent cinquante ou deux cents kilos de plomb.

Lorsque le jour de la tare arrivait, on pre-

13

nait les voitures à double fond et l'on payait
ainsi à la Ville deux cents kilos de viande en
trop, mais pendant tout le reste du mois on prenait les autres et l'on gagnait deux cents kilos de
viande par voiture qu'on sortait, c'est-à-dire, à
raison de 12 francs par 100 kilos, 24 fr. par
voyage.

L'on faisait quatre ou cinq voyages par jour.
La fraude en valait la peine.

On voit que messire Bebaro était vraiment un
homme de ressource.

Karl le trouva assis sur un banc placé devant
son échaudoir. C'était l'endroit où il donnait
ordinairement ses premières audiences. Lorsqu'une affaire lui semblait mériter attention, il
prenait rendez-vous avec ses clients et l'entrevue
avait toujours lieu dans sa petite maison, loin du
regard ou de l'oreille des importuns ou des indis-
crets.

Karl fut bien accueilli par Bebaro. Les coquins
éhontés ont une sorte d'instinct ou de sympathie
rendant leur liaison facile.

— J'ai une affaire très sérieuse à vous proposer, dit Karl, après avoir préludé par quelques
propos insignifiants.

— Vraiment, de quoi s'agit-il?

— De trois cents bœufs que mes compagnons
et moi nous avons fait entrer ce matin à Paris
et dont nous vous donnerons une bonne part, si
vous voulez nous aider à en tirer parti.

— C'est bien, venez ce soir dîner chez moi, et amenez vos associés.

— Nous sommes en danger d'être pris; il faut aviser immédiatement.

— Qui donc vous poursuit?

— Le commandant d'une compagnie de francs-tireurs. C'est le père de l'un de nous. Nous sommes réfractaires, et il ne plaisante pas.

— Où sont vos associés?

— Ils sont cachés dans un grenier de l'abattoir, ici à côté.

Bebaro réfléchit un instant. Puis il murmura :

— Ce sont eux qui vont me fournir l'argent dont j'ai besoin pour Mme Blanche R...

L'imagination lubrique de Bebaro établissait toujours une sorte de compte courant, où le doit et avoir du plaisir était sans cesse en balance.

Il siffla son premier employé, son maître garçon, comme on l'appelle, et après lui avoir donné ses ordres, il prit Karl par le bras et fit semblant d'aller faire une partie de cartes.

Après un détour destiné à donner le change, Bebaro dit à Karl :

— Maintenant, conduisez-moi au grenier de vos compagnons. Nous allons tâcher de les délivrer, s'ils sont raisonnables. Les avez-vous préparés à l'être?

— Oui, dit Karl, je leur ai dit qui vous étiez, et que vous seul aviez le bras assez long pour nous tirer d'embarras.

— Alors nous pourrons nous entendre.

Bebaro jeta un regard investigateur sur les prisonniers, dès qu'il eut gravi l'escalier conduisant au grenier à foin, où il trouva blottis les compagnons de Karl. Il semblait tenir à la fois du magnétiseur et du jettatore. On répétait tout bas qu'il avait le mauvais œil : lui-même s'en vantait, fort content d'établir ainsi autour de lui un genre de puissance malfaisante, dans la pensée d'en tirer parti, dans l'espérance de l'exploiter au besoin.

Il sentit dès le premier abord qu'il tenait les trois associés sous sa griffe féline. Tous les trois tremblaient. Au moindre bruit ils craignaient de voir apparaître le vieil Heinrich.

Bebaro avait beau jeu.

— Rassurez-vous, dit-il, j'en ai bien vu d'autres, et je vous sortirai de là, si nous parvenons à nous entendre.

— Faites vous-même les conditions, répondit Ludwig.

— Voilà qui est bien parler : en revanche, je serai plus coulant que d'habitude. Vous avez sur les bras un convoi de bœufs que, sans mon aide, vous seriez obligés de vendre à perte. Je vous apporte mon concours, et nous en tirerons bon parti, soyez-en assurés. Eh bien ! nous partagerons en bons frères.

— Le bénéfice? hasarda le petit Raphaël.

— Le produit total, ou bien je ne consens à me mêler de rien.

— Nous acceptons, répondit Ludwig, mais il faut que vous nous aidiez à conserver nos propres personnes, après avoir sauvé notre marchandise.

— Nous allons y songer : l'un ira avec l'autre. Du reste, nous courrons les mêmes risques ; vous serez mes aides de camp. Vous allez d'abord vous déguiser. Le déguisement le plus sûr pour l'instant, c'est l'uniforme de garde national. Vous prendrez de fausses barbes, et le plus malin s'y trompera. Qui donc viendrait chercher des Alsaciens dans les rangs de la garde nationale? On les croit tous en train de défendre leur propre pays.

— Raphaël en garde national ! Ça va être drôle ! exclama le gros Max.

— L'uniforme de la garde nationale grandit et rend sacré, dit Karl avec majesté. C'est l'habit d'émancipation du soldat citoyen.

— Pour donner le change à ceux qui vous poursuivent, poursuivit Beharo, vous irez prendre le chemin de fer de l'Est, comme si vous retourniez chez vous après m'avoir vendu votre convoi de bœufs. A la première station vous descendrez, et reviendrez chez Mme Roselia, dans la plaine des Vertus, s'il vous plaît. Karl connaît la maison. Là je vous ferai parvenir des uniformes de la garde nationale, et je vous dirai où chacun de vous devra se rendre.

Raphaël fit un signe à Ludwig et le tirant à

l'écart, il le pria de demander à Karl si l'on pouvait sans crainte confier les trois cents bœufs à messire Bebaro.

Celui-ci s'en aperçut, et répondit en ces termes à Raphaël :

— Toi, petit furet, tu me plais ; tu es méfiant, j'aime ça. Je t'attache à ma personne ; tu verras ainsi que je ne veux pas vous tromper. On ne trompe que les bourgeois ; entre nous, ce serait trop.

Le lendemain, lorsque Heinrich revint pour recommencer ses recherches, il apprit que Ludwig et ses compagnons avaient vendu leur marchandise, et qu'ils étaient repartis.

Il eut envie de tout quitter pour les poursuivre, mais il fut retenu par le sentiment du devoir, qui, chez les natures nobles et généreuses, domine tout.

Triste et plein d'une rage sourde, il regagna son poste de combat.

CHAPITRE XX

Le plan de Bebaro.

Le général Trochu, de funeste mémoire, a eu, dit-on, son plan, un plan fameux, tellement subtil, tellement insaisissable qu'il n'a pu arriver au plus simple commencement d'exécution, à moins que ce plan consistât seulement à capituler par procuration.

Bebaro, lui aussi, fit un plan en vue du siège de Paris. C'était l'œuvre d'un commerçant éhonté, mais résolu. Nous allons l'indiquer ; nous verrons ensuite comment il fut exécuté sans faiblesse et sans crainte. Si cet homme avait employé pour le bien toute l'énergie et toute l'habileté qu'il déployait dans le mal, il aurait fait un général en chef invincible.

En ce monde il est fort rare que les personnalités soient à leur place.

Bebaro, lorsqu'il devait méditer un plan sérieux, avait pour habitude de s'enfermer seul dans sa salle à manger. Été comme hiver, il allumait du feu et l'attisait de manière à obtenir une température capable de faire éclore des vers à soie.

Il prétendait que ce prélude lui était nécessaire pour avoir de bonnes idées.

Ses ancêtres devaient être d'origine orientale, ainsi que son nom semblait l'indiquer et que son œil fauve le laissait voir. Un fils des climats sans nuages, un enfant des régions ensoleillées pouvait seul avoir des fantaisies semblables, venant corroborer ses passions tempêtueuses.

Donc, bien qu'en l'année terrible de 1870 le mois de septembre se fût montré particulièrement chaud, messire Bebaro alluma un grand feu, avant de se laisser · aller sur une chaise longue.

Il fallait, dans ces moments-là, que personne ne vint le déranger. Forcer la consigne pouvait être un danger, car ce petit homme avait des éclairs de colère, dignes des héros orientaux de lord Byron ou d'Alfred de Musset.

C'était une sorte d'Hassan commercial, un Lara du négoce. Nous verrons, du reste, qu'il avait par plus d'un point les mœurs d'un corsaire.

Au bout d'une heure d'immobilité absolue, qui aurait fait grand honneur à un mahométan fanatique, Bebaro se leva en sursaut en s'écriant :

· — Je tiens mon affaire.

Sa domestique le voyant reveillé, — c'est le mot, car il sortait réellement d'un état voisin du somnambulisme, — et s'apercevant qu'il était d'excellente humeur, lui dit :

— Vous n'avez rien cassé aujourd'hui.

— Non, mais tu peux compter sur une fête prochaine où nous démolirons tout. En attendant va éteindre le feu : je n'en ai plus besoin et je ne suppose pas que tu veuilles en user.

Bebaro, dans le cas où ce qu'il appelait ses idées ne venait pas, malgré l'espèce de recueillement auquel il se soumettait, entrait dans des accès de fureur presque épileptique. Il cassait tout ce qui lui tombait sous la main.

— Baste ! disait-il ensuite, j'ai renouvelé ma vaisselle.

Ce jour-là l'enfantement n'avait pas été laborieux ; Bebaro souriait.

Il alla trouver avec empressement Mme Blanche R..., dans le double but d'employer son hôtel comme un parc de réserve, comme un refuge, et de plaider en même temps la cause de son amour, ou plutôt de son désir immodéré.

Bebaro connaissait la nature de Mme R... Il était persuadé, qu'elle ne voudrait pas se vendre contre argent comptant, — elle était trop fière pour cela, — mais que, étant avant tout commerçante acharnée, elle pourrait échanger ses faveurs contre une affaire exceptionnellement avantageuse.

Certaines natures sont ainsi faites, elle ont une morale à leur propre usage.

La maison de Mme R... était admirablement propice à l'usage auquel Bebaro la destinait. Derrière sa façade, donnant sur la rue d'Allemagne, elle possédait de vastes dépendances, des écuries, des caves immenses et un jardin allant jusqu'à une route absolument déserte, pour aboutir de là aux fameuses carrières d'Amérique.

Cette situation était précieuse à exploiter.

Bebaro demanda à Mme R... une audience particulière pour une affaire de la plus haute importance.

— Si vous voulez encore me parler de votre amour, répondit la coquette, c'est fort inutile. Je reçois à chaque instant beaucoup trop de protestations analogues pour y ajouter foi. Vous savez bien que je suis commerçante, c'est-à-dire émancipée, presque homme.

— C'est aussi de commerce que j'ai à vous parler, et ma proposition, j'en suis assuré d'avance, vous sera agréable.

— Alors, c'est différent. Dans quelques minutes je pourrai vous écouter.

Mme R... donna quelques ordres; puis elle appela Bebaro et lui dit :

— Le temps est fort beau. Si vous voulez, nous allons causer de l'affaire que vous avez à me proposer, en faisant un tour de jardin.

— A vos ordres, belle dame.

Bebaro offrit galamment son bras à Mme R... Lorsqu'ils furent loin de toute oreille importune, la négociante demanda, non sans montrer un peu d'impatience :

— De quoi s'agit-il donc ?

— D'un traité à conclure entre nous.

— Parlez.

— J'ai la haute main sur trois cents bœufs entré hier à Paris. Ils sont de première qualité.

— Mauvaise affaire ; les achats sont arrêtés.

— C'est justement pour cela que l'affaire devient excellente.

— Comment ?

— En dépit de ce qu'on peut croire, le siège de Paris durera longtemps.

— Allons donc, tout le monde dit qu'on ne peut résister.

— On ne devrait peut-être pas essayer, mais les Français sont chevaleresques en diable. On leur monte facilement la tête, et on les trompe encore plus aisément.

« Cette guerre, commencée dans un intérêt dynastique par un empereur, miné de tous côtés, sera continuée dans un intérêt de parti par ceux qui se sont emparés du pouvoir et qui ne veulent pas le lâcher. Ils feront appel à l'amour-propre de la France, et trouveront de nombreuses dupes. Vous verrez en première ligne les vrais patriotes, à quelque opinion et à quelque classe de la société qu'ils appartiennent. Les déclassés joueront le rôle de fifres et de tambours ; ils feront beaucoup de bruit et peu d'ouvrage. Quant aux ouvriers, ils seront bien forcés de suivre, n'ayant plus d'ouvrage. Du reste on les enivrera de promesses, et puis ils ont du sang gaulois dans les veines, ils sont braves.

— Où voulez-vous en venir?

— A faire de grandes provisions en vue d'un long siège, où les denrées atteindront des prix fabuleux, où l'on mangera les chevaux d'abord, les chiens et les chats ensuite, les rats en dernier lieu, et où les riches paieront au prix de l'or tout ce qu'on pourra leur présenter à un moment donné.

— Quelle vision avez-vous là?

— Une vision à devenir millionnaire, et c'est le seul désir de vous posséder un jour qui me l'a inspirée.

— Je vous ai dit qu'il était inutile de me parler de cela. Je vous le défends.

— C'est bien! ajournons. Pour le quart-d'heure voici de quoi il s'agit. J'ai l'intention de conserver, le plus longtemps possible, une partie des trois cents bœufs dont je vous ai parlé. Nous en placerons, si vous acceptez, quatre-vingts dans vos caves si vastes et si aérées qu'on les dirait construites en vue de cet usage. Nous vous donnerons le sixième, non pas du bénéfice, mais du produit total de leur vente. Vous n'avez ainsi aucun argent à débourser, pas de pertes à encourir et des bénéfices énormes en perspective. Pour cette dernière question vous pouvez vous en rapporter à moi ; est-ce parler convenablement?

— Oui, mais comment ferons-nous pour nour-

rir ces pensionnaires? Nous n'avons pas beaucoup de fourrage en réserve.

— Vous connaissez comme moi plusieurs des
employés au parc de cet amas de bœufs achetés
par l'État. Il y aura certainement bien moyen de
s'entendre avec eux et d'avoir du fourrage à bon
compte, quand nous voudrons (1).

— Vous songez à tout. Ah! si j'avais eu un
mari comme vous.

— Ne me parlez pas ainsi, ou je transgresse la
défense que vous m'avez faite, et je tombe à vos
pieds.

La coquette eut un regard tendre qui acheva
de porter le trouble dans les sens de Bebaro.

Elle prit plaisir à cette excitation pendant un
moment, mais son instinct de commerçante revint
bientôt.

— Trève de fadaises, dit-elle; je suis bien
obligée d'être homme, puisque mon mari a abdi-
qué son rôle. Causons donc comme deux camarades. Quels sont vos projets?

— J'ai l'intention, je vous le répète, de garder
le plus longtemps possible vivants les bœufs
dont je viens de vous parler, et de faire des boîtes

---

(1). On assure qu'on a vu des voitures de fourrage entrer par
une porte et sortir par l'autre. Le fournisseur avait soin,
lorsqu'un inspecteur devait passer, de faire mettre du foin
devant les bœufs; puis l'inspection passée, il se contentait d'en
mettre dans ses bottes.

de conserves avec la viande de ceux que je serai obligé d'abattre, soit qu'ils se mettent à dépérir, soit que la nourriture fasse défaut. Vous le voyez, c'est bien simple, mais cela suffit à vous assurer une fortune.

— Eh bien, j'accepte. Vous me plaisez par votre assurance, et votre confiance me gagne.

— D'autant plus que vous ne courez aucun risque, n'est-ce pas? Mais je le veux ainsi, et j'espère un jour être admis, en échange, à vous demander la seule récompense que mon cœur ambitionne.

Sur ces mots accompagnés d'un regard expressif, Bebaro prit congé de la belle Mme R..., en ajoutant :

— Cette récompense divine, je vous quitte pour aller la mériter.

Bebaro, après s'être entendu avec Mme R..., s'occupa de se procurer les uniformes de gardes nationaux dont il avait besoin. Ce ne fut pas petite affaire pour en trouver à la taille de Max le géant, et de Raphael le pygmée contrefait, mais, comme on a pu le voir, Bebaro était homme à tout mener à bien.

Quand le soir fut arrivé, il se rendit chez la grosse Roselia, au delà d'Aubervilliers, avec les vêtements nécessaires à ses projets. La route était déserte; au surplus les voisins étaient habitués aux allées et venues du boucher parisien. Ils ne s'en inquiétaient guère, ou bien fermaient

les yeux, les uns par crainte, les autres dans
l'espoir d'être récompensés.

Avant de descendre de voiture, Bebaro demanda au garçon qui était venu lui ouvrir :

— Avez-vous reçu la visite de quatre jeunes
gens du pays d'Alsace?

— Oui ; M. Karl, votre ami, était avec eux. Ils
ne font qu'arriver.

— C'est bien ; ne dételez pas, nous repartirons
bientôt. Apportez tout de suite ce paquet d'habits
à la maison.

Bebaro entra sans se faire annoncer.

— Eh bien! mes enfants, dit-il, j'ai pensé à
vous tous. Toi, ma grosse Roselia, tu vas venir
à Paris. C'était ton rêve, le voilà réalisé ; dans
deux jours, tu seras installée, et très conforta-
blement, tu auras un salon. Il y a en outre beau
coup d'argent à gagner ; ça te va, n'est-ce pas?
Où est ton mari?

— Quand il y a de l'argent à gagner, il n'est
jamais là.

— C'est égal, il faudra le retrouver : j'ai pour
lui un emploi fructueux.

— Il faut bien que nous soyons en temps de
siège, pour que cela arrive.

— Peut-être bien, mais ce n'est pas moins la
vérité.

Le garçon entra avec le paquet d'uniformes
de la garde nationale,

— Voici, messieurs, vous n'avez qu'à choisir.

Il y en a pour vous quatre. Raphaël et Max ne risquent pas de se tromper : j'ai eu de la peine à trouver ce qu'il leur fallait réciproquement. Quant à Karl et à Ludwig, il sont à peu près de la même taille tous les deux. Ils peuvent prendre l'un ou l'autre des uniformes restants. Allez vous vêtir en soldats citoyens : pendant ce temps je vais donner quelques explications à ma chère Roselia.

— Qu'a-t-il donc aujourd'hui ? murmura celle-ci. Il est bien câlin.

Les quatre jeunes gens passèrent dans une chambre attenante, et eurent bientôt revêtu les dits uniformes.

— Voilà qui est fort bien, s'écria Bebaro, en les voyant revenir. Rien que le numéro de votre bataillon vous permettra de passer partout; il est bien vu. Maintenant que je me suis occupé de vous, de votre salut, parlons un peu de vos affaires... Roselia va rentrer dans Paris avec son mari, qui sera chargé d'acheter des chevaux pour la société.

— Diable, murmura Karl, c'est grave.

— Soyez tranquille, ils gagneront gros à tout coup : nous les vendrons comme viande de bœuf, ou nous les mettrons en pâtés ou en saucissons. Quant à vos bœufs, voici comment nous allons procéder. Il est important d'en conserver le plus possible; malheureusement nous ne pouvons garder le tout. Sans cela nous arriverions à faire une fortune, pouvant plus tard nous permettre

d'acheter tous les plaisirs de la terre. Il faut dès
à présent faire la part du feu. Nous allons abattre deux cents de nos animaux, dont nous ferons
des conserves. Quant aux cent autres, j'ai décidé
Mme R... à nous permettre d'en placer quatre-
vingts dans les magnifiques caves de sa maison
que vous connaissez. Nous mettrons le reste dans
les miennes. Notre dépôt de viande et notre
magasin de conserves, se trouveront dans l'habitation que je vais aller louer pour Roselia, notre
excellente amie. L'essentiel sera de trouver assez
de nourriture pour garder le plus longtemps possible nos pensionnaires. Dès que les portes seront
fermées, et elles doivent l'être dans deux ou
trois jours, j'en ai la certitude, dès que le siège
sera établi, chaque jour leur valeur augmen-
tera dans des proportions énormes. Nous avons
déjà une bonne provision de fourrages, soit chez
Mme R..., soit chez moi; j'en connais à vendre,
nous allons tout acheter dès demain. Je compte
sur votre initiative pour nous en procurer sans
cesse; j'ai confiance surtout en la finesse du
petit Raphaël, que je nomme dès aujourd'hui
mon premier aide de camp. Max, avec quelques
aides fidèles que je lui adjoindrai, établira un
abattoir sur son terrain et chaque nuit nous
irons prendre la viande, sur les derrières du
jardin de Mme R..., qui, vous le savez, sont voisins des carrières d'Amérique, où personne n'est
assez osé pour s'aventurer de nuit. Tout cela

est-il bien combiné, et êtes-vous contents de moi?

— Bravo! s'écrièrent-ils en chœur, avec un enthousiasme digne d'une meilleure cause.

La grosse Roselia s'approcha de Bebaro et lui donna plusieurs baisers bruyants, Elle était rayonnante; on l'entendit murmurer :

— Il y a tout de même de quoi être fière d'avoir un homme comme celui-là. Il n'est pas tout à fait à moi, mais c'est égal!

Elle essuya une larme de joie.

— A demain matin, ma grosse, dit Bebaro, en lui tapant sur la hanche. Ne manque pas de venir de bonne heure : nous choisirons ensemble l'habitation où je vais t'installer. C'est fort important pour la réussite de notre affaire. Êtes-vous prêts, messieurs? L'heure presse pour rentrer à Paris.

— Nous sommes à vos ordres. Vive notre chef, notre sauveur!

Comme on le voit, nous racontons ces faits avec tristesse, mais sans amertume, sans passion, sans chercher à forcer le tableau. A nos yeux ces renégats de la patrie étaient presque des coupables inconscients. On leur avait tant répété que l'argent n'a pas d'odeur, que le patriotisme n'était qu'une naïveté, que jouir sur la terre devait être le seul but humain, que la légende chrétienne d'une autre vie était une invention cléricale, destinée à abuser de la crédulité du peuple, en l'exploitant, etc.

Les vrais coupables sont ceux qui se sont plu à rapetisser le courage, en combattant les nobles aspirations des idées de patrie. A eux seuls incombe la responsabilité, s'il s'est trouvé des hommes assez antifrançais pour songer à se gorger en profitant du malheur public, pendant que les âmes d'élites sacrifiaient leur fortune et leur vie en essayant de défendre le pays envahi, presque agonisant.

Quant on sème, on doit récolter.

C'est le cœur navré que nous nous rappelons le mot d'un jeune garde mobile, osant dire :

— Pourquoi marcherai-je au combat? L'idée de patrie n'est qu'un préjugé: ceux qui la gardent sont des naïfs. Mes parents sont riches : je trouverai bien le moyen de me faire caser dans quelque bureau, loin de tout danger.

Voilà jusqu'où étaient tombés quelques-uns de nos jeunes gens. On osait tenir des propos semblables en public. Je dois ajouter que celui-ci excita l'indignation générale, et que les camarades de son auteur s'éloignèrent de lui avec un mépris fortement accentué.

Il est temps que la lumière soit faite sur la conduite des uns et des autres. L'heure de la justice a sonné. Que l'on n'accuse donc pas ces pages d'être trop sévères.

A chacun suivant ses œuvres.

CHAPITRE XXI

La veillée des armes.

Nous avons reçu la lettre suivante, que nous publions en enlevant ce qui était trop flatteur pour nous :

Monsieur et camarade.

Depuis dix ans nous nous étions perdus de vue; nous nous retrouvons sur un terrain analogue, puisque vous rappelez les épisodes de la défense de Paris. Ne soyez donc pas étonné de ma lettre.

Vous avez déjà mis en lumière l'héroïsme de notre regretté Franchetti; vous avez, suivant moi, à mettre en relief l'entrain du général Ducrot. C'étaient deux braves :

Si vous avez plaisir à recevoir les détails les plus circonstanciés sur la mort de Franchetti, je me ferai un devoir de vous les transmettre. J'étais auprès de lui lorsqu'il a été frappé, et c'est moi qui ai été chargé d'accompagner la voiture qui l'a reconduit mourant à Paris.

Cordiale poignée de main.

Marcel GRIMAULT,
Brigadier à l'escadron Franchetti.

Notre but est de bien établir le contraste des deux courants contraires qui s'établirent dans la population parisienne pendant le siège de Paris, c'est de bien montrer la différence saillante entre les sportsmen et les trafiquants. Par sportsmen, nous entendons tous les adeptes des exercices du corps, sans distinction de classe, qu'ils fussent grands seigneurs, bourgeois ou simples ouvriers.

Ceux qui montrèrent du cœur étaient tous plus ou moins sportsmen ; ceux qui ne remplirent pas leur devoir ou qui l'éludèrent étaient des amollis, des adorateurs du veau d'or, des jouisseurs en pleine décadence, des sybarites ayant perdu toute ardeur virile et toute pudeur de sentiment, devenus, par leur mollesse même, incapables d'obéir à un mobile élevé.

Cet affaiblissement physique peut seul expliquer les défaillances ; en France, la lâcheté n'est qu'une exception : le climat et la race font du courage une sorte d'apanage national.

Voici pourquoi nous alternons les péripéties de notre récit, et nous présentons en regard les uns des autres, en opposition bien distincte, d'un côté le tableau des défaillances ou des turpitudes, faisant monter le rouge de la honte à tout front vraiment français, de l'autre, les exemples de dévouements sublimes. Voici pourquoi nous allons abandonner Ludwig et ses compagnons, jusqu'au moment où leur exploitation sera devenue triomphante, grâce à la longueur du siège prévue par Bebaro. Nous les retrouverons du reste après la bataille de **Cham**-pigny. Ils doivent être acteurs ou victimes dans quelques-unes des scènes les plus dramatiques de cette étude.

Revenons à l'hôtel de Nigès.

Nous y trouverons réunis la comtesse de Nigès, sa fille Marie, son fils Henri, le cousin Raoul Calcul, Israël remis sur pied, et Bobe, devenu son intime.

On faisait la veillée des armes.

Une sortie importante de l'armée se rendant au combat avait été enfin décidée. On devait se mettre en marche le lendemain. Chacun songeait à se rendre à son poste : la comtesse et sa fille, en tête de leur ambulance, Bobe, Henri et Israël à l'escadron Franchetti, Raoul Calcul à son bataillon de la garde nationale.

Trochu, le grand parleur, improvisé général en chef pour avoir naguère fait preuve d'indiscipline dans l'armée, avait lancé une proclamation plus prolixe encore que de coutume.

Elle était parfaitement incolore et produisit peu d'effet sur la population parisienne, mais le général Ducrot, influencé sans doute par la phraséologie de son ancien camarade, et se laissant aller jusqu'à l'imiter en abrégé, avait lui aussi pris la plume. Dans un style plein de chaleur et d'énergie, il avait dit qu'il rentrerait mort ou victorieux.

Ces mots remplirent le but pour lequel ils

avaient été écrits : ils excitèrent un enthousiasme
réel. On se crut déjà à moitié délivré. On aurait
pu l'être, si celui qui les avait écrits avait eu le
commandement en chef au lieu d'être en sous-
ordre.

De même qu'à Sedan cent mille hommes
n'auraient pas été vendus, si le brave général
Ducrot avait conservé le commandement que lui
avait remis le maréchal de Mac-Mahon après sa
blessure ; de même l'armée de Champigny n'aurait
pas battu en retraite, après avoir eu le dessus
au premier choc, si l'ancien camarade du duc
d'Aumale avait tenu en main sa destinée.

Ce terme de mort ou victorieux a été fort exploité par les ennemis politiques du général
Ducrot : il ne saurait en avoir d'autres.

Ce fut certainement une imprudence de langage,
puisqu'il ne peut être donné à l'homme de
répondre du destin, mais outre qu'en ce moment
les hommes au pouvoir donnaient tous l'exemple
de cette intempérance de mots, il est certain que
le général fit tout ce qu'il était humainement
possible de faire, pour forcer la main à la victoire ou à la mort.

Un jour, où l'un de ses amis lui demandait
s'il ne souffrait pas des attaques injustes et réité-
rées dont il était l'objet, le général répondit
simplement :

— Je les dédaigne, comme on doit dédaigner
toutes les injures de parti ; je laisse à ceux qui

m'ont vu à l'œuvre le soin de prendre ma
défense ; ils la prendront, j'en suis certain.

Et, nom de mille batailles ! comme aurait dit
Franchetti, le général ne se trompe pas.

J'ai eu l'honneur d'être de ceux qui l'ont vu à
l'œuvre, ayant à mon tour de rôle fait partie de
l'escorte des volontaires Franchetti, dont le brave
Ducrot se fit suivre dès les premiers jours du
siège, soit en reconnaissances quotidiennes, soit
au plus fort de toute action. Je n'ai jamais souffert, et je ne souffrirai jamais, qu'on mette en
doute son courage ou ses intentions patriotiques,
en ma présence.

Tous mes camarades font de même.

Bobe a tiré plusieurs fois les oreilles à quelques galopins voulant attaquer le général devant
lui, comme des roquets jappant devant un dogue.
Roche, bien que d'opinion républicaine fort avancée, lui rend hommage toutes les fois qu'il en
trouve l'occasion, lorsque ses confrères en nuance
cramoisie se croient obligés de crier un peu
contre lui. Grimault et Chatelain ont pour Ducrot un véritable culte, sentiment fort explicable,
parce que, de même que Bobe, ils ne l'ont pas
quitté à Champigny.

Jamais, du reste, ce dévouement enthousiaste
et cette admiration intime ne furent mieux
mérités.

L'élan et le feu sacré de Ducrot gênaient
beaucoup le commandant en chef et les gouver-

nants d'alors, ils lui reprochaient sans cesse
d'être trop ardent. On n'osait pas trop le dire
ouvertement, mais le général était ce qu'on appelle fort mal en cour. La preuve, c'est qu'aucune
des récompenses demandées par lui pour les
volontaires qui l'accompagnaient au fort du danger, n'a été accordée, tandis que les décorations
pleuvaient ailleurs avec une telle abondance,
qu'on baptisa certaines antichambres du nom de
chemins de la croix.

La même injustice se produit du reste sous
tous les régimes ; tant que le monde sera monde,
les hommes de cœur auront la peine, et les intrigants obtiendront le plus grand nombre des
récompenses. Heureusement que le souvenir du
devoir accompli suffit aux premiers.

L'opinion que nous exprimons ici sur le général Ducrot était bien celle des personnes réunies
à l'hôtel de Nigès.

La comtesse demanda :

— Le commandant Franchetti a-t-il confiance
dans la réussite de la sortie qu'on va tenter ?

— Franchetti a toujours confiance, ou du
moins cherche à l'inspirer, répondit Henri de
Nigès, mais il aurait été bien plus certain du
succès, si l'on eut accordé au brave Ducrot de
s'élancer à travers les lignes prussiennes avec
vingt mille volontaires seulement, ainsi qu'il
l'avait demandé.

— Oui, s'écria Bobe, l'on eut été assuré de passer, étant commandé par un chef incapable de reculer, tandis que demain il n'aura pas la direction souveraine, et puis l'on aura peut-être des voisins embarrassants.

— On dirait que vous avez quelque appréhension, vous si impétueux à l'ordinaire, remarqua Raoul Calcul.

— Non, mais je préfère aux foules armées une poignée d'hommes déterminés. On sait mieux ce qu'on fait, et l'on peut mieux réussir. Je suis persuadé qu'un grand nombre de bataillons de la garde nationale est animé des meilleures intentions, mais il faudrait qu'ils se sentissent soutenus par des troupes régulières bien aguerries et bien solides. Au lieu de cela nous avons plusieurs régiments de ligne, composés à la hâte de jeunes gens n'ayant jamais vu le feu, et montrant peu d'empressement à entrer en ligne, parce qu'ils sentent trop de mollesse dans la direction supérieure. Enfin, nous verrons bien, s'il ne faut que leur donner l'exemple, on le leur donnera.

Bobe était d'une nature expansive, primesautière. Brave jusqu'à l'excès, chevaleresque, désintéressé, excellent camarade, cœur d'or, il avait la tête un peu trop chaude et ne savait pas cacher sa pensée. Sa franchise lui nuisait souvent: il le savait, mais ne cherchait pas à se corriger ou à se contenir.

Il avait fait partir sa femme et son jeune enfant pour la province, et il avait des premiers pris un engagement à l'escadron Franchetti. A quelques personnes voulant l'en dissuader, il fit cette réponse digne des héros légendaires de la vieille Rome :

— J'ai un fils : si je ne défendais pas son pays envahi, il serait plus tard en droit de me le reprocher. Je ne veux pas avoir à rougir devant lui. Si, plus tard aussi, l'heure du danger sonnait à nouveau pour la patrie et que je fusse devenu incapable de porter les armes, je ne voudrais pas qu'il pût me dire : Quand j'étais enfant tu ne m'as pas défendu, et par cela même tu m'as donné le droit de ne pas te défendre.

Avec vingt mille volontaires comme Bobe, l'on eut été assuré de franchir les lignes les mieux défendues.

— Pourquoi a-t-on repoussé la tentative du général Ducrot? demanda Marie de Nigès.

— Par insouciance, par jalousie et dans la crainte de lui donner trop d'influence, s'il réussissait, se hâta de répondre Bobe.

— Quels vilains calculs, quels sentiments indignes de la patrie, dit la jeune fille.

— C'est vrai, mademoiselle, les hommes qui s'y laissent aller sont indignes d'être nés dans le même pays que vous et madame votre mère, qui donnez à tous le bon exemple. Hélas! ils ne sont que trop nombreux.

— Il y a en revanche de bien braves cœurs et je n'ai pas loin à aller pour les rencontrer, ré-

pondit Marie de Nigès, en jetant un regard plein
de je ne sais quelle fierté intime sur son frère,
sur Bobe et plus longuement sur Israël, qui
tressaillit et ne put s'empêcher de rougir.

Raoul Calcul intercepta ce regard : il devint
blême de souffrance.

— Comme ils s'entendent inconsciemment, se
dit-il en lui-même. Elle lui avoue involontaire-
ment son amour dans un simple coup d'œil, et
lui semble se pâmer d'aise. Tremble, maudit juif,
ce regard est ta condamnation.

La comtesse, voyant la conversation languir
et l'heure déjà avancée, jugea le moment venu
de se retirer dans ses appartements :

— Nous nous rendrons chacun à notre poste demain ; vous, pour donner la mort ou la recevoir,
ma fille et moi pour la combattre. Préparons-nous
donc par le repos à bien remplir notre devoir. Je
ne vous renvoie pas, mais je vous engage à ne pas
rester trop tard. Quand le moment est venu de
se dévouer à son pays, il faut le faire avec calme.

Marie de Nigès et sa mère prirent congé des
jeunes gens, et allèrent terminer leurs préparatifs pour remplir dignement leur rôle de sœurs
de charité.

Raoul Calcul se sentait déplacé auprès de ces
jeunes volontaires, si remplis d'ardeur pour le
bien, tandis que toutes ses pensées convergeaient
vers le mal. Son malaise augmentait visiblement.

Henri de Nigès s'en aperçut. Toujours plein

d'attention pour le protégé de son père, il pro-
posa de suivre le conseil de la comtesse et de
lever la séance.

— Espérons, dit-il, que sur le champ de bataille, nous nous retrouverons au premier rang.

— Pour moi, répondit Calcul, je ne saurais
prétendre à cet honneur, mais je serais fort heureux de me trouver en seconde ligne derrière
vous, assez près pour me servir utilement d'une
carabine que j'ai essayée hier. Elle porte juste
et loin. Bonsoir, Henri ; à demain, messieurs.

Rien ne peut définir l'air sombre et fatal avec
lequel Calcul avait prononcé ces mots.

Bobe en fut frappé, et, à peine Calcul était-il
parti, qu'avec sa brusquerie habituelle il dit
à Henri :

— Il a un drôle d'air, votre cousin : il ne me
va pas, oh ! mais pas du tout.

— Il devient de plus en plus inexplicable, mais
nous n'avons pas à nous en inquiéter. A demain
et vive la France !

CHAPITRE XXI

Victoire en arrière.

Nos lecteurs le pensent bien, nous n'allons pas leur raconter dans son ensemble et au point de vue historique la bataille de Champigny ou celle de Villiers. Nous nous bornerons à mettre sous leurs yeux le tableau anecdotique des divers épisodes intéressants pour notre récit.

Voici l'allocution que le commandant Franchetti fit à ses éclaireurs dans le fort de Nogent, à six heures du matin, au moment où le boute-selle allait sonner et où l'on s'apprêtait à passer la Marne.

« Cette fois, mes amis, nous allons... en province... Que Dieu nous accompagne ! Je crois en notre étoile. Surtout, mille charges de cavalerie, pas de faiblesse, et par là je veux dire : chacun pour soi. Que personne, sous aucun prétexte, ne mette pied à terre, même pour relever un camarade blessé, serait-ce votre commandant, qui vous aime comme un père. »

En effet, Franchetti regardait comme ses en-

fants tous les volontaires venus se grouper autour de lui, et sa sollicitude envers eux était
vraiment paternelle. En voici la preuve :

Le commandant n'avait gardé autour de lui,
pour être sans cesse autour du général Ducrot,
qu'une dizaine d'éclaireurs, parmi lesquels se
trouvaient le brigadier Grimault et les cavaliers
Bobe, Chatelain, Henri de Nigès, Israël, etc. Le
reste de l'escadron, sous la direction supérieure
du commandant Favrot, chef des éclaireurs du
quartier général, avait la place d'honneur. On
l'avait embrigadé avec les dragons de l'héroïque
Néverlée et les gendarmes d'élite.

Au moment de lui confier ses volontaires,
il appela à part le commandant Favrot et lui fit
avec attendrissement les recommandations suivantes :

« **Mes éclaireurs sont une troupe excellente, mais essentiellement parisienne ;
par cela même ses instincts la portent à
la bravoure intelligente et individuelle. Je
vous prie de vous en souvenir et de ne pas
transformer, sans nécessité absolue, mon
bel escadron en chair à canon... Il a de
grandes qualités qui lui appartiennent
en propre, mais sous d'autres côtés de la
vie militaire, sous le côté brutal et terre
à terre, il laisse beaucoup à désirer. Ser-
vons-nous en donc sans réserve pour tout**

service où il excelle, mais n'en usons qu'à la dernière extrémité pour toute aventure désespérée, où il ne pourrait trouver qu'une destruction glorieuse. Une fois engagé, rien ne saurait le faire reculer. J'ai le droit de dire que sa destruction serait pour Paris et pour le pays une perte irréparable. Il devra servir de modèle à l'organisation d'un corps de guides éclaireurs. »

Franchetti, destiné à être le seul martyr de son dévouement, s'oubliait toujours et n'avait d'appréhension ou de sollicitude que pour les autres. Quand ses volontaires lui en faisaient l'observation, il répondait en souriant :

— Moi, je ne risque rien, je suis bronzé et assuré contre la casse.

Esquissons rapidement cette première journée du 3 novembre, si glorieuse pour nos armes, bien qu'elle soit demeurée stérile.

Sans la bravoure personnelle du général Ducrot, dès huit heures du matin l'armée était en pleine débandade, tant il est difficile d'improviser des soldats, tant les sorties en masse sont une utopie, tant les foules armées sont un embarras au lieu d'être une ressource.

Avec vingt mille volontaires déterminés, la trouée eut été faite. On voulut entrer en ligne avec une armée inaguerrie : elle se montra hésitante. Il n'y a pas à le lui reprocher ; le fait est normal et devait se produire.

Dès le début, les soldats n'osaient pas aborder une barricade prussienne. Ducrot s'en aperçoit et s'élance en avant :

— Pied à terre ! s'écrie-t-il, en s'adressant aux éclaireurs. Qu'on tienne vos chevaux, et montrez à ces trembleurs comment on s'y prend pour entamer la lutte.

L'ordre fut immédiatement exécuté.

— Allez-vous vous dépêcher de venir tenir nos chevaux : c'est bien le moins, puisque nous allons faire votre ouvrage, cria Bobe aux soldats les plus rapprochés. Arrivez, ou j'en abats quelqu'un comme un simple perdreau.

— On vient vous aider, monsieur Bobe, répondit un officier de la garde nationale placé plus loin.

C'était la voix de Raoul Calcul, arrivant à la tête d'une douzaine des moins frissonnants parmi sa compagnie.

Les chevaux des éclaireurs étant tenus en main, ils s'élancèrent vers la barricade et furent bravement suivis par les gardes nationaux de Raoul Calcul. Malgré la grêle de balles que firent pleuvoir sur eux les Prussiens, la route se trouva débarricadé, sans qu'aucun des assaillants eût reçu la moindre égratitude.

Les soldats, voyant ce facile succès, furent tout honteux d'avoir hésité ; leurs officiers les entraî-

nèrent aisément, et leur firent prendre position
sur la rive droite de la Marne.

Avec un commencement de succès, on fait du
conscrit français ce qu'on veut ; mais il faut qu'il
prenne confiance en lui-même.

Pendant un intervalle de repos relatif, Bobe dit
à Henri de Nigès.

— J'avais tort de douter de votre cousin, l'autre soir. Il est bravement venu à notre aide : Je
fais amende honorable en sa faveur.

Il n'avait pas achevé ces mots qu'une balle
effleura le képi d'Israël. Elle venait du côté des
colonnes françaises.

— Milles tonnerres ! jura Franchetti, en voici
bien d'une autre. Est-ce que ces idiots vont nous
prendre pour cible à présent ? De Nigès, allez
donc voir ce qui en est.

Henri de Nigès s'élança au galop de charge
vers l'endroit d'où le coup était parti. On lui dit
qu'un officier de la garde nationale venait de
passer, portant une carabine et courant rejoindre sa compagnie. C'était probablement lui qui
avait, par imprudence, laissé partir ce coup. On
l'avait entendu se dire à plusieurs reprises :

— Maladroit ! Maladroit !

Henri de Nigès, trouvant l'explication plausible,
revint vers Franchetti et la lui transmit.

— Ces imbéciles-là n'en feront donc jamais
d'autres ! s'écria Franchetti, avec un nouveau
juron énergique. Quels ennuyeux voisins.

— J'aime mieux les Prussiens, dit Bobe. Au moins l'on peut taper dessus, et l'on a moins froid.

Bobe était frileux comme un lion.

Le général Ducrot, aidé par le général Trochu, dont la bravoure éclatante égalait l'insuffisance comme commandant en chef, était si bien parvenu à électriser ses soldats, que le soir il était vainqueur.

Hélas ! son succès devint bien inutile, puisqu'il reçut un ordre du commandant en chef, lui enjoignant d'abandonner les positions conquises.

— Mais que veut donc faire cet homme ? ne put s'empêcher de s'écrier le général Ducrot.

Il fallut se résigner à faire un mouvement en arrière de la crête des positions conquises.

— Nous voilà encore revenus à l'incessante marche en arrière, maugréa Franchetti. Ce n'est pas là ce qu'on nous avait promis.

Le commandant en chef donnait pour prétexte, qu'il voulait soustraire les troupes à l'action directe des redoutes ennemies. Cette école de stratégie était particulière ; elle rappelait le désir d'un cuisinier cherchant le moyen de faire une omelette sans casser d'œufs.

Pour un général en chef, ayant en main les destinées d'une population aussi impressionnable que la population parisienne, c'était tout simplement de la cruauté inconsciente. Plus tard inévitablement, l'on devait avoir la main forcée, l'on devait dépenser dans une boucherie aussi sanglante qu'inutile, les efforts et l'élan dont on aurait pu tirer bon parti au début. La funeste journée de Buzenval ne le prouva que trop.

Le général Ducrot, après avoir visité les cantonnements de ses troupes, et avoir recommandé, en particulier, à tous les chefs de faire bonne garde pour se garer des surprises habituelles à l'armée allemande, rentra avec son état-major à Poulangis.

Son regard etait sombre : il avait l'air non pas découragé, mais écœuré. Avouez qu'il y avait de quoi.

Bien que souffrant cruellement d'une bronchite aiguë, le général était demeuré treize heures à cheval, toujours en première ligne, relevant le moral des uns, entraînant l'indécision des autres, communiquant à tous son entrain sans pareil ou sa bravoure insouciante, son mépris du danger qu'il semblait dompter ou reléguer au loin, souriant aux éclats d'obus, et ne donnant aucune attention au sifflement des balles.

Le soir, il était victorieux, et l'on venait l'arrêter dans son élan, un élan qui pouvait devenir irrésistible, puisque ses troupes avaient conquis la confiance en elles-mêmes qui, au début, leur faisait défaut, et qui seule peut donner la victoire aux armées françaises.

On avait préparé un dîner pour le général et sa suite, dans l'habitation que Mme Chaptal, la veuve du grammairien classique, possède à Poulangis.

— Messieurs, veuillez vous mettre à table sans moi ; je n'ai pas faim, dit Ducrot, en prenant congé de ses officiers.

Il se retira dans sa chambre, avec ordre de le laisser seul, mais Franchetti força la consigne, et ces deux cœurs vraiment français durent échanger plus d'une confidence pénible, car le commandant, en venant rejoindre ses chers éclaireurs, avait l'air d'avoir pleuré avec le général, pleuré sur la patrie, pleuré sur la défense de Paris, pleuré sur le manque d'initiative venant d'en haut.

Qu'elles doivent être amères les larmes mystérieuses de deux hommes de la trempe de Ducrot et de Franchetti, alors qu'ils voient leur dévouement à la patrie frappé d'impuissance ! Comment n'ont-elles pas suffi devant Dieu, à racheter les fautes ou les défaillances de leurs concitoyens, devant Dieu auquel ils croyaient fermement tous les deux bien que de religion différente, devant le Dieu de la France ?

Sans doute l'heure du châtiment avait sonné, et nous avions besoin d'être punis dans notre orgueil, poussé jusqu'à l'aveuglement, jusqu'à l'infatuation la plus folle et la plus insupportable pendant les vingt années qui venaient de s'écouler dans une prospérité apparente plutôt que réelle.

Le 1er décembre, il n'y eut pas combat. Trochu permit aux Allemands de se remettre de leur panique, et de masser des troupes fraîches pour nous surprendre et nous écraser le lendemain.

Quelle incurie!

Un brave gendarme communiqua à Franchetti la dépêche suivante :

« *Un immense incendie paraît dans la direction de Gros-Bois. Demander à l'Observatoire si on sait ce que c'est.* »

Franchetti s'écria immédiatement :

— L'ennemi brûle nos bois, l'armée de la Loire n'est pas là.

Il tenait de concert avec Edgar Rodrigues une sorte de journal, où étaient exactement notées les diverses phases du siège de Paris. Le soir du 1er décembre, cet homme de fer eut un triste pressentiment de sa fin prochaine. Il prit Rodrigues à part et lui dit :

— Avez-vous classé nos notes avec soin?

Sur la réponse affirmative du jeune éclaireur, il ajouta :

— Quelle bonne chance a eue l'escadron!

Pourvu que ça dure.

Rodrigues, voyant le commandant nerveux, triste, inquiet, le pressa de questions. Il lui avoua ainsi toutes ses alarmes :

— La journée d'hier, dont les Prussiens eux-mêmes n'oseront nous disputer la gloire, ne sera qu'une stérile victoire. Nous sommes perdus : je vous le dis parce que je sais que vous continuerez à faire votre devoir quand même. En rédigeant nos notes, *vous ne manquerez pas d'écrire (c'est moi qui vous l'ordonne et vous l'affirme), que sans le général Ducrot, dès huit heures hier matin, nous aurions été en pleine débandade.*

Voici la copie de mon rapport sur la journée d'hier :

« **Mon général,**

L'escadron, sous les ordres du commandant Favrot, conjointement avec un escadron de dragons et de gendarmes et une demi-section d'artillerie, a traversé la Marne à Nogent, et s'est porté sur Bry-sur-Marne. A la fin de la journée, l'escadron est rentré à la ferme du Tremblay et à Poulangis.

J'ai recueilli des prisonniers des renseignements intéressants, que le capitaine Benoit-Champy vous a portés sur le champ de bataille.

Ma bonne étoile me protège toujours, car aucun de mes hommes, soit dans l'escadron, soit dans le détachement qui nous accompagnait, n'a été atteint, bien que les traces des balles soient visibles sur les selles, sur les crosses de fusil, et que plusieurs cavaliers aient eu leurs vêtements traversés ou leurs chevaux blessés.

Je campe ce soir à Nogent.

Signé : FRANCHETTI. »

Hélas ! cette bonne étoile devait continuer à lui être fidèle pour ses chers volontaires, mais elle devait dès le lendemain l'abandonner lui-même, au moment où il se multipliait auprès du général Ducrot pour commander à la victoire.

Chapitre XXIII

La rose du général Trochu.

Ainsi que nous l'avons dit dans le chapitre précédent, le tiédeur du commandant en chef avait donné aux Prussiens le temps de se remettre et de masser des troupes fraîches pendant la journée du 1er décembre.

Le 2, les grand'gardes, composées de mobiles peu habitués et peu faits pour ce service fort pénible, se laissèrent surprendre par les colonnes ennemies. Une fusillade intense vint réveiller l'escadron Franchetti, à six heures du matin : les Prussiens n'étaient plus qu'à six ou sept cents mètres de Poulangis.

Les volontaires de garde firent prévenir en toute hâte le général Ducrot. Cinq minutes après il était à cheval, le sabre au poing, entouré de Franchetti et de ses éclaireurs.

La confusion, plutôt que la panique, était grande dans l'armée. On voyait des hommes jeunes et robustes se jeter dans la Marne pour fuir l'ennemi, qui ne les menaçait pas encore.

Le général Ducrot fut obligé d'aller lui-même ramener ces affolés, le revolver à la main, et de leur dire de sa voix mâle et imposante :

— Je jure Dieu de tuer sur place tout homme qui ne marchera pas en avant.

Tant d'énergie remonta le moral des troupes prêtes à entrer en pleine déroute, et pendant vingt minutes les cœurs vraiment français eurent un coup d'œil doux comme une espérance, saisissant comme un réveil patriotique, ineffaçable comme toute émotion poignante. L'armée entière marchait au pas de course, tuant ou renversant tout ce qui s'opposait à son passage, et cet entrain était dû à l'énergie héroïque d'un homme seul, du général Ducrot.

Il chargea l'ennemi en première ligne, à la tête de Franchetti et de huit de ses volontaires. La mort ne voulait pas de ces braves; les balles, passaient autour d'eux sans les atteindre sérieusement. L'éclaireur Châtelain seul eut son cheval tué sous lui. Les autres en furent quittes pour quelques égratignures.

Hélas! peu de temps après tout changea. Le courant qui donne les victoires était renversé; la mort fauchait nos soldats, et les ambulances volantes ne pouvaient suffire à recueillir nos blessés.

Qu'on nous permette ici de raconter une anecdote peignant bien l'horreur des luttes homicides. Un officier d'artillerie, un brave ayant fait ses preuves mille fois, devint subitement fou furieux, fou de rage, en voyant le succès espéré échapper à nos armes. Il s'élança, cherchant à tuer ses soldats, qu'il prenait pour des Prussiens.

— Vous aurez ma vie, hurlait-il, mais avant je tuerai plusieurs d'entre vous.

On parvint à grand'peine à garrotter le pauvre fou. Il se croyait pris par l'ennemi, et se tournait vers les hommes qui le maintenaient, en criant comme pour les narguer :

— Vive la France !

A ce coup d'œil poignant, Franchetti se tourna vers le brigadier Grimault, qui se trouvait auprès de lui, et lui dit avec des larmes dans la voix :

— Encore une victime de cette triste guerre !

Le commandant des volontaires, si brave dans le feu de l'action, si dévoué à l'idée de la patrie, avait au repos la douceur et la sensibilité exquises d'une femme d'élite. Ses yeux étaient sanglants dans l'ardeur de la lutte, mais en temps ordinaire ils avaient la mélancolie et la tendresse d'un poète d'amour.

Citons un épisode d'un autre genre entre des personnages connus de nos lecteurs.

Henri de Nigès et Israël avaient été envoyés avec une dizaine de leurs camarades en avant de quelques bataillons pour les entraîner par leur exemple. Bobe se trouvait parmi eux ; il était étonnant de sang-froid et de bonne humeur. Tout en fumant sa pipe, une pipe célèbre, bien que de dimension fort exiguë, il ne cessait de lancer quelque bon mot sur la maladresse des

Prussiens. Le danger excitait sa verve ; au milieu des balles ou des éclats d'obus, il ne cessait de fumer que pour placer une saillie narquoise ; mais tout en se faisant une fête de mourir pour son pays, Bobe n'entendait pas être canardé par quelque Français. Il avait le courage froid et excellait à se rendre compte de tout.

A plusieurs reprises l'on avait entendu siffler une balle isolée venant du côté des colonnes françaises, et toujours dirigée sur les éclaireurs Franchetti, du côté où se trouvait Israël. On ne pouvait plus croire à une simple maladresse.

Henri de Nigès et Israël se mirent à surveiller cet ennemi intime. Bobe se promit de le pincer ; pour la circonstance il cessa de fumer sa pipe. Ses yeux perçants aperçurent Raoul Calcul épauler sa carabine en ayant l'air d'ajuster les Prussiens, et changer brusquement de direction pour tirer sur Israël. Au même moment, le lieutenant du peloton appela Bobe, pour le charger de porter un ordre périlleux et pressant.

Bobe fit un signe à Israël et lui dit :

— Voici celui qui tirait sur vous, allez le cueillir.

— Je l'avais vu aussi, dit Israël.

De Nigès détournait la tête. Israël partit au galop. Il reconnut Raoul Calcul en train d'essuyer sa carabine. Il l'appela à part. Le coupable, exaspéré par sa vue, n'essaya ni de fuir ni de nier.

— Quel motif de haine avez-vous contre moi ?
demanda Israël.

— Vous aimez Marie de Nigès et je crois que
vous lui plaisez.

— Taisez-vous, malheureux. Je pourrais vous
tuer comme un chien, je le devrais peut-être,
mais je préfère vider plus tard notre querelle
autrement. Allez du côté des Prussiens, faites-
vous faire prisonnier. Après la guerre nous nous
retrouverons, si je ne suis pas tué.

— Je ne veux pas.

— Alors je vais vous écraser comme un pou,
car je ne veux pas employer d'arme contre vous,
dit Israël, en levant le bras.

Il y avait tant de force et tant de volonté dans
ce geste, que Raoul Calcul crut sentir le souffle
de la mort passer sur lui.

— Marchez devant moi, ajouta Israël, je vous
accompagne jusqu'à ce que vous soyez pris.

Le misérable céda ; il tremblait. Israël le
poussa devant lui jusqu'aux lignes prussiennes.
L'ennemi s'avança pour s'emparer de ces deux
hommes, venant à lui, mais quand le fantassin
fut entre ses mains, il vit le cavalier tourner
bride et revenir vers les lignes françaises. On
tira sur lui, mais sans l'atteindre.

De midi à trois heures, nos troupes se batti-
rent bravement sur les hauteurs qui dominent
la Marne, en face de Champigny. Parmi ceux
qui firent le mieux leur devoir, il faut citer

les mobiles de la Bretagne et de la Côte-d'Or.

Ils étaient en première ligne et ne voulaient pas être remplacés, bien qu'ils eussent déjà perdu beaucoup de monde.

Franchetti, qui avait l'œil à tout, s'aperçut que les munitions allaient faire défaut à ces braves jeunes gens. Il donna l'ordre au brigadier Grimault d'aller avec trois de ses camarades, MM. de la Rochefoucauld, Lefebvre et de Bédé, prendre toutes les munitions que pourraient leur donner les troupes de réserve, et de les rapporter au galop à la tranchée, où combattaient les vaillants mobiles.

— Chargez-vous comme des mulets, commanda-t-il, et revenez vite, on aura besoin de vous. Je vais rejoindre le général Ducrot. Je ne veux pas qu'il ait seul l'honneur de se faire tuer par une balle prussienne. Revenez nous trouver, nous serons le plus près possible de l'ennemi.

Au moment où les volontaires allaient s'élancer pour exécuter cet ordre, ils se virent barrer le passage par le général Trochu, galopant à la tête de son état-major. Il avait l'air radieux et portait une rose à sa boutonnière.

Le général s'arrêta et demanda à Franchetti :

— Comment ça marche-t-il?

— Mais, mon général, c'est à moi de vous le demander.

— Tout va bien, répondit le commandant en

chef; ce [soir nous coucherons, je l'espère, loin
de Paris.

Puis il ajouta :

— Franchetti, je tiens à vous décorer moi-
même sur le champ de bataille. Vous êtes le
brave des braves; j'ai en main la reine des fleurs.
Prenez cette rose, c'est l'annonce de la rosette
d'officier, que vous avez si bien gagnée.

Franchetti remercia et mit la rose à sa boutonnière avec un air triste, qui ne lui était pas
habituel. Peut-être eut-il le pressentiment que ce
don fantaisiste lui porterait malheur.

— Mon général, dit-il, veuillez laisser passer
mes éclaireurs, ils ont un ordre des plus utiles à
exécuter.

Et se tournant vers nous, il reprit :

— Allons, mes amis, partez au galop et revenez
de même. Vous avez entendu le commandant en
chef : tout va bien.

Quand ils eurent rapporté les munitions aux
braves mobiles, les volontaires se hâtèrent de
rejoindre leur commandant et le général Ducrot.

Tout à coup on entendit Franchetti s'écrier :

— Nom de mille baptêmes de feu, mes enfants,
celle-là est trop forte. Les troupes viennent de
recevoir l'ordre du commandant en chef d'avoir
à abandonner les positions conquises, et de re-
passer la Marne. C'est navrant. Nous n'avons
plus rien à faire ici. Partons.

Il était alors quatre heures et demie. La nuit commençait à venir. Franchetti, ayant Grimault à sa gauche, descendit au pas par un chemin creux longeant la Marne. Un obus vint passer avec un sifflement sinistre au-dessus de sa tête, et tua deux artilleurs à ses côtés.

Grimault eut la douleur d'entendre son commandant s'écrier :

— Est-ce que ma bonne étoile m'abandonnerait. Je suis blessé! Oh! ce n'est rien.

Un des éclats de l'obus avait frappé la cuisse droite du cheval de Franchetti, il n'avait fait que l'entailler et était venu en ricochant frapper le héros de la défense de Paris. Il avait la cuisse brisée.

— Mettez pied à terre, dit le blessé à Grimault, et conduisez mon cheval par la bride. J'aurai bien la force de me tenir en selle jusqu'à l'ambulance volante, qui doit être à cinq ou six cents mètres d'ici.

Les souffrances de cet homme de fer devaient être horribles; malgré cela, pendant le trajet, il ne cessa de s'occuper des autres et non de lui.

— *Quel bonheur*, dit-il à Grimault, *que vous ayez été à ma gauche. Sans cela, c'est vous qui étiez salé... J'aimerais mieux être tué, dites-le bien à tous vos camarades, que de voir blesser un seul de mes éclaireurs... C'est moi qui les ai entraînés... Ce qui me peinerait le plus, si je m'en allais dans l'autre monde, ce serait de ne pas pouvoir faire donner à mes chers volontaires les récompenses qu'ils ont si bien gagnées. Bobe et vous, mon cher Grimault, êtes en tête de ma liste. Je vous recommanderai particulièrement à Ducrot.*

Enfin l'on arriva à l'ambulance volante, établie dans une carrière de pierre. Les obus pleuvaient de tous côtés, au-dessus des blessés et des mourants. Les sœurs de charité, sans souci du danger, parce que l'idéal qui les guide leur permet de toujours sourire à la mort, se multipliaient pour apporter à la fois des secours et des consolations.

Leur zèle était égalé par deux ambulancières du monde, par la comtesse de Nigès et sa fille.

Grimault parvint à descendre Franchetti de cheval en le chargeant sur ses épaules. Malgré la douleur, le commandant avait conservé sa bonne humeur exceptionnelle.

Il fut ravi d'apercevoir la comtesse et sa fille.

— C'est d'un bon présage pour moi, dit-il, et ma blessure sera vite guérie en recevant des soins pareils. Ne vous rappelez-vous pas, mesdames, que je vous avais demandé un jour de venir me soigner, si j'étais blessé?

— Si, répondit la comtesse, mais nous espérions que Dieu nous épargnerait cette nouvelle douleur.

— Baste! je ne dois pas mourir encore, et c'est un bonheur en même temps qu'un plaisir d'avoir des garde-malades semblables.

16

Le chirurgien s'empressa de venir panser la blessure de Franchetti, qu'il jugea mortelle dès le début.

Quand le pansement fut fait, le commandant appela Grimault, et lui dit :

— Je ne crois pas mourir, mais comme on ne sait pas ce qui peut arriver, j'ai quelques recommandations à vous faire. Vous me promettez de ne pas manquer de les suivre exactement, si je ne m'en sors pas?

— Je vous le promets, mon commandant.

— Prenez la ceinture de soie que je portais en Afrique et en Italie, la turquoise que j'ai au doigt, et le médaillon dans lequel se trouve le portrait de ma femme. La turquoise est ma bague de fiançailles. N'oubliez pas surtout la rose de Trochu, *ma rosette d'officier*. Je vous confie le tout ; aussitôt que Paris sera débloqué, vous irez trouver ma femme, et vous lui direz, en lui remettant ce dépôt, que ma dernière pensée a été pour la France et pour elle. Si vous désirez un souvenir de votre commandant, elle vous le remettra.

De l'ambulance volante, on transporta Franchetti sur un brancard jusqu'au pont de Joinville, où se trouvaient les voitures.

— Grimault, vous allez m'accompagner, mon ami, dit le blessé.

— Oui, mon commandant.

On avait pour lui les égards mérités ; on voulut le mettre seul dans une voiture, bien qu'elle

eut deux compartiments. Il aperçut un jeune
soldat grièvement blessé, et il dit :

— Mais il y a un étage inoccupé au-dessus de
moi ; donnez-moi donc ce jeune voisin, nous
ferons bon ménage.

Ainsi, à l'approche de la mort, comme dans la
fleur de sa vie, le glorieux Franchetti s'effaça
toujours et s'oublia lui-même pour ne s'occuper
que des autres.

Oh ! le brave cœur ! Autour de lui, qui donc
aurait pu ne pas marcher ?

CHAPITRE XXIV

En voiture d'ambulance

Pendant tout le trajet du pont de Joinville à l'ambulance du Grand-Hôtel où l'on conduisit Franchetti blessé, le commandant des éclaireurs dompta la souffrance. Il s'occupa sans cesse du jeune soldat qu'il avait voulu faire placer au-dessus de lui.

Toutes les fois que la voiture s'arrêtait, Franchetti appelait Grimault et lui recommandait son jeune voisin.

— Faites lui donner à boire, disait-il. Voyez s'il est bien placé, s'il ne souffre pas trop, s'il a besoin d'être pansé à nouveau.

— Mais vous, mon commandant.

— Oh ! moi, je ne suis pas précisément sur un lit de roses, mais je suis plus vieux et plus dur. Demandez-lui donc si ça ne le fatiguerait pas de causer un peu ; la route nous paraîtrait moins longue.

Franchetti souffrait horriblement : il cherchait à se distraire pour ne pas montrer sa souffrance et peut-être pour ne pas y songer lui-même.

Grimault transmit au jeune blessé la demande du commandant.

— Bien volontiers, répondit-il, avec l'accent d'un homme du meilleur monde.

— A quel régiment appartenez-vous? demanda Franchetti.

— Je suis engagé volontaire au 125° de ligne.

— Un engagé volontaire avec moi, un camarade; quel bonheur! Grimault, mon ami, serrez-lui la main... Nous voici arrivés à une halte. Qu'on nous donne à boire et qu'on commence par mon jeune voisin.

Quand on se fut remis en marche, Franchetti reprit :

— De quel pays êtes-vous?

— Du Périgord.

— Oh! c'est le pays d'hommes forts et courageux: j'ai eu l'occasion de le reconnaître plus d'une fois en Afrique. J'ai vu surtout à l'œuvre un descendant de la grande famille de Damas. Quel soldat! Il fut tué bien malheureusement ; la lutte était finie, une dernière balle, tirée probablement par mégarde, vint l'atteindre au front.

Et Franchetti se dit en lui-même.

— Moi aussi, j'ai été frappé à la fin de la bataille. Est-ce que j'aurais le même sort que ce vaillant?

Secouant le front, comme pour en chasser cette pensée lugubre, le commandant reprit son bon sourire.

— Bravo, mon commandant, dit Grimault, mais je crains que vous ne vous fatiguiez.

— Non, la tête va bien. Il n'y a que cette satanée cuisse qui ne me procure pas des agréments célestes. Voici pourquoi il faut tromper le mal... Voulez-vous me dire votre nom? demanda-t-il au jeune blessé? Je connais peut-être votre famille?

— Je suis le comte Gaston de Belzunce, répondit celui-ci.

— Un Belzunce avec moi! Un membre d'une famille, qui a donné au monde chrétien un apôtre divin, un bienfaiteur de l'humanité, dans la même voiture de douleur qu'un israélite croyant. N'est-ce pas étrange?

— Il est certains terrains sur lesquels on se rencontre toujours au nom du devoir. L'on nous apprend dans notre famille à respecter les convictions et la foi. Du reste, la forme des religions importe peu, pourvu qu'on ait au cœur l'amour de l'idéal.

Le jeune blessé était digne d'appartenir à cette vieille famille du Périgord, qui depuis des siècles honore le nom de Castel Moron de Belzunce, et qui semble destinée au martyre.

Qui ne connaît et qui n'admire le légendaire évêque de Marseille, soignant lui-même les pauvres et les abandonnés, pendant la peste de 1720 et 1721?

Quelques énergumènes ont pourtant voulu jeter sa statue à la mer.

Un autre Belzunce fut massacré à Caen dans

un des mauvais jours de la révolution. Une mé-
gère lui arracha le cœur et le dévora.

Le jeune Gaston de Belzunce devait, lui aussi,
être martyr de son patriotisme. Après d'horribles souffrances, il mourut le 2 janvier, à l'ambulance du Grand-Hôtel.

. . . .

Le convoi des blessés entrait dans Paris. Un
groupe de curieux, avide de nouvelles, s'approcha
de la première voiture.

— Et Ducrot, demanda un gavroche, est-il
mort, ou bien est-il trompe-la-mort ?

Quelques écouteurs voulurent rire : ils furent
conspués.

Franchetti répondit avec indignation.

— Si le général Ducrot n'a pas été tué, c'est
que la mort n'a pas voulu de lui. La preuve, c'est
que Franchetti est couché là. c'est que Néverlée
est mort, et Ducrot s'est tenu constamment à
leur tête.

— Vive Franchetti ! cria la foule.

— Non, dites : vive Ducrot! si vous voulez être
justes.

Et la foule cria : vive Ducrot! Nous sommes
victorieux !

C'est ainsi que dans les moments troublés se
font les nouvelles. Chacun s'en alla de son côté.
L'un raconta que l'armée de la Loire était déjà à
St-Cyr, l'autre que les Prussiens étaient en
retraite sur Chalons, un troisième que le roi

Guillaume et le prince de Bismark repartaient pour Berlin.

Cette scène avait vivement impressionné Franchetti. Il appela Grimault et lui dit :

— Il serait à désirer que Ducrot eût trouvé la mort cherchée par lui : vous auriez bien certainement rapporté son cadavre, vous, mes enfants, quand il eut fallu aller le chercher au cœur de l'ennemi. Ainsi il serait rentré mort, ayant été empêché de rentrer victorieux.

L'on arrivait au Grand-Hôtel. On monta Franchetti. Il fut reconnu par le docteur V..., son ami, un dévoué à la patrie. Il lui confia qu'il se croyait perdu.

Les infirmiers faisaient attendre les blessés, souffrant du froid. Quelques-uns d'entre eux, causaient agréablement ou lisaient leur journal sans se déranger. Ils parlaient de victoire !

Deux prêtres, et deux sportsmen, MM. B... et S..., passant sur le boulevard et voyant les malheureux blessés attendre ainsi, se mirent à les transporter eux-mêmes. Les infirmiers, honteux de cette satire muette, abandonnèrent alors leur conversation ou leur lecture.

Deux jeunes dames allaient et venaient, remplies de zèle et rendant service, mais désirant être vues autant qu'être utiles. Elles avaient adopté pour la circonstance le petit tablier et le bonnet plein de coquetterie.

Quelle différence avec la tenue sévère de la

comtesse de Nigès et sa fille! Mais certaines
femmes ont le besoin de plaire quand même. Il
ne faut pas leur en vouloir, surtout lorsqu'elles
plaisent en se dévouant.

CHAPITRE XXV

Enterrement de Franchetti.

Dans la journée du 3 décembre, Franchetti fut si bien soigné par le grand chirurgien Nélaton, qui ne se bornait pas à lui procurer du soulagement, mais lui prodiguait aussi les plus tendres consolations, qu'il reprit de l'espoir. Le 4, il se crut complètement sauvé, et, dans la nuit du 4 au 5, il disait à ceux qui l'entouraient :

— Il me semble que je pourrai bientôt remonter à cheval, et revoir mes chers éclaireurs.

Hélas! quelques heures après, il rendait le dernier soupir.

Sa fin fut digne de sa vie. Il mourut sans proférer une plainte, en brave, en croyant.

Lorsqu'on vint annoncer sa mort à l'escadron, il y eut un moment de stupeur. On avait espéré qu'il en reviendrait, on croyait qu'il allait mieux, et il fallait encore renoncer à cette espérance.

Il sembla que la patrie était blessée à mort, et que toute idée de défense de Paris était partie avec lui.

Franchetti avait personnellement couru mille fois plus de danger que ses éclaireurs. Chaque fois qu'il y avait un poste très périlleux, il le gardait pour lui. En reconnaissance quotidienne, c'était lui qui fouillait toujours le plus en avant.

Citons un fait entre mille.

Un jour, au commencement du siège, le général Ducrot lui dit qu'il désirait savoir si la redoute de Montretout était occupée par l'ennemi.

— C'est bien, mon général, répondit-il, vous le saurez demain soir.

Il commanda un peloton d'éclaireurs pour l'accompagner; mais, arrivé en vue de la redoute, il descendit de cheval, avisa un paysan et lui demanda de lui prêter sa blouse et sa casquette.

Ainsi affublé, il se tourna vers ses volontaires et leur dit :

— Je vous défends de bouger. En allant seul, je suis sûr de réussir et de n'avoir aucun mal. Si vous veniez, vous vous feriez tuer inutilement. Regardez et apprenez votre nouveau métier.

Puis, le revolver au poing, il s'avança en rampant jusqu'au milieu de la redoute, et constata qu'il n'y avait pas même un soldat en vedette!

En revenant, il se contenta de faire remarquer à ses éclaireurs qu'on devait toujours opérer ainsi isolément.

Sa bonne étoile l'avait toujours protégé, jusqu'à cette journée funeste du 2 décembre, où l'espérance de triompher avait commencé à l'abandonner. Il avait été frappé mortellement, au moment où la bataille prenait fin, où il ren trait. N'y avait-il pas lieu de croire qu'avec lui la patrie était blessée ?

Voici les vers que j'écrivis en recevant la fatale nouvelle :

C'était un noble cœur, une âme magnanime,
L'idéal du Français, un croyant au devoir.
Dans le fort du danger il était bel à voir.
Son exemple entraînant semait de fleurs l'abîme

De la mort. C'est ainsi que l'aigle, sur la cime
D'un mont Pyrénéen, dans un nuage noir,
Enseigne à ses enfants le chemin et l'espoir
De combattre et de vaincre. A lui ma haute estime.

Et ma reconnaissance en ce trop faible chant,
Pour nous avoir offert un exemple puissant
De l'abnégation. Beau, riche, heureux sur terre,

Il est mort en héros, chéri, pleuré de tous,
Disant : « Je suis le plus fortuné d'entre nous,
« Puisque je suis frappé pour la France, ma mère. »

On lui fit un enterrement imposant.

Tous ses éclaireurs, en tenue de campagne, suivaient son cercueil, à la place d'honneur. Plus d'un uniforme était troué de balles, plus d'un cheval était blessé. Les larmes coulaient de bien des yeux.

Pour les volontaires, cette perte était irréparable.

Le cheval de bataille du commandant, un

barbe gris de fer, était tenu en main, tout capa-
raçonné de noir.

La blessure, que ce serviteur, fort aimé de son
maître, avait reçue à la cuisse était encore béante
et laissait tomber de temps à autre quelques
gouttelettes de sang.

Les trompettes de l'escadron jouaient une
marche funèbre composée pour la circonstance.

Jules Favre et Henri Rochefort suivaient à pied,
représentant le gouvernement de la Défense.

Du Grand-Hôtel au cimetière Montmartre tous
se découvraient, comme ils ne l'auraient pas fait
devant le corps d'un maréchal de France.

C'était un deuil public.

Au cimetière, la cérémonie prit un caractère
plus intime. On n'avait laisser entrer que les amis
de la famille, les officiers de l'armée et les éclaireurs. Ceux-ci étaient tous là, le sabre nu, la
douleur dans l'âme, les yeux rouges, regardant
d'un air morne cette terre glacée qui allait leur
enlever le corps de leur commandant, de leur
père.

Le chant solennel des prières hébraïques s'élevait vers le ciel, sombre comme tous les cœurs
des assistants. Puis le grand-rabbin prit la parole
et dans un style d'une grande élévation, il rendit
justice à celui qui n'était plus. De cet adieu
suprême, extrayons quelques mots :

« Marié à une jeune femme qu'il a rendue heureuse et qui était fière de lui, entouré de toutes les

joies et de toutes les bénédictions de la famille,
Franchetti quitte tout pour se vouer tout entier
à la défense de son pays... Comment consolerons-
nous sa femme et sa fille, orpheline à trois ans?
Nous leur montrerons d'un côté la France, et de
l'autre le ciel; et nous leur dirons : Il est mort
pour la France, il est retourné au ciel, à côté de
ceux qui ont, comme lui, servi et illustré le
pays.

« Quand une nation, au milieu de si grands malheurs, sait encore produire de tels dévouements,
enfanter de tels héros, ce n'est pas une nation
perdue, ce n'est pas une nation morte!

« Adieu, Franchetti; adieu, vaillant frère; j'ai
béni ton mariage il y a quelques années sous le
dais nuptial, et je te bénis aujourd'hui dans ton
cercueil, dans cette tombe, que la France couvre
aujourd'hui de fleurs et de lauriers, et que Dieu
remplira demain d'étoiles. Tu ne seras pas oublié,
nous te conserverons une place dans notre cœur,
car deux choses nous restent de toi : sur la terre
ton nom entouré de l'auréole du martyre, et,
dans le ciel, ton âme unie à Dieu.

DIEU PROTÈGE LA FRANCE!!!

Rien ne peut peindre le recueillement avec
lequel on écoutait ces nobles paroles; l'émotion
grandit encore, lorsque le capitaine Benoît-
Champy prit la parole au nom de l'escadron,

Les éclaireurs sanglotaient, mais quand l'orateur
parla de venger le glorieux mort sur l'ennemi,
l'on put voir leurs mains serrer avec force leurs
sabres brillant à l'air et leurs regards passer de
la douleur à la menace.

Le prêtre donna une dernière prière et une
bénédiction suprême au corps du héros de la
défense de Paris, en affirmant les espérances
communes à tous les hommes de cœur, et puis
il fallut lui dire adieu.

. . . .

Au sortir du cimetière, l'escadron rentra au
fort de Vincennes, où on l'avait caserné.

En longeant les boulevards extérieurs, Israël
entendit un jeune homme semblant appartenir
à la classe aisée proférer ce blasphème antina-
tional :

— Ils viennent d'enterrer leur commandant,
un fou. Ça les calmera peut-être. Ils verront
que la résistance est inutile, et ne continueront
pas à nous faire souffrir !

Israël s'élança vers lui :

— Lâche ! s'écria-t-il, vous mériteriez d'être
étranglé sur place, mais vous n'en valez pas la
peine.

Il lui cracha au visage.

Le jeune homme leva timidement les yeux sur
Israël, mais il trouva tant de juste colère sur ce
noble front, qu'il n'osa souffler mot.

Il fit sagement.

Du reste il faut dire, à l'honneur de la population parisienne, qu'il fut honni par tous ceux qui l'avaient entendu, et se retira avec peine sous les huées les plus méprisantes.

C'est égal, quel contraste !

CHAPITRE XXVI

Éclaireurs et marins en avant!

La mort de Franchetti découragea les volontaires qu'il avait groupés autour de lui, et auxquels il avait su communiquer son feu sacré. On sait que tant vaut l'homme, tant vaut la chose.

On avait une confiance méritée dans le capitaine Benoît-Champy, qui prit la direction de l'escadron, et dans le capitaine Favrol, aide de camp du général Ducrot, qui devait prendre le commandement les jours de combat ; mais le prestige de Franchetti n'était plus là.

Néanmoins, pour obéir à la dernière pensée du glorieux commandant, qui voulait voir son bel escadron servir plus tard de modèle à la création de guides volontaires, on ne se sépara pas. L'on fut récompensé, en étant désigné sans cesse pour les postes d'honneur.

Les gouvernants d'alors rendirent publiquement justice à l'initiative des volontaires.

L'article suivant parut au *Journal officiel* :

« Auprès de cette vieille gloire (le général Renault) est venue s'éteindre une vie toute d'es-

« pérance : le commandant Franchetti a succombé
« à la suite de sa blessure. Il avait conquis une
« place d'honneur au milieu des défenseurs de la
« capitale. Jeune, ardent, vigoureux de cœur et
« d'esprit, il n'est pas de journée, depuis le com-
« mencement de la campagne, où il n'ait fait
« preuve de vaillance à la tête de la troupe d'éclai-
« reurs qu'il avait formée, et qui pleure aujour-
« d'hui l'homme qui avait si bien compris tout
« le parti qu'on pouvait tirer d'une pareille
« troupe d'élite.

« *P. O. Le général, chef d'état-major général,*

« Schmitz. »

C'est fort mal rédigé, mais l'hommage y est.
Ensuite parut le décret suivant :

« Le gouvernement de la Défense nationale,
« considérant que le corps des éclaireurs Fran-
« chetti a rendu plus d'une fois des services
« réels ; que plusieurs fois il a mérité l'honneur
« de la mise à l'ordre du jour ; qu'enfin il vient
« de recevoir son ordre d'entrée en campagne,
« l'attachant tout spécialement comme guides à
« l'une des armées de Paris,

« Décrète :

« Il est alloué au corps des éclaireurs Fran-

« chetti une indemnité en remboursement des
« dépenses justifiées.

« Fait à Paris; le 27 décembre 1870.

Signé : général Trochu, Jules Favre, Ernest
« Picard, Emmanuel Arago, Jules Ferry, Gar-
« nier Pagès, Jules Simon, Eugène Pelletan. »

Dans l'intimité, les mêmes honneurs étaient
rendus aux volontaires.

Au moment de se mettre à table au fort d'Aubervilliers, le général Trochu, que les éclaireurs
avaient accompagné au milieu des obus dans la
matinée, dit à l'un deux :

— Voici votre place à ma droite. Un éclaireur
Franchetti vaut un colonel.

Malgré ces hommages éclatants, les volontaires
demeuraient tristes. Ils pleuraient leur cher
commandant, ils pleuraient l'impuissance de
leurs efforts et l'incurie de la défense, qu'ils
voyaient de près.

Bobe prit un jour Israël à part et lui demanda
brusquement :

— Qu'avez-vous fait de ce Raoul Calcul, qui vous
avait pris pour cible à la bataille de Villiers ?
Si, au moment même où je l'ai surpris dans
l'exercice de ses horribles manœuvres, l'on ne
m'avait malencontreusement chargé de porter
un ordre pressant, je serais plus tranquille.
Cette pensée m'obsède : dites-moi ce qui en est.

— Il est prisonnier des Prussiens.

— Prisonnier ? Je ne comprends pas.

— Je l'ai moi-même forcé d'aller se faire prendre en le poussant devant moi.

— Je comprends encore moins. Prisonnier, un Calcul ! Pouah ! quel homme et quel nom. Peut-on s'appeler Calcul ? Prisonnier, mais sapristi, les soldats seuls ont le droit d'être faits prisonniers, et non les traitres. Expliquez-moi cela.

— Donnez-moi votre parole que vous garderez pour vous seul ce que je vais vous confier.

— Foi de volontaire.

— C'est par jalousie que le Calcul voulait me tuer. Il a osé me dire que j'aimais Mlle de Nigès et que je ne lui déplaisais pas. Je l'ai forcé à se faire prendre par l'ennemi, pour le retrouver après la guerre. Alors, mon cher Bobe, vous serez l'un de mes témoins.

— Quel malheur qu'on m'ait donné cet ordre à porter ; comme le Calcul serait loin. C'est une bête venimeuse ; il fallait l'écraser.

— Je l'écraserai aussi, mais je veux qu'il puisse se défendre.

— Et moi, je vous le défends, dit Henri de Nigès, surgissant tout à coup et qui avait tout entendu, s'étant approché de ses deux amis sans être vu.

Henri s'était douté de ce qui s'était passé. Plusieurs fois il avait demandé une explication à Israël ; celui-ci l'avait toujours éludée. Il avait essayé de questionner Bobe, qui, pressentant quelque infamie secrète, n'avait pas voulu dévoiler le peu qu'il savait.

En voyant les deux éclaireurs causer secrètement, Henri s'était dit que peut-être le moment était venu d'avoir la clef de ce mystère, et, bien que le rôle d'écouteur secret répugnât à sa franchise habituelle, il avait résolu d'en avoir le cœur net.

— Oui, reprit Henri de Nigès, je vous le défends. C'est à moi qu'appartient le rôle de vengeur en cette occasion, à moins que vous n'ayez l'intention de demander la main de ma sœur. Après ce que je viens d'entendre, j'ai le droit de parler ainsi.

— Je n'oserais, et ma démarche serait certainement inutile. Mme la comtesse de Nigès refuserait d'accepter pour gendre un israélite, un homme sans titres.

— Vous vous trompez, ma mère estime avant tout la noblesse de sentiments et le mérite personnel. Elle est de son siècle ; elle a les idées beaucoup plus libérales, dans la bonne acception du mot, que la plupart de ceux qui en font parade publiquement, et les maudissent ou les combattent dans l'ombre. Quant à la différence de religion, vous avez pu voir déjà que les hommes n'ayant aucune foi, ou prétendant n'en avoir aucune, sont seuls antipathiques à la comtesse. Le respect de l'idée divine est le point essentiel à ses yeux.

— Pourquoi me donner une espérance que je crois irréalisable?

— C'est un tort de la croire irréalisable. Vous aurez en moi un avocat convaincu; en pareil cas l'on devient éloquent et l'on a grande chance de gagner sa cause.

— Henri, vous êtes bon!

Israël lui prit la main avec effusion. Son beau regard reflétait une reconnaissance infinie.

Bobe s'était retiré doucement, pour laisser les deux amis plus libres d'échanger leurs intimes pensées.

— Je sais maintenant, dit Henri, qui avait préparé ce guet-apens dans la salle de gymnastique de ma sœur. C'était le traître que vous avez épargné.

— N'allez pas croire cela.

— Sans vous, Israël, ma douce Marie m'aurait été enlevée de la façon la plus cruelle. Comment ma mère et moi ne vous en serions-nous pas reconnaissants? Vous avez eu bien trop de générosité envers ce misérable; c'est moi qui veux me charger de le châtier.

— Non, il m'appartient, mais ne parlons plus de lui, jusqu'au moment où je l'aurai retrouvé. Si vous voulez m'autoriser à tenter une démarche pour demander la main de mademoiselle votre sœur, il faut que je songe à la mériter.

— N'avez-vous pas déjà assez fait? Elle vous doit la vie.

— Je voudrais mettre à exécution l'idée de notre commandant si regretté ; je voudrais aller en province organiser un corps d'éclaireurs sur le modèle de notre escadron.

J'ai déjà un noyau tout préparé. J'avais, en partant pour m'engager au 3e zouaves, au début de cette triste guerre, donné les fonds nécessaires à un ancien chasseur d'Afrique, ayant fait la guerre de partisans dans plusieurs contrées. Il doit avoir réuni quelques hommes déterminés autour de lui. Si je réussissais dans un projet devant paraître insensé aux esprits pusillanimes, mais qui néanmoins, avec de l'audace, peut être mis à exécution, je mériterais ainsi l'honneur d'entrer dans votre famille, car je rendrais un grand service à notre malheureuse patrie.

— Voyons ce projet.

— Les Allemands n'essaieront pas d'entrer dans Paris par un coup de force. Ils se contenteront de faire souffrir la grande cité, de lui imposer des privations de toute sorte, en attendant ce qu'ils appellent le moment psychologique. L'essentiel pour les Parisiens est donc de tenir ferme, de tenir longtemps. Déjà, ça commence à devenir dur. Il faut absolument chercher le moyen de ravitailler Paris.

— Cela me paraît impossible.

— Oui, en procédant en grand ; non, en essayant de faire passer de petits convois, à l'aide d'un petit nombre de volontaires dévoués.

Vous le savez comme moi, le réseau des lignes prussiennes est trop étendu pour être fermement défendu sur tous les points. Il s'agirait de réussir une seule fois : la garde nationale irait ensuite, comme en partie de plaisir, au devant de ces vivres impatiemment attendus. Elle se battrait avec entrain pour son estomac ; c'est l'objectif du grand nombre, c'est le Dieu de bien des gens.

— Israël, mon ami, il me semble que vous êtes en train de faire du roman en action.

— Je ne dis pas le contraire, mais je suis disposé à tout tenter. Vous vous êtes occupé d'agriculture, mon cher Henri, vous avez été lauréat des concours agricoles, tout en faisant triompher vos couleurs sur les hippodromes.

— A quoi tend ce préambule ?

— Connaissez-vous une race de grands bœufs qu'on trouve dans la Vendée et la Charente-Inférieure, dans la région qu'on appelle *le Marais* ?

— Oui, elle a même assez besoin d'être améliorée : elle est perchée sur des jambes beaucoup trop longues.

— Et elle a des cornes gigantesques autant qu'effilées. C'est là son mérite à mes yeux. De plus elle est composée de sujets à moitié sauvages et galopant très vite.

— Où voulez-vous en venir ?

— Je veux essayer d'en faire entrer vivants dans Paris.

— Vous perdez la tête.

— L'idée n'est pas de moi, mais d'un brave marin natif des Sables-d'Olonne, c'est-à-dire du pays des quadrupèdes cornus et galopeurs dont je vous parle.

— Il est fou, votre marin.

— Non, il aime son pays jusqu'au dévouement le plus absolu.

— Comment veut-il s'y prendre pour réaliser son rêve?

— Voici. Il faut une troupe de cavaliers à toute épreuve, bien montés et résolus, connaissant à fond la guerre de coups de main, ne reculant devant rien. L'attention des Allemands devra être appelée sur plusieurs points à la fois, de manière à choisir ensuite l'endroit le plus faiblement gardé Les troupeaux de bœufs seront dans le voisinage, prêts à être lancés, lancés est le mot. A l'aide de chiens bien dressés, qu'on peut se procurer facilement, on lâchera les grands bœufs devant soi, en les poursuivant à cheval comme font les chasseurs de bestiaux sauvages en Amérique. Ils sont fort irritables; devenus furieux, ils arriveront comme une trombe sur l'ennemi, renversant tout sur leur passage. Mettons que la moitié de la troupe affolée soit tuée; le reste sera recueilli précieusement par les Parisiens, qui auront vite repris courage et viendront tous favoriser l'entrée de cette manne vivante et substantielle.

— J'admets que vous puissiez réussir une fois à surprendre nos ennemis, malgré leur bonne garde; le lendemain ils vous prendront comme dans une souricière.

— Je garantis qu'ils ne prendront pas mes hommes.

— Du reste, comment pourrions-nous franchir les lignes? car si vous voulez partir, je vais avec vous.

— En ballon.

— En ball... Ça ne me va qu'à moitié. Je n'ai pas un goût bien prononcé pour cette locomotion aérienne, mais je vous accompagnerai quand même. Il est bon, il est juste que partout où il y a du danger à courir pour la patrie, l'escadron du héros de la défense de Paris soit représenté. Nous partirons donc et tous tâcherons de mener à bien votre projet, que je persiste à trouver un peu fou.

— Pardon, c'est le projet de mon brave marin : soyez plus confiant. Dans ce corps d'élite, ils sont habitués à faire l'impossible. Mais vous, mon cher Henri, vous resterez, je l'espère, auprès de madame votre mère et de votre sœur !

— Allons donc, je ne vous quitte pas. Pour la France et sous la garde de Dieu, éclaireurs et marins en avant !

CHAPITRE XXVII

Voyage en ballon.

Sur notre beau sol de France, où les passions politiques sont si ardentes et si variées, il n'est pas facile aux hommes de cœur de servir leur pays, fut-il menacé par l'ennemi comme en l'année terrible de 1870.

Il est aisé d'en donner la preuve,

Franchetti avait rencontré des difficultés inouïes pour organiser son escadron, auquel plus tard on rendit de si grands hommages. Sous l'impératrice régente, on l'avait accusé d'être républicain et Israélite. Il était en effet Israélite comme nous l'avons vu, et il était neveu de Mme Goudchaux, mise à l'index comme républicaine. Au début du gouvernement de la Défense nationale, on lui reprochait d'être bonapartiste et Corse, à cause de la consonnance de son nom. Il était Parisien. Quant à ses opinions intimes, nul ne pouvait les connaître alors : il était Français, et bon Français, comme le duc de Luynes au combat de Loigny.

Il fallut sa volonté de fer et son indomptable amour de la patrie, pour triompher de tous les obstacles.

De même, lorsque Henri de Nigès et Israël allèrent demander à partir en ballon en expliquant
leur projet, ils furent mal reçus.

En haut lieu on ne voulait, on n'osait ou on
ne savait rien faire, et l'on voyait d'un mauvais
œil tous les hommes d'initiative.

Ce n'était point par humanité, puisque plus
tard, afin de pouvoir signer la capitulation sans
exciter un tolle général et dangereux, l'on se
décida à faire une hécatombe de la garde nationale, en l'envoyant à la boucherie de Buzenval,
sans la faire soutenir ; c'était pour ne pas avoir
de note détonante dans l'accalmie fatale à
laquelle on se résignait.

Tristes, bien tristes gouvernants, et surtout
bien coupables, bien antifrançais.

Henri fut obligé d'employer la haute influence
de la comtesse de Nigès, pour obtenir de ces
chefs pâles et timorés une autorisation de départ.
Cette mère modèle, après avoir hésité d'abord,
après avoir même refusé, prit une résolution
vraiment spartiate, et alla elle-même offrir de
nouveau son fils en sacrifice à la patrie, en
demandant son départ et celui d'Israël. Les
services qu'elle avait rendus, et qu'elle rendait
chaque jour à la tête de son ambulance, étaient
trop marquants pour qu'on osât repousser sa
demande. Elle rapporta l'autorisation.

Mais toutes ces démarches avaient pris du
temps, et le départ des deux volontaires ne put

avoir lieu qu'au milieu de janvier, alors que tout dévouement devenait inutile, puisque les gouvernants ne songeaient qu'à se rendre, sans trop faire crier la population qu'ils avaient martyrisée inutilement depuis quatre mois.

Les aéronautes devaient partir de la gare du Nord à trois heures du matin ; le brave marin, qui avait eu la première idée de ce voyage aérien, devait les conduire. Ils allèrent faire signer leur livret d'éclaireur par le capitaine-commandant Benoît-Champy, qui y constata leur mission militaire. Il les chargea ensuite de plusieurs lettres pour sa famille ou pour ses amis, et leur serra la main avec une affection attendrie.

Les deux jeunes gens firent leurs adieux à leurs camarades, se chargèrent de toutes les missives qu'on voulut leur donner, puis ils rentrèrent à l'hotel de Nigès pour dîner et attendre le moment de partir.

Henri de Nigès, vers la fin de la soirée, demanda un entretien particulier à la comtesse, et voulut lui parler de l'amour aussi discret que profond d'Israël pour sa sœur, en lui disant qu'il croyait cet amour bien près d'être partagé.

La comtesse lui répondit avec une gravité encore plus solennelle que d'habitude.

— Ton père a été tué sur le champ de bataille il y a cinq mois ; la patrie agonise ; tu vas, en compagnie de ton ami, pour lequel tu me fais cette demande, marcher au plus grand danger

que tu aies couru, tu vas affronter à la fois la
rage des éléments; les coups de feu de l'ennemi, les risques de tomber en mer, ou de se
briser en tombant à terre, et tu parles d'amour!
Tu fais des projets d'avenir! Le malheur ne t'a
donc pas mûri. Enfant!

— C'est vrai, ma mère, je ne suis qu'un enfant,
mais un enfant qui vous aime autant qu'il vous
vénère, vous et ma sœur. Et puis j'aurais tant
voulu donner un mot d'espoir à mon ami: il ne
l'aurait entendu que là-haut, dans les nuages,
auprès de Dieu.

— Dis-lui que j'ai pour lui une estime profonde

— Ma mère, je vous remercie. Nous ne voulons pas vous faire veiller trop tard. Je vais appeler Israël, pour qu'il prenne congé de vous.

— C'est inutile: Marié et moi nous irons vous
voir partir

L'on avait grandement raison de ne lancer
les aérostats que la nuit, non pas seulement
pour éviter les projectiles des Prussiens toujours aux aguets, mais aussi pour empêcher la
partie frivole de la population parisienne de venir là comme à une partie de plaisir. Bien que
le temps fut des plus mauvais, et qu'il fut trois
heures du matin, il y avait bien trois cents personnes autour de la gare du Nord pour voir le
ballon s'enlever. Ceux qui réussissaient à entrer
dans la gare, soit par faveur, soit par surprise,

semblaient heureux, presque en fête. Un peu
plus ils auraient applaudi.

C'était pourtant une action grave que celle de
monter en aérostat dans des conditions pareilles.
Le danger mortel était là de tous les côtés,
comme aux aguets de sa proie. Il fallait lutter à
la fois contre la mauvaise chance de tomber dans
les lignes prussiennes, contre les rigueurs de la
température et les caprices du vent. On risquait
de voir le frêle esquif aérien troué par quelque
balle ennemie; c'était la mort foudroyante, sans
espoir de salut. On risquait d'être pris et fusillé
par un ennemi implacable. Le vent pouvait jeter
en mer ballon et passagers.

Dans la liste de ces aéronautes, on trouve en
nombre des marins, c'est-à-dire des hommes
habitués à jouer leur vie sans sourciller, et des
sportsmen de toutes les classes, depuis les gym-
nastes Poirier et Verrek, l'hercule Joignerez,
l'écuyer Georges Vidal, jusqu'aux personnalités
marquantes. Il fallait forcément payer de sa personne, et le départ de M. Gambetta, bien qu'il
eût pour le soutenir la raison politique et sa
haute ambition, suffit à le laver du reproche de
lâcheté qui lui a été adressé par ses ennemis.

Le jour où Henri de Nigès et Israël devaient
s'embarquer, le thermomètre était à tempête; le
vent soufflait avec une violence extrême et devait
les porter droit en Prusse.

Un gavroche, qui s'était faufilé jusque-là, en

fit la remarque à haute voix, disant qu'il trouvait
ça drôle, intéressant comme un drame de l'Am-
bigu, que c'était pour lui une première, mais
qu'il reviendrait.

La comtesse de Nigès se tourna vers lui et lui
enjoignit de se taire.

— Tiens, pourquoi me tairais-je? répondit-il
insolemment. Est-ce que ça vous regarde, vous?
Faites-vous la police? Il n'y a plus de police ; ou
plutôt c'est nous qui la sommes aujourd'hui,
heureusement.

— C'est mon fils et son meilleur ami qui vont
partir, reprit la comtesse avec une dignité
suprême.

— Qu'est-ce que ça me fait? S'ils ont peur,
qu'ils ne partent pas.

Un machiniste du chemin de fer, qui avait entendu ce colloque, vint prendre le jeune homme
par l'oreille et l'entraîna vers la porte. Comme
l'effronté criait fort, le brave ouvrier lui dit, en
le prenant à rebours par la taille et l'enlevant
sous son bras :

— Si tu continues, je te fouette devant tout le
monde. Tu l'as mérité déjà.

L'insolent se tut et fut jeté à la porte.

Voyant cet exemple, les autres s'observèrent
et gardèrent un silence attentif.

Marie de Nigès avait dans le regard une mélancolie involontaire. Israël la contemplait à la déro-
bée. Une sorte de courant magnétique s'établis-

sait peu à peu entre ces deux nobles cœurs, et la
jeune fille, à son insu, donnait chaque jour une
nouvelle partie de sa pensée au bel éclaireur.

Elle ne s'en défendait pas.

Elle dit à sa mère :

— Vous n'ignorez pas que mon frère est fort
négligent. Voulez-vous me permettre de recom-
mander à son ami de faire tous ses efforts, pour
nous tenir au courant de ce qui leur arrivera?

La comtesse accorda la permission, et la jeune
fille, avec une joie attendrie, vint adresser sa
demande à Israël.

— Est-ce à vous, mademoiselle, que je pourrai
avoir l'honneur d'adresser ces nouvelles?

— Non, mais vous savez que je sers de secré-
taire à ma mère, c'est moi qui répondrai pour
elle.

On appela les passagers. Cet appel vint à
point pour Israël, car son bonheur inespéré serait
devenu embarrassant pour lui. Il rougissait et
pâlissait tour à tour, comme un novice. Chez
les grands cœurs, l'amour vrai est ainsi, et c'est
l'honneur de la nature humaine.

On se dit un dernier adieu, puis les trois
aéronautes s'embarquèrent. Le vent était tellement fort, que le lancement fut manqué une
première fois. Les passagers furent jetés contre
les murs, les piliers et les wagons.

— Est-ce qu'il vont nous faire assommer, au
lieu de nous faire partir, dit Henri de Nigès.

Israël ne cessait de contempler Marie de Nigès; il était dans une sorte d'extase séraphique, qui le rendait insensible à toute autre chose.

— Tenez bien! criait le chef des machinistes.

Les spectateurs se jetèrent sur les câbles. On recommença la manœuvre, et l'on réussit mieux. Au commandement de : Lâchez tout! l'aérostat bondit en l'air.

Les aéronautes saluèrent, en criant : Vive la France! Vive Paris!

Israël aperçut un petit mouchoir, qu'une main bien aimée agitait en le regardant. Ce fut assez pour qu'il emportât une félicité céleste, en s'élevant dans l'immensité.

Il était trois heures et demie. Jusqu'à sept heures, c'est-à-dire au lever du jour, on ne pouvait se rendre compte de rien, puisqu'on ne pouvait rien voir. En revanche, l'on percevait tous les sons avec une netteté inouïe. Lorsque le jour fut venu, on constata qu'on était à une hauteur de 2,800 mètres; malgré cela, l'on entendait l'aboiement des chiens, le chant des coqs.

Le ballon tomba à Menelo, commune de Venray, au fond de la Hollande, à trois kilomètres de Prusse, et à sept kilomètres de la mer. Il avait parcouru 138 lieues en sept heures.

Voici la relation de ce voyage aérien, telle qu'elle fut donnée par les passagers et publiée dans l'*Ami du Limbourg*, journal de Maëstricht;

« Le ballon, parti par un vent du sud-ouest

très violent, s'éleva tout de suite à une grande
hauteur. Il devait tourbillonner. Après deux
heures de cette marche folle, le brouillard et la
pluie firent descendre à près de trois cent mètres
de terre le navire aérien. Il faisait tellement noir
que les voyageurs ne se rendirent compte de la
descente qu'en entendant les cris des sentinelles
allemandes. Plusieurs coups de feu furent tirés
sur l'aérostat, mais sans l'atteindre. On jeta
trois sacs de lest, et on remonta rapidement.
Au jour le baromètre marquait 2,800 mètres de
hauteur.

On resta à cette altitude sans variation, jusqu'au moment où l'on descendit.

Le spectacle était grandiose; l'on avait comme
une mer de neige sous les pieds, on savait qu'il
pleuvait sur terre, et l'on avait sur la tête un ciel
de Naples, un soleil splendide et chaud, se levant
d'un côté, tandis que la lune jetait de l'autre un
pâle reflet en se couchant.

— Comment douter de l'existence de Dieu,
après avoir vu cela? s'écria Israël.

A dix heures, on jugea le moment venu de retraverser les nuages pour tâcher de voir où l'on
se trouvait. Après dix minutes d'une descente
vertigineuse, on aperçut une vaste lande sans
arbres, presqu'inhabitée. L'on continua à descendre et l'on eut la bonne fortune de tomber en Hollande, en pays ami. Le piquant de la descente,
c'est qu'elle avait eu lieu à trois kilomètres de

Prusse, à peu de distance de l'usine où se fabriquent les fameux canons Krupp.

La chute avait été très brusque. Au moment même où l'on prenait terre, un coup de vent était arrivée avec une violence extrême. Le ballon avait fait voile et les aéronautes avaient été trainés pendant sept ou huit cent mètres. Il fallut lutter avec assez d'efforts et de sang-froid pour donner le temps à deux braves paysans d'accourir et de se jeter sur l'ancre. Alors seulement le ballon put être arrêté.

Les trois aéronautes descendirent sans plus d'encombre, un peu contusionnés; car, dans la nacelle rebondissant à terre, ils étaient tantôt dessus, tantôt dessous, sans lâcher la corde tirant la soupape de sûreté.

Une surprise, qu'un cœur français ne saurait oublier, leur était réservée. La commune de Venray tout entière, son bourgmestre et son curé en tête, était venue les entourer. Tous se mirent à l'œuvre, et l'on put rapporter à la gare voisine le ballon replié soigneusement, sans avarie. Un paysan faillit être asphyxié par le gaz, mais quelques soins du docteur suffirent à le remettre.

Jusqu'au chemin de fer, les habitants des villages voisins accouraient avec enthousiasme, sur le passage des aéronautes, et le cri de: Vive la France! sortait de toutes les poitrines, chaleureux et vivant. Les prêtres et les moines, fort

nombreux dans ce canton, se faisaient remarquer parmi les plus enthousiastes.

Israël fut chargé par les aéronautes de remercier ceux qui les avaient si bien reçus. Il ter-
mina ainsi :

« Salut à toi, terre de Hollande, terre généreuse, noble et hospitalière aux blessés, aux
souffrants. C'est dans les épreuves qu'on connaît ses amis. Le prestige de la France est aujourd'hui bien effacé, mais quand une nation
trouve au moment du malheur des preuves de sympathie comme celles que tu viens de nous donner,
elle ne peut mourir. Les soudards de Bismark
ont rêvé de nous écraser sous le nombre La
France blessée demeure seule ; elle saura se délivrer elle-même, et nous sortirons de ce temps
de douleurs. Nous pourrons de nouveau aider
nos amis, notre rôle redeviendra le même. Nous
marcherons à la tête de la civilisation, et nous
délivrerons les peuples au besoin.

« Il me semble que le cœur de la France vous
le dit par ma bouche : l'accueil que vous faites
à ses enfants tombés chez vous ne sera jamais
oublié.

« Vive la France ! Honneur à la Hollande, sa
noble sœur. »

Les cris de : Vive la France ! furent poussés
avec tant d'enthousiasme par ces sympathiques
Hollandais, que les aéronautes étaient radieux
d'espérance.

CHAPITRE XXVIII

Déceptions

Nous venons de quitter Henri de Nigès et Israël se berçant d'espérances bien douces, parce qu'ils avaient été reçus avec sympathie, avec enthousiasme par les Hollandais de toutes les classes, paysans, bourgeois, gentilshommes, soldats, prêtres. Leur contentement devait être de courte durée

Les éléments eux-mêmes se déclarèrent contre eux. Suivant l'inspiration du brave marin qui les avait conduits en ballon — si l'on peut appeler conduite cette direction impossible et toute laissée à l'aventure, au petit bonheur, — ils voulurent gagner Rotterdam pour s'embarquer sur un bateau à vapeur et arriver par mer à Bordeaux, mais ils trouvèrent la mer prise par les glaces. Il fallut retraverser la Hollande.

Ils s'arrêtèrent à Maestricht, où ils furent admirablement reçus. Ce chef-lieu du Limbourg hollandais est une ville toute française de cœur. Les vœux les plus sincères et les plus intimes y étaient faits chaque jour pour le relèvement de la France. On maudissait le général Trochu venant de faire évacuer le plateau d'Avron ; on

exaltait Gambetta, parce qu'il voulait résister
jusqu'à la fin.

Voici l'adresse que les principaux habitants
de la ville chargèrent les aéronautes de porter
au ministre de la guerre, à Bordeaux. Nous la
donnons sans commentaire, comme un simple
titre historique, comme un signe de l'état des
esprits dans cette contrée étrangère :

« *A Monsieur Gambetta*,
« *Chef du Gouvernement de la Défense Nationale.* »

« Les soussignés envoient à l'héroïque ville
« de Paris, à la noble France et à son énergique
« gouvernement l'expression des sentiments de
« la plus vive sympathie, et leurs vœux les plus
« sincères pour le triomphe final d'une cause
« qui est celle de l'humanité.

« Vive la France ! Vive le Gouvernement de la
« Défense Nationale !

« Maestricht, le 19 janvier 1871.

Signé : Edmond Venhenchowm, représentant
à la chambre de La Haye ; Franquinet, archiviste,
conseiller communal ; Mares, adjoint au bourgmestre ; Strachman, conseiller communal ;
Gustave Tripels, avocat ; Van Gulpes ; Beckaert,
Strochen, etc.

Les bons Hollandais remirent ensuite aux
volontaires français le texte du pater bavarois,

qui circulait parmi les soldats mis sans cesse au premier rang par l'état-major prussien.

PATER

« Notre père, Guillaume Prussien, qui es à « Berlin, que maudît soit ton nom, que ton « royaume devienne république, que ta volonté « ne se fasse jamais sur la terre, car tu ne nous « donnes pas notre pain quotidien. Paie nos « dettes, comme nous devons payer les tiennes, « et ne nous conduis pas plus avant dans ta « politique haineuse, mais délivre-nous de la « honte de ton gouvernement. Amen. »

AVE

« Salut à toi, Bismark, plein de morgue. Le « roi Guillaume est avec toi; tu es abhorré en « tous lieux et maudit est le fruit de ta duplicité « diplomatique. Grand Bismark, père de notre « malheur et de celui de tous les hommes, prie « pour nous, pauvres Bavarois, qui sommes « sous ta férule, mais qui ne voulons pas y rester « jusqu'à la mort. Amen. »

Cette parodie est bien trop empreinte de la lourdeur et du gros sel allemands, pour ne pas être authentique. Plus tard, après la victoire définitive, tous les Germains ont exalté leur empereur, mais jusqu'au dernier moment de la lutte un grand nombre d'entre eux maudissait le roi de Prusse, et n'avait pas confiance dans le résultat final.

Au moment où ils prenaient congé de leurs hôtes, on fit remarquer à Henri de Nigès et à Israël que les prisonniers français venant de se révolter à la citadelle de Liège, l'on pourrait les inquiéter à la frontière belge.

Leur mission militaire était constatée sur leurs livrets ; bien qu'ils eussent revêtu des habits civils, il avaient leur uniforme dans leur petit bagage.

Le maître de poste s'avança et dit avec une simplicité grave :

— Je me charge d'éluder toute difficulté. Je ferai passer la frontière à ces messieurs dans mes sacs de dépêches.

— Ça va être drôle, s'écria Henri de Nigès. Nous voilà passés à l'état de colis. Pour un moment on peut s'y faire.

Les aéronautes arrivèrent sans encombre à la frontière française. Ils se firent reconnaître, et furent reçus très froidement. On les regardait comme des bêtes curieuses, presque comme des intrus. On les trouvait trop bien portants ; on disait autour d'eux :

— Mais ils n'ont pas l'air d'avoir souffert ; ils ne sont ni pâles ni défaits. On exagère les privations de Paris. On nous trompe.

Quel serrement de cœur durent avoir ces volontaires ! Eux qui venaient de trouver sur la terre

étrangère un accueil enthousiaste, être reçus
ainsi en abordant le sol français!

. . . .

Ils se débarrassèrent de leurs ballots contenant les dépêches emportées dans l'aérostat, en-
voyées par les assiégés à leurs parents ou à leurs
amis de province, missives de douleur, d'intérêt
ou d'amour, élans d'espérance ou de découragement, sentiments terrestres confiés au papier
et qui s'étaient élevés un moment vers le ciel.

Ils déposèrent les pigeons qu'on leur avait
remis en partant, entre les mains de deux bons
gendarmes chargés de conduire à Bordeaux, au
siège du gouvernement, ces messagers aériens si
utiles, si fidèles. Puis ayant appris que Gambetta
se trouvait à Lille, ils se hâtèrent de se rendre
auprès de lui.

Pendant le trajet, leur tristesse augmenta avec
leur déception. Dans le compartiment où ils
étaient montés, un homme appartenant à la classe
aisée, un bourgeois lisait son journal. Il s'écria
tout à coup :

— Les Parisiens sont toujours les mêmes. En-
fermés derrière leurs murs, ils posent pour l'héroïsme historique, sous prétexte d'être la tête de
la France, mais ils demeurent inactifs et nous
font souffrir inutilement. Ils entravent les affaires.

— Pardon, monsieur, dit Israël en bondissant,
vous allez lire le livret d'engagé volontaire de

mon ami, celui du brave marin qui est avec nous
et le mien. Vous verrez ce que font les Parisiens.

— Mais, monsieur...

— Lisez, reprit Israël, avec des éclairs d'indignation dans le regard et un ton de commandement, qui firent trembler l'homme trouvant que
la défense du pays le gênait dans ses affaires.

Les mêmes bourgeois, qui ont des hardiesses
féroces, des audaces inouïes, lorsque leurs intérêts sont en jeu, sont sujets à des défaillances
invraisemblables, à des platitudes insensées. En
voyant qu'il se trouvait en présence de deux
éclaireurs Franchetti partis de Paris en ballon,
celui-ci s'accroupit à genoux. Il essayait de balbutier des excuses, mais une aphonie complète le
rendait muet.

On arrivait à une station

— Nous allons changer de compartiment, dit
Israël, que cet incident avait écœuré.

Il y avait dix minutes d'arrêt. Henri de Nigès
et Israël se promenaient, sans échanger un mot
sur le quai de la gare. Ils souffraient trop inté-
rieurement pour échanger leurs pensées douloureuses. Le marin était entré à la buvette.

Quelques petits jeunes gens, ayant réussi à
s'échapper du service national, avaient l'impu-
dence de plaisanter sur nos défaites. Ils craignaient sans doute qu'on se ravisât, qu'on devînt
plus sévère ou moins complaisant, qu'on les fît

déguerpir des bureaux ou des sinécures leur servant de *buen retiro* contre tout danger, et ils désiraient avec ardeur la fin de la guerre.

— En fait de victoire, disait l'un, je crois que les Français n'ont plus le droit de rien espérer.

— Je connais une jolie femme de ce nom, reprit un autre, mais je l'ai engagée aujourd'hui même à en changer.

Ce lâche jeu de mots fut entendu par le marin sortant de la buvette. Il administra à son auteur une correction manuelle et pédestre, qui fit sauver les autres comme une envolée de maraudeurs surpris en flagrant délit.

Le marin raconta ce qui s'était passé à Israël et à Henri, accourant vers lui.

— Mon cher Henri, dit Israël, je commence à croire que nous aurions aussi bien fait de rester à Paris.

— Qu'importe? *Fais ce que dois, advienne que pourra!* C'est la règle de conduite de tout homme de cœur.

— Très bien, mais gare au premier que j'entends parler comme le bourgeois de tout à l'heure ou comme ces jeunes gens. Je l'étrangle un peu, peut-être beaucoup.

Les deux volontaires montèrent dans un coupé pour être seuls, et firent monter le marin avec eux.

Ils furent accueillis avec beaucoup d'égards par Gambetta. Le jeune dictateur aimait les volontaires et croyait en leur initiative. Jamais homme ne fut plus encensé d'un côté, plus attaqué de l'autre. La vérité est qu'il a de grandes qualités et de grands défauts comme toutes les natures exubérantes.

C'est un arrivé, ce n'est pas un parvenu. Il a l'appétit du pouvoir, il n'en a pas la gloutonnerie. Il tient à la fois de Mazarin et de Richelieu. Son origine génoise lui a donné des allures félines de Mazarin, et son tempérament de lutteur antique (hélas! devenu trop gras) le porte à avoir des élans dignes d'un tigre royal, comme Richelieu. C'est ainsi que d'un bond pris sur le souvenir d'un mort, en évoquant l'ombre d'un représentant du peuple, en jouant du cadavre de Baudin tué sur une barricade, il a conquis d'un seul coup la célébrité.

La générosité de cœur et d'esprit lui manque, comme elle manquait à Richelieu. Voici pourquoi je n'ai pas employé le mot de lion en parlant d'eux. Comme le grand cardinal, il ne pardonne pas une offense.

Sans doute dans sa *guerre à outrance*, il était poussé par l'ambition personnelle, mais il devait croire à la patrie encore plus qu'à la victoire ; il faut lui en savoir gré. Il y avait alors tant de défaillances, que garder du patriotisme était déjà d'un grand cœur.

C'est une figure et un tempérament.

Il fut extrêmement touché de l'adresse à lui

envoyée par les principaux habitants de Maestricht, et de l'accueil enthousiaste qu'on avait
fait aux aéronautes en Hollande. Il lut avec intérêt le *pater bavarois*, et s'écria avec feu :

— Comment perdre courage, comment rejeter
l'espérance en présence de témoignages aussi
divers de ce que nous pouvons? Nous sommes
soutenus par les vœux intimes des peuples, et par
les pensées secrètes d'une partie de nos ennemis.

Les volontaires, équipés aux frais d'Israël lors
de son départ pour le 3e zouaves, s'étaient noble-
ment conduits. Ils avaient rendu de grands services. En ce moment ils étaient avec le général
Bourbaki.

Israël, après avoir expliqué son projet au jeune
dictateur, demanda qu'on les mît à sa disposition,
ce qui lui fut accordé immédiatement.

— Je vous retrouverai à Bordeaux, dit le tribun.
Je vais télégraphier l'ordre de tout faire pour essayer de réaliser votre entreprise. Dans la position
où nous sommes, tenter l'impossible, faire acte
de folie généreuse devient de la raison, et peut
amener la réussite. Je m'occuperai alors de vous
faire donner les récompenses que vous avez
méritées.

— Ne parlez pas de récompenses pour moi,
répondit Henri de Nigès. Je n'accepterais pas.

— Pourquoi?

— Je sers la France et non la République. Ma

devise est : Vive Dieu et vive le roi! Je suis légitimiste.

— Je comprends, dit le tribun. Je respecte et
j'estime les convictions de votre parti. Ses apôtres
entrent en ligne partout au premier rang; je leur
rends justice. Mais vous, monsieur, ajouta-t-il,
en s'adressant à Israël?

— Moi, j'ai la vraie foi républicaine; par cela
même je suis ennemi des titres honorifiques;
mais promettez-nous de ne pas oublier le marin
qui nous a conduits et qui le premier a eu cette
idée de ravitaillement à la pointe de l'épée.
C'est un brave.

— Vous pouvez en être assurés. Permettez-
moi de vous serrer la main et de vous remercier
au nom du pays. Votre venue a ravivé mon ardeur
et mes espérances.

CHAPITRE XVIII

Châtiments.

Il est temps de revenir à la bande d'écumeurs antifrançais dont nous avons parlé dans le courant de ces épisodes. Sous l'habile et active direction de Bebaro, elle avait prospéré d'une façon aussi fructueuse qu'éhontée. Ludwig, le gros Max, Karl et le petit Raphaël étaient devenus possesseurs d'un gros magot, récolté aux dépens de la misère publique.

Le quartier général des opérations était l'hôtel de Mme Blanche R... Il donnait sur les carrières d'Amérique, et sur cette route appelée chemin de ronde qui suit, à l'intérieur, les talus des fortifications. Quand le temps le permet, ces talus servent de dortoir aux ivrognes, aux vagabonds ou aux voleurs. Lorsqu'il fait froid ou qu'il pleut, les habitués cherchent un refuge dans les cabarets borgnes, qu'on trouve là de loin en loin.

En temps ordinaire, les becs de gaz étaient fort espacés. Pendant le siège de Paris, l'obscurité était presque complète. Rien ne venait gêner les associés dans leurs opérations. La police n'existait plus que de nom ; lorsqu'un agent

secret, plus clairvoyant ou plus zélé que ses camarades, venait faire quelque observation, on
obtenait son silence, en lui donnant de beaux
quartiers de viande fraîche. Tel homme qui aurait
refusé de l'or, consentait à fermer les yeux, lorsqu'on lui offrait de quoi contenter la faim de sa
famille et la sienne.

Du reste, Bebaro prenait toutes sortes de précautions pour n'être pas surpris. Il avait adjoint
à Max, pour abattre clandestinement les bœufs,
chevaux, chèvres, chiens, etc., qu'il avait déjà en
sa possession ou qu'il se procurait, une équipe
de garçons bouchers résolus et tenus par lui
sous une domination absolue, parce qu'il avait
les preuves de plusieurs vilaines actions commises
par eux. La viande était ensuite livrée aux
grands ou petits restaurateurs, aux propriétaires
d'hôtels privés, ou aux gros bourgeois. La livrai-
son se faisait chaque jour de façon différente.

Dans le commencement, on plaçait des sentinelles autour de l'hôtel de Mme R.., et l'on se
hasardait à sortir seulement après avoir entendu
le signal avertissant que la route était libre, mais
Bebaro trouva qu'ainsi l'on perdait trop de temps.
Le hasard vint à son aide, sans qu'il eût besoin
de chercher aucun autre expédient.

Un soir où il savait qu'une patrouille de gardes
nationaux devait passer par là, Bebaro avait fait
prendre à Max, à deux autres camarades presque aussi robustes que lui et au petit Raphaël,

des habits de prêtre, sous lesquels ils devaient cacher la viande à livrer en ville.

Max fut bousculé par un garde national pris de vin et s'écartant de son rang. L'ivrogne rebondit comme s'il avait frappé contre un roc, tomba, se mit à gémir et ameuta ses compagnons contre les faux prêtres.

La position était critique. Max se retourna vers le petit Raphël, et lui demanda.

— Que faut-il faire?

— Je vais essayer de la persuasion, répondit Raphaël.

Le petit homme était l'orateur et le guide de la troupe.

— Citoyens, dit-il, ne nous reconnaissez-vous pas? C'est nous qui sommes sans cesse au premier rang, pour ramasser les blessés sous le feu de l'ennemi. Ce soir même, nous nous rendons aux avant-postes du côté de Rueil, où l'on prépare une reconnaissance importante. Voudrez-vous nous retarder?

— Quelle figure peux-tu faire là, méchant pygmée, demanda le sergent.

— Je fais tout ce que je puis, et je n'ai pas peur, répondit Raphaël, en se grandissant autant qu'il le put.

— On vous trompe, sergent, dit l'ivrogne. Il faut les amener au poste : là, ils s'expliqueront. Ce sont peut-être des espions prussiens.

La colère de Max éclata.

— Assez causé, cria-t-il. Si vous ne me laissez pas tranquille, je vous assomme tous.

Et le colosse brandit une cuisse de cheval, devant lui servir de massue. Ses deux camarades suivirent son exemple, et le petit Raphaël s'étant emparé du fusil de l'ivrogne, croisa bravement la baïonnette.

—Nous sommes les revenants noirs, s'écria-t-il.

Une partie de la patrouille prit la fuite. Ceux qui voulurent essayer de barrer le passage aux faux prêtres roulèrent dans la neige à moitié assommés. Au corps de garde, on parla pendant plusieurs jours de l'apparition des hommes noirs. Une légende s'établit, et comme nulle part, bien qu'on veuille dire le contraire, l'on ne trouve plus de superstition qu'à Paris, où se trouvent réunies comme en faisceau les superstitions de tous les pays, personne ne voulait plus se hasarder dans ces parages, quand le soir était venu.

Les associés eurent ainsi une bien plus grande liberté d'action dans leurs diverses manœuvres. Bebaro ne négligeait rien : il faisait bénéfice de tout.

En dernier lieu, il tira jusqu'à 15 fr. des têtes de chiens. Il réussissait à vendre la cervelle 2 et 3 fr., faisait faire du bouillon avec le reste et l'écoulait à 1 fr. 50 le litre. Le reste servait à faire des pâtés que l'on débitait au poids de l'or.

Quant aux chiens eux-mêmes, ils étaient présentés et vendus comme des moutons, conservés vivants avec peine, et payés sans compter
par les crédules affamés.

Ce genre d'exploits était fort apprécié par
Mme R..., la commerçante éhontée. Sa maison
se trouvait ainsi toujours bien approvisionnée :
en temps de guerre, elle récoltait l'or avec autant
de facilité qu'un fermier des jeux, en temps de
paix. Il ne lui en fallut pas davantage pour
accorder ses faveurs, sinon son amour, à Bebaro
le satyre.

Après avoir fait tant d'avances à Israël, le brillant et le beau jeune homme, dont toute noble
nature devait être fière d'être distinguée, elle
l'avait repoussé. Aujourd'hui elle accueillait un
homme laid et méprisable à tous les points de
vue, un lâche, un exploiteur des malheurs pu-
blics.

Les femmes ont d'étranges caprices et des
goûts inexplicables, mais en outre il doit y avoir
antipathie entre les natures dissemblables, tandis qu'un courant sympathique attire celles qui
se ressemblent.

Si nous rappelons à la fin de notre récit les
visites qu'Israël avait faites à Mme R..., bien
que notre héros n'eut plus désormais aucune
velléité de recourir à ce contre-poison d'amour,
c'est que, grâce à leur souvenir, Raoul Calcul
ayant réussi à rentrer dans Paris, après s'être

échappé des mains allemandes, essaya de tendre à Israël un nouveau guet-apens.

La haine rendait Calcul brave et entreprenant. Il ne se fit reconnaître par personne, et sous les habits sordides qu'il portait, il n'était pas reconnaissable. Il entra au service de Bebaro pour faire les commissions les plus dangereuses et les plus pénibles. Peu à peu il gagna sa confiance. Alors il fit écrire par une femme une lettre adressée à Israël, au nom de Mme R... La lettre était suppliante. La dame se disait perdue, si Israël ne venait à son secours le soir même. Elle devait venir le chercher à la petite porte du jardin ; le plus grand secret était indispensable.

Israël ne connaissait pas l'écriture de Mme R..., et il était trop chevaleresque pour ne pas répondre à une lettre écrite en ces termes. Le piège aurait réussi, si, la veille même du jour où la missive arriva, Israël n'avait quitté Paris en ballon. Ce fut Calcul qui fut pris dans ses propres filets.

En même temps qu'il faisait écrire à Israël, Calcul avait prévenu Bebaro qu'une descente de police devait être préparée par un agent secret, ayant juré de prendre ses hommes en flagrant délit, que par conséquent il était nécessaire de placer de nouveau des sentinelles, et que l'agent viendrait le soir épier à la porte du jardin.

Bebaro fit appeler Raphaël, son aide de camp, et lui dit :

— Tu placeras Max à la petite porte sur la

route des carrières. Il paraît qu'un agent s'a-
charne contre nous. Tu griseras entièrement le
colosse ; il faut supprimer le gêneur.

Max ne voyait rouge que lorsqu'il avait bu.
Quand il avait absorbé une quantité de liquide
digne de Pantagruel, il devenait féroce. A jeun,
il était doux, comme la plupart des hercules. Il
craignait de boire ; Raphaël seul avait le don de
l'enivrer sans qu'il s'en aperçût. Ce soir-là, la
dose fut complète ; quand Raphaël amena le colosse à son poste d'observation, il fut effrayé lui-
même de la furie contenue dans ses yeux sanglants, comme ceux d'un chien de meute prêt à
coiffer une bête fauve.

Rien ne venait. Max faisait craquer ses dents
comme un sanglier acculé. Il aperçut une ombre
de l'autre côté de la route, et se précipita sur
elle. Les fureurs de son ivresse étaient terribles,
sauvages.

Cette ombre était celle de Calcul, venu là en
observation pour satisfaire sa haine et savourer
sa vengeance. Un coup de ce poing, ayant servi
plus d'une fois à Max pour assommer ses jeunes
taureaux, étendit raide le traître. Max se mit alors
à lui piétiner le crâne, et ne cessa que lorsqu'il
ne sentit plus de résistance sous ses pieds.

Aussi horrible que fût cette fin, Calcul l'avait
méritée. Son cadavre ne put même pas être reconnu. Jamais la noble famille, où il avait été recueilli comme un parent, et dont il avait payé

l'hospitalité par une aussi noire ingratitude, ne put savoir ce qu'il était devenu. La Providence voulut lui épargner cette honte et ce chagrin. Il serait souhaitable que tous les traîtres reçussent un pareil châtiment.

La fin du siège approchait : on ne trouvait plus que très difficilement un animal quelconque pour en tirer parti. Les rats eux-mêmes cessaient d'être abondants ou vendables. Pour les acheter ou les absorber, chez les uns l'argent manquait, chez les autres l'estomac se révoltait.

Bebaro et ses associés résolurent de terminer leurs opérations. L'on se donna rendez-vous dans les caves de l'hôtel R..., pour partager les énormes bénéfices de l'association.

Depuis quelques jours le gros Max était rongé par le remords ; sous prétexte qu'il n'entendait rien aux comptes, il avait fait régler sa part et n'était plus payé qu'à la journée. Il portait toujours sur lui son pécule. Il dit à Raphaël et à Ludwig, l'indigne fils du brave Heinrich :

— Je n'ai rien à faire dans votre assemblée, mais je vais veiller sur vous. Je réponds que personne n'entrera par le jardin.

— Nous ne sommes pas plus tranquilles qu'il ne faut, répondit Raphaël. Tu n'as pas bu suffisamment ce soir, et puis il est quelqu'un devant qui toute force deviendrait faiblesse, c'est le père Heinrich.

— Je l'avoue, mais il est bien trop occupé de

défendre la patrie, comme nous aurions dû le faire sous ses ordres, pour songer à nous.

— Ne parle pas de mon père, dit Ludwig tremblant malgré lui. S'il allait survenir, nous serions perdus.

— Au diable les attendrissements ou les mauvais présages, s'écria le petit Raphaël.

Les réfractaires avaient raison de songer au père Heinrich. Le chef des volontaires alsaciens était sur leurs traces depuis la veille.

Son plan fut bientôt fait. Il plaça six de ses hommes en sentinelle dans les diverses salles de l'hôtel R... avec ordre de ne laisser sortir personne sans l'examiner, et se réserva d'aller surprendre lui-même les coupables. Avec trois de ses fils il devait pénétrer par le jardin.

Max entendit et reconnut le vieux chasseur dans la nuit sombre. Sans essayer une résistance dont il se sentait incapable, il accourut prévenir ses complices. Bebaro voulut exciter le colosse au combat.

— Ce que je redoutais depuis longtemps vient d'arriver, répondit Max. La porte est solide et bien fermée. Il faut qu'on escalade le mur. Essayez de vous sauver. Pour moi, j'ai regret de ce que j'ai fait, et je me remettrai entre les mains du père Heinrich. Qu'il me tue, ou qu'il me pardonne, vous aurez le temps de cacher votre argent et d'essayer de lui échapper.

— Tu n'es qu'un traître, s'écrièrent les associés.

— Je n'ai peur ni de vos paroles ni de vous,
répondit l'hercule avec calme; je m'offre le premier en victime, et je ne vous dénoncerai pas.
Avisez.

Heinrich essaya d'enfoncer la porte du jardin,
mais ne put y réussir. Le mur n'était pas haut,
l'un de ses fils fut vite sur la crête.

— Qui vive! demanda-t-il, en apercevant
Max.

— Ami. Je suis Max, votre indigne compatriote.
Dites à votre père que je me remets entre ses
mains. Je ne veux pas lui ouvrir la porte moi-
même, mais remettez-lui comme gage de ma
bonne foi cette ceinture pleine d'or; c'est ma
part de nos bénéfices mal acquis. Il la donnera
aux pauvres ou aux victimes de la guerre.
Descendez en toute confiance; je n'ai point
d'arme, et je m'éloigne de façon à vous laisser
la place libre.

— Attends, j'y vais moi-même, s'écria Heinrich.

Et le vieux zouave retrouva ses forces juvéniles
pour escalader le mur.

— Où sont tes complices, demanda-t-il à
Max ?

— Je veux bien me livrer, répondit celui-ci,
mais non les dénoncer.

— C'est bien : qu'on ne le perde pas de vue.

Heinrich eut beau fouiller partout, il ne trouva
aucun des associés. Et pourtant ils n'avaient

pas quitté l'hôtel. On ne pouvait sortir que par le jardin, ou par les salles où se trouvaient les hommes du vieux chasseur, qui avaient fait bonne garde.

Heinrich savait que les propriétaires de l'hôtel R... étaient les complices de ceux qu'il cherchait, mais il n'en avait pas la preuve, et n'ayant pu constater le flagrant délit, il était réduit à l'impuissance. Il n'aurait pu avoir d'action que sur son fils Ludwig, et Ludwig demeurait introuvable.

Bebaro n'étant pas connu des volontaires alsaciens, était monté dans la chambre de Mme R... sans être inquiété.

Le petit Raphaël avait eu une lueur de génie, le génie de la peur. Il s'était enterré dans le tas de fumier de l'hôtel, en se recouvrant la tête à l'aide de vieux chiffons, de façon à pouvoir respirer. Comment aller le deviner là? Karl et Ludwig avaient suivi son exemple.

Ainsi, ces jeunes gens, qui avaient commis le crime le plus abject de tous, le crime de lèse-patrie et de lèse-nation pour amasser de l'or, en étaient réduits à se réfugier, comme Job appauvri, sur du fumier.

Quelle destinée et quel enseignement!

CHAPITRE XXX.

La fin de la lutte et la fin du récit.

Nous passerons rapidement sur la bataille de Buzenval; elle servit de finale à un semblant de défense sérieuse, et de transition aux gouvernants d'alors pour pouvoir capituler. Ce fut une satisfaction sanglante donnée aux Parisiens de cœur. Ils étaient plus nombreux qu'on n'a voulu le dire, parmi les bataillons de la garde nationale. Pour faire marcher les milices citoyennes, il ne manqua qu'un chef ayant confiance, je ne dirai pas en leur valeur, mais en leur tenue. En France, à Paris surtout, la bravoure court les rues, encore plus que l'esprit.

Dans cette journée désastreuse, il y eut plus qu'ailleurs des défaillances écœurantes, et de véritables traits d'héroïsme : là aussi ce furent des sportsmen et des artistes qui donnèrent l'exemple.

Henri Regnault, le jeune Seveste, le commandant Rochebrune se firent tuer. Les tirailleurs des Ternes, les braves à la branche de houx, demeurèrent sans cesse au premier rang. Quand la nuit fut venue, tandis que toute l'armée rentrait dans Paris, les volontaires Luxer, les ti-

railleurs des Ternes et les éclaireurs Franchetti
furent les seules troupes capables, après vingt-
quatre heures de bataille, de rester en face de
l'ennemi victorieux, d'observer ses mouvements,
et de demeurer fermes et décidés, sans avoir reçu
ni vivres, ni munitions, sans que personne se
fût inquiété d'eux.

Les volontaires alsaciens du père Heinrich se
firent remarquer parmi les plus vaillants. A leur
tête se tint constamment un colosse armé d'un
simple merlin et d'un coutelas. C'était Max, auquel le vieux chasseur avait pardonné, et qui
voulait ainsi mériter son pardon.

On avait vainement essayé de l'armer d'un
fusil.

— A quoi bon? avait-il répondu ; avec mon
merlin et mon coutelas, je suis plus sûr de mes
coups. J'assommerai ces Prussiens comme des
bœufs, ou je les saignerai comme des pour-
ceaux.

Il fut le premier à l'attaque et le dernier à la
retraite. Il reçut plusieurs blessures, mais aucune
ne put l'abattre. On dirait parfois que la mort
recule devant ceux qui la bravent, tandis qu'elle
se plait à aller frapper les timides ou les défail-
lants.

Nous le retrouverons plus tard, lorsque nous
écrirons un second volume, et nous dirons en
même temps ce que devinrent ses anciens associés, désormais ses ennemis. Mme R. ., Bebaro,

Karl et le petit Raphaël seront combattus et démasqués par lui. Le plus grand nombre de ces récits se passera sous la Commune, funèbre épilogue du siège de Paris, sur lequel la lumière n'est pas encore faite. Nous possédons des documents peu réfutables, et nos souvenirs sont précis. Là, comme pendant les cinq mois du siège, nous avons vu par nous-mêmes.

Revenons à nos deux aéronautes, Israël et Henri de Nigès.

Ils éprouvèrent toutes sortes d'entraves pour se rendre à Bordeaux, où se trouvait le gouvernement de la province. Il fallut d'abord prendre le bateau à vapeur de Calais à Cherbourg. La mer était en furie ; ils mirent trois fois plus de temps qu'il n'en faut ordinairement et coururent de sérieux dangers. Ils prirent le chemin de fer jusqu'à Saint-Lô, mais là ils le trouvèrent coupé ; force leur fut d'aller en patache jusqu'à Avranches.

La déroute du Mans venait de mettre le comble à la terreur des populations. Bien que les Prussiens fussent loin, les trembleurs avaient beau jeu pour se faire écouter. On faisait des tranchées sur les routes, on construisait des barricades dans les ravins. A chaque instant les voitures se trouvaient arrêtées par ces précautions inutiles.

Arrivés à Avranches les volontaires étaient littéralement moulus, et surtout écœurés de voir des visages tremblants ou d'entendre des lamentations avant heure. Ils résolurent de faire à cheval le trajet qui leur restait à parcourir pour gagner Dol, où le chemin de fer fonctionnait, leur assurait-on, et les conduirait à Rennes

En descendant à la gare de Rennes, ils trouvèrent un convoi de blessés ; presque tous appartenaient aux zouaves de Charrette. Ils s'approchèrent pour leur serrer la main. C'étaient des camarades, des volontaires comme eux, et puis les deux jeunes gens étaient sûrs d'avoir ainsi des nouvelles qui ne seraient pas dictées par la peur.

Hélas ! malgré cela, les nouvelles étaient tristes.

A Bordeaux ce fut bien pis. L'on apprit l'insuccès de Buzenval et l'on entendit parler d'armistice, de capitulation. Le premier qui en parla devant Israël, passa un très mauvais moment. Il fut obligé de s'excuser et d'affirmer qu'il répétait seulement ce qu'on lui avait dit.

Autour des gouvernants on ne trouvait que des criards, des avocassiers, ou des fournisseurs.

Ces derniers pullulaient La baronne Stick, dont nous avons signalé les agissements à Paris, au commencement de ce récit, se faisait remarquer parmi les plus éhontés. Elle avait des soldes de tout genre à écouler, et tout lui était bon pour pêcher en eau trouble. Elle semblait être fort bien en cour. On lui faisait place, on prenait son avis.

Israël et Henri de Nigès virent tout d'abord qu'il devenait impossible et inutile d'exécuter leur projet. Un découragement profond s'empara d'eux : ils versèrent des larmes de rage, et regrettèrent amèrement de ne pas être demeurés à Paris, pour combattre aux côtés de leurs compagnons d'armes.

Jules Simon arriva, parvint à mater les dernières résistances de Gambetta, et tout fut dit.

Les lourds et méthodiques Allemands étaient vainqueurs.

— Ah ! que ne pouvons-nous revenir au temps où le courage individuel donnait le triomphe, s'écria douloureusement Israël ? Que ne pouvons-nous être mis en présence de ces Germains et les combattre un contre dix, cinquante volontaires contre cinq cents d'entre eux ? Quels bons coups l'on porterait ! Que ne sommes-nous à l'époque chevaleresque où de tels défis étaient acceptés ?

Il fallut se résigner.

Revenons à Paris, rentrons dans la grande ville humiliée.

Un soir, la comtesse de Nigès et sa fille tenaient compagnie dans leur salon à l'excellent docteur, qui donnait ses soins à la famille depuis de longues années. La conversation n'était guère animée. La comtesse était plus triste encore que de coutume. Marie de Nigès avait dans le regard une mélancolie rêveuse et inquiète. On n'avait encore reçu aucune nouvelle des deux jeunes gens partis en ballon.

Un vieux domestique entra soudain apportant une lettre. En reconnaissant l'écriture d'Henri qu'il avait vu élever, sa joie avait été telle qu'elle lui avait fait oublier toute étiquette.

— C'est de lui, s'écria-t-il, en entrant.

Marie de Nigès sauta sur la lettre, tandis que la comtesse élevait vers le ciel son beau regard de mère remerciant.

— Ils sont à Bordeaux, dit-elle, et ils n'ont été victimes d'aucun accident sérieux, bien qu'ils aient eu à surmonter beaucoup de difficultés. Mais j'aperçois des vers, et des vers d'Israël : il est poète !

Le ton avec lequel la jeune fille prononça ces mots, fit sourire le docteur qui avait déjà deviné le secret de son cœur, et qui tenait Israël en grande estime.

La comtesse fit signe à sa fille de lui passer la lettre.

Henri de Nigès avait surpris des vers écrits par Israël, et, tout entier à l'idée de plaider sa cause auprès de la comtesse, il les lui envoyait, sachant que sa mère, comme toutes les natures élevées, aimait la poésie.

Ainsi que la plupart des fils de l'Orient, Israël trouvait sans peine l'inspiration poétique, et aimait à transcrire les effluves de son âme en des stances rhythmées.

En voici quelques-unes :

Je n'obtiendrai jamais le sourire de celle
Qui m'apparut naguère, en mes jours de douleurs,
Comme un ange envoyé par la main paternelle
    Du Dieu qui calme tous les pleurs.

Faut-il désespérer, faut-il attendre encore ?
En croyant à sa voix, à sa douce amitié,
N'aurai-je pas compté sans le temps qui déflore
    Tout... tout, et même la pitié !

Un éclat de soleil vers la fin de l'automne
Nous fait croire parfois aux beaux jours de l'été,
Nous espérons encor, quand tout nous abandonne...
    C'est ainsi que j'avais compté.

Patrie, amour, s'en vont ! Dieu seul me reste encore,
Et la mort, seul espoir d'un cœur désespéré...
La mort reste toujours quand le malheur dévore,
Ayons recours à Dieu ! — Dieu d'amour, je l'implore,
Je ne veux pas mourir sans avoir espéré.

La comtesse, après avoir lu, passa le feuillet
au docteur, sans mot dire. La curiosité de Marie
de Nigès était fort excitée.

— Je sais bien, dit le docteur en rendant la
lettre à la comtesse, la réponse que je ferais.

— Dites.

— Je donnerais ces vers à lire à Mlle Marie, et
lui demanderais son avis.

— Vous allez vite, docteur. Cet Israélite est

20

bien la plus noble nature que je connaisse ; mais il faudrait qu'il se fît catholique.

— S'il abjurait la foi de ses pères, s'écria le docteur, il ne serait plus aussi estimable.

— Docteur, on disait que vous ne croyiez à rien.

— Je crois à la noblesse du cœur, à l'élévation des sentiments, et, de ce côté, je réponds de celui dont il s'agit.

— Cela ne suffit pas. Une bonne catholique se doit à sa religion.

— Sous quelque nom qu'on adore la Divinité, est-ce que le culte n'est pas même ? C'est celui du beau et du bien, du rêve et de l'idéal.

— Pourquoi vous faire plus mauvais que vous n'êtes, mon cher docteur ? dit Marie de Nigès. Vous vous trompez vous-même en vous croyant matérialiste ; vous agissez sans cesse comme un homme ayant la véritable foi, comme un vrai croyant.

— Je crois au bonheur que vous méritez, et je voudrais y contribuer. Voyons, madame la comtesse, me permettez-vous de montrer cette lettre à mademoiselle ?

— On dirait que vous dictez une ordonnance ?

— Non, mais je vous adresse une prière.

— Une prière, vous ? Alors, il faut bien vous exaucer, pour vous encourager dans la bonne voie.

. . . .

Le lendemain, le bon docteur écrivit à Israël

ces simples lignes, destinées à le consoler de
tout :

« Mon cher poète, Mme la comtesse de Nigès
et sa fille autorisent leur vieux docteur à vous
dire : espérez. Vos fiançailles sont au bout de ce
mot. »

Nous verrons, dans le second volume, combien
les fiancés eurent encore d'épreuves à traverser
avant d'être heureux.

CHAPITRE XXXI

Conclusion.

Il ne faut pas oublier que par ses malheurs récents et par la haine à peine endormie de ses vainqueurs, notre belle et bien aimée France est sans cesse et sans merci menacée de la guerre. L'heure de parler de revanche n'a pas sonné, mais, quoique vaincue, la grande nation, constituée avec tant de peine par Louis XI et ses successeurs, a le droit et le devoir de se faire respecter.

Pour y arriver, le meilleur moyen, n'est-ce pas d'élever la jeune génération d'une façon virile, de fortifier le corps des enfants, au lieu de l'amollir comme on l'a fait depuis longtemps, d'élever leur cœur, au lieu de le gâter ou de l'étouffer avant heure, de songer à avoir des hommes et non des *gommeux* étiolés?

Pour atteindre ce résultat, il faut de bonne heure habituer les enfants aux exercices développant la force et l'agilité. Qu'on les amène au gymnase, au Cirque, à l'Hippodrome aux courses, au grand air fortifiant, au lieu de leur faire voir des féeries ridicules, sous les inhalations débilitantes du gaz théâtral.

Tous les exercices de sport, si l'on veut bien
les étudier et les comprendre, perdent leur aspect
futile et répondent à des nécessités de premier
ordre. Le peuple français, par sa vieille humeur
belliqueuse, trahissant son origine gauloise,
devrait être à la tête de ce mouvement.

Rappelons-nous que notre école d'équitation a
été la première du monde, que nulle part on n'a
donné des carrousels approchant du brillant et
du fini des nôtres. Les gentilhommes français tenaient à honneur de prouver qu'ils étaient les
meilleurs cavaliers de tous les pays.

Les chroniques du temps nous rapportent
l'exemple du duc de Nemours, faisant descendre
et remonter au galop les degrés de la Sainte-
Chapelle à un cheval dressé par lui et qu'il appelait *Réal*.

Henri II, le roi fondateur de l'art de l'équitation
en France, tenait à voir briller ses écoles au premier rang. A la journée de Renti, il poussa sans
cesse son cheval à travers les postes les plus périlleux et les mêlées les plus sanglantes, espérant
rencontrer l'empereur Charles V, qu'il avait défié.
Mais celui-ci évita sa rencontre avec soin, décli-
nant l'honneur et le danger du duel à cheval, que
lui offrait le vaillant roi de France.

Louis XIII, chasseur à courre qu'aucun obstacle
n'arrêtait, favorisa l'équitation.

Les fils des plus nobles familles anglaises venaient alors en France faire leur éducation hip-

pique, et c'est dans nos écoles que le brillant et sympathique duc de Buckingham apprit l'art équestre.

Louis XIV était un magnifique écuyer. Il fallait bien que son exemple fut suivi.

A sa cour tous montaient admirablement à cheval, depuis le cadet de famille jusqu'aux ducs, aux princes et aux hommes les plus graves, depuis la demoiselle d'honneur jusqu'à la grande dame arrivée au faîte de la fortune.

Les hardies écuyères, qu'on trouve aujourd'hui dans les trois royaumes britanniques, ne sont que les imitatrices des incomparables amazones du grand siècle.

Le duc de Lauzun, à quatre-vingt-deux ans, dressait encore des chevaux, et celui qui fut plus tard le grand Turenne s'était déjà montré écuyer consommé à l'âge de quinze ans.

Sous Louis XV, l'équitation, comme tout le reste, devint maniérée. On inventa des difficultés puériles, presque niaises. Ce n'était plus de l'art équestre, ce n'était surtout plus de l'art utile.

Pourquoi, de nos jours, l'équitation est-elle presque abandonnée, et pourquoi le grand nombre des éleveurs a-t-il presque renoncé à faire des chevaux de selle ?

Serait-ce que ce goût est l'apanage et le monopole des habitudes aristocratiques ?

Il ne doit pas en être ainsi.

L'art équestre est en grand honneur aux Etats-

Unis. Chez ce peuple d'hommes industriels, positifs, utilitaires, commerçants avant tout, la pratique de tous les genres de sport est en honneur et entre en première ligne dans l'éducation des jeunes gentlemen. C'est presque un culte.

Il est vrai que leur genre de commerce semble une sorte de lutte incessante.

Pourquoi n'en est-il pas de même en France?

C'est que, depuis quelque temps, les classes bourgeoises ont pris la prépondérance, et qu'elles sont hostiles à tous les genres de sport. Ces classes sont des parasites incapables de comprendre tout ce qui n'a pas un but fructueux.

L'aristocratie d'argent ne peut pas être susceptible de patriotisme ni de dévouement, parce que son premier mobile et son essence manquent de noble fierté et de grandeur. Chez elle tout repose sur la richesse et le lucre. L'on y pèse la valeur d'un homme sur sa fortune et sa réussite en affaires; ses autres qualités ne sont que des accessoires.

Aussi, lorsque le sol de la patrie est menacé, qui trouve-t-on au premier rang pour le défendre? L'aristocratie de naissance et de tradition, l'homme des champs et l'ouvrier, le noble et le paysan ou le fils de paysan.

Savez-vous pourquoi?

C'est que ceux-là sont habitués à la fatigue, au danger et qu'ils aiment la lutte; c'est qu'ils savent manier le fer, les uns pour féconder la

terre ou pour donner l'essor à l'industrie, les
autres pour garantir le sol natal de la souillure
étrangère et mourir pour cette grande idée de
la patrie, qu'aucun sophisme ne saurait ni effa-
cer ni remplacer !

ENSE ET ARATRO

C'est la devise adoptée par l'illustre maréchal
Bugeaud, qui savait si bien mener nos soldats à
la victoire et nos paysans au progrès agricole ;
c'est celle qui fut mise dans ses armes lorsqu'à
la suite de sa brillante victoire sur Abd-el-Kader,
le roi Louis-Philippe, reconnaissant, créa pour
lui le titre de duc d'Isly.

Le jour où cette devise fière, utile et ration-
nelle sera celle de la France, nous serons res-
pectés de tous, parce qu'on s'incline toujours
devant la force, même au repos, nous pourrons
vite relever la tête.

Donnez donc un exemple salutaire, messieurs
de la bourgeoisie. Ne condamnez pas sans relâche
vos enfants à ce boulet débilitant qu'on nomme
les affaires. Accordez-leur quelques distractions
sportives, ne serait-ce qu'au point de vue de
l'hygiène.

Estimez davantage l'adresse, l'agilité, la souplesse du corps, l'habitude de lutter avec le
danger qui donne le courage. Tout cela leur sera
utile dans les carrières les plus sérieuses, comme

dans les phases les plus difficiles de la vie. Soyez
en sûrs, vous formerez ainsi des hommes plus
complets, et vous vous en trouverez bien. Lorsqu'ils devront aller payer à la patrie l'impôt du
sang, ils n'éprouveront ni fatigue, ni maladie, ni
appréhension.

N'aimez-vous pas mieux qu'ils viennent occuper
là leur fougue juvénile, que d'aller la dépenser
dans des boudoirs douteux ou des tabagies éner-
vantes? C'est là qu'ils altèrent ou ruinent leur
santé, c'est là qu'ils laissent leur fortune presque
toujours, leur honneur, leur intelligence et leur
cœur trop souvent.

Et puis à cette époque de pleine démocratie,
où tous les citoyens peuvent prétendre aux plus
hautes fonctions, croyez-vous qu'il n'est pas utile,
indispensable de savoir monter à cheval?

Que nous ayons le malheur d'avoir à subir une
guerre sérieuse, croyez-vous qu'il ne serait pas
préférable de voir le président de la République
passer au front de l'armée à cheval qu'en voiture? D'un côté les soldats verraient un gage de
virilité, un espoir de succès, de l'autre l'affaisse-
ment précurseur des revers. Soyez certains que
les ouvriers eux-mêmes ne pardonneraient pas
cette imperfection matérielle, car tous les ouvriers
français sont chauvins.

Voulez-vous un exemple de la manière indé-
niable dont le soldat apprécie les bons cavaliers
En voici un entre mille :

Le maréchal de Turenne avait une préférence marquée pour une jument appelée *La Pie*, née en Limousin, dans ces pâturages de la Ligoure, qui ont toujours eu le privilège de produire d'excellents chevaux. Elle portait son maître le jour de sa mort, comme elle l'avait déjà porté dans vingt batailles.

L'histoire nous a conservé à ce sujet un cri vraiment parti du cœur des soldats; c'est le plus bel éloge qu'un général en chef puisse rêver.

En présence de l'incertitude qui régnait dans le commandement après la mort du maréchal, ils s'écrièrent: — Qu'on mette *La Pie* à notre tête, elle a l'habitude de nous mener à la victoire!

Les bourgeois enrichis, qui crient le plus contre les sportsmen ou les gentilshommes, sont les premiers à leur offrir la main de leurs filles, à rechercher leur société pour leurs fils. Le meilleur moyen pour eux d'entrer dans ce jardin des Hespérides, qu'ils dénigrent uniquement parce que la porte leur en est fermée, c'est de faire de leurs fils des cavaliers accomplis, de leurs filles, des amazones élégantes et intrépides.

On sympathise vite à cheval. Jugez-en.

Un de ces médiocres avocats que l'on a bombardés préfets, sans doute pour se débarrasser de leur bavardage, essayait un jour de s'insinuer auprès d'un vieux gentilhomme tellement aimé dans sa commune, qu'on n'avait pu s'empêcher de le nommer maire.

Il s'enhardit jusqu'à lui demander :

— Comment, monsieur le duc, recevez-vous avec tant de courtoisie le nommé X..., un petit marchand de chevaux ?

— Il y a trois raisons, répondit le sportsman. La première, c'est que deux de ses parents sont partis comme volontaires, avec mes fils et moi, à la première nouvelle de l'invasion prussienne. Ils ont été tués au premier rang avec deux de mes fils. La seconde, c'est que j'aime le vrai peuple, le véritable ouvrier, le travailleur. La troisième, c'est qu'il monte bien à cheval. C'est un signe de race, c'est un signe de noblesse. Vous ne l'aurez jamais, monsieur.

*
* *

Dans la voie que nous indiquons, vous pouvez être d'un puissant secours, vous, mesdames, toujours souveraines par la beauté et la séduction.

Ne donnez plus vos sourires aux jeunes étiolés, malades ambulants, s'affublant d'habits ressemblant à des robes de chambre, peut-être parce qu'ils ont la pudeur de sentir leur faiblesse. Faites-leur comprendre que vous prisez fort peu leur morbidesse maladive, leur teint de cadavre, leur regard sans force et sans fierté.

Ils voudront alors conquérir la santé et la vigueur, ils redeviendront de beaux jeunes gens, et ce précepte antique sera mis en honneur

Mens sana in corpore sano.

L'enveloppe d'un corps robuste est indispensable pour le fonctionnement régulier de l'intelligence. Il faut que la nervosité moderne disparaisse. La médecine est incapable de combattre ce mal et se borne à l'invoquer comme une excuse de son impuissance. Le retour aux pratiques, qui donnaient la force à nos ancêtres, peut seul nous rendre la virilité. C'est cette pratique qui, au moment du danger, fait la supériorité des sportsmen sur le reste de la nation.

J'ai évité avec soin de faire de la politique dans le courant de ces récits. En aucun temps je n'aime ses détours tortueux, mais, quand on parle de résistance à l'étranger, son idée doit être écartée comme indigne. Je prie donc le lecteur de ne donner aucune portée politique aux remarques suivantes. Elles doivent d'autant moins en avoir sous ma plume, que je n'aime pas comme hommes, *les princes bourgeois*, dont je vais parler, bien que je leur rende justice comme soldats.

Le maréchal Bazaine et le général Trochu n'étaient ni des gentlemen, ni des sportsmen. Ils nous conduisirent à l'abîme par des voies différentes, mais habituelles aux ambitieux, presque fatales aux parvenus.

Si l'on avait accepté les services des princes d'Orléans, qui tous sont des sportsmen, si les hommes ayant pris le pouvoir, s'inspirant de leur titre de *gouvernement de la défense nationale*, les avaient choisis pour chefs, en leur assignant les trois postes d'honneur suivants : au duc d'Aumale, le commandement en chef de l'armée de Paris; au duc de Nemours, le commandement de l'armée d'élite enfermée dans Metz; au prince de Joinville, le commandement de la flotte, soyez certains que la marine ne serait pas demeurée inactive, que les forts de Metz-la-Pucelle n'auraient pas été rendus, et que Paris n'aurait pas capitulé.

Peut-être les choses auraient-elles tourné autrement. De pareils chefs auraient agi au lieu de parler. On les aurait vus sans cesse au premier rang en vrais fils de race, en vrais sportsmen.

Avec un tempérament aussi mobile que le nôtre, il suffit d'un élan bien donné pour tout changer en peu de temps. Il est une qualité, courant encore plus les rues et les diverses régions de France que l'esprit : c'est le courage, mais il faut savoir l'employer, si l'on veut obtenir la victoire.

ESCADRON

DES ÉCLAIREURS FRANCHETTI

CONTROLE PAR GRADE
ET PAR ANCIENNETÉ

FRANCHETTI (Léon), Chef de l'escadron.
·TUÉ A L'ENNEMI

Le commandant FAVROT DE KERBRECK *prit le comman-dement supérieur de l'escadron le 6 décembre 1870, après la mort de* FRANCHETTI.

NOMS	PRÉNOMS	GRADES
Benoît-Champy	Gabriel.	Capit. commandant.
De Marval	Alfred.	Capit. adj.-major.
Lacombe	François.	Lieutenant.
Beaulieu	Émile.	Officier payeur.
Simone	Albert.	Sous-lieutenant.
De Susini	Paul.	Id.
Portet	François.	Id.
Worms	Lucien.	Id.
Leroy d'Etioles	Raoul.	Médecin-major.
Barthélemy	Pierre.	Vétérinaire.

NOMS	PRENOMS	GRADES
Fournier	Charles.	Adjudant.
Malherbe	Gustave.	Mar.-des-logis chef.
Taconnet	Ferdinand.	Maréchal–des-logis.
De Kergariou	Emmanuel.	Id.
Paillard	Jules.	Id.
Clancau	Emile.	Id.
Debost	Emile.	Id.
Champrouvier	Charles.	Id.
De Dauvet	Louis.	Id.
Brunard	Georges.	Mar.-des-l. fourrier.
Marchand	Henri.	Brigadier.
Crémieux	Jules.	Id.
Duteil	Jules.	Id.
Couteaux	Aristide.	Id.
Pilté	Alphonse.	Id.
Carriès	Henri.	Id.
Rogniat	Abel.	Id.
Coignet	Henri.	Id.
Chatelain	Félix.	Id.
Robert	Paul.	Id.
Juif	Emile.	Id.
Grimault	Marcel.	Id.
Speneux	Louis.	Id.
Tollu	Camille.	Id.
De Susini	Fernand.	Id.
Filippini	Antoine.	Id
De Beckman	Fernand.	Id.

TROMPETTES

Marlroux	Jean.	Brigadier-trompette
Duval	Ernest.	Trompette.
Dalotel	Louis.	Id.

VOLONTAIRES

NOMS	PRÉNOMS	GRADES
Rodrigues	Edgar.	Volontaire.
Gouillard	Léon.	Id.
Crabère	Germain.	Id.
Flanet	Charles.	Id.
Soupe	Antonin.	Id.
De Montaudin	Alphonse.	Id.
Guérin	Edmond.	Id.
Lavril	Émile.	Id.
Delahaut	Paul.	Id.
De Bédée	Léon.	Id.
Fould	Gustave.	Id.
Millet	Alphonse.	Id.
Journot	Adolphe.	Id.
Sarran	Louis.	Id.
Grimont	Marcel.	Id.
Sirot	Jules.	Id.
Redmayne	Alexandre.	Id.
De Gouvion-Matignon	Louis.	Id.
Pellerin	Albert.	Id.
Bobe	Alfred.	Id.
Darbaud	Charles.	Id.
Cavailhon	Édouard.	Id.
De Mayrana	Raymond.	Id.
Cottrell	Charles.	Id.
Souplet	Frédéric.	Id.
Flamand	Émile.	Id.
D'Erceville	Alfred.	Id.
Sibut	Marius.	Id.
Laporte	Jean-Baptiste.	Id.
Estève	Henri.	Id.
Godard	Henri.	Id.
Lefèvre	Raoul.	Id.

21

NOMS	PRÉNOMS	GRADES
Cabany	Julien.	Volontaire.
Le Meaux	Paul.	Id.
Paret	Georges.	Id.
Lasseron	Georges.	Id.
Franconi	Charles.	Id.
Desbrousse	Léon.	Id.
Champeaux	Jean	Id.
Frichon de Voris	Jules.	Id.
Lecoutre	Pierre.	Id.
Roche	René.	Id.
Maës	Émile.	Id.
Lévy	Armand.	Id.
Gueret	Philippe.	Id.
Dupré	Alfred.	Id.
Cheradame	Louis.	Id.
Bonnet	Gustave.	Id.
Gaidant	Auguste.	Id.
Waché	Edmond.	Id.
Larivière-Renouard	Henri.	Id.
De Freissinet	Jules.	Id.
Rostand	Arthur.	Id.
Oberkampf	Paul.	Id.
Billié	Julien.	Id.
Brinquant	Raoul.	Id.
Kévrin	Louis.	Id.
De Bully	Léon.	Id.
Bégé	Jules.	Id.
De Larochefoucauld	Raoul.	Id.
Tessier	Paul.	Id.
De Beauvais	Auguste.	Id.
Larsonnier	Raymond	Id.
De Beckman	Raoul.	Id.
Vatel	Eugène.	Id.
De Marcy	Albert.	Id.
Mahier	Georges.	Id.

NOMS	PRÉNOMS	GRADES
Maunier	Ferdinand.	Volontaire.
Leduc	Albert.	Id.
Marienval	Gustave.	Id.
Lacasse	Georges.	Id.
Distribué	Eugène.	Id.
Traubé	Gaston.	Id.
Jutard	Louis.	Id.
Fontana	Charles.	Id.
Le Boucher	Léon.	Id.
Haas	Charles.	Id.
Joannès	Émile.	Id.
De Bussière	Edmond.	Id.
Versepuy	Arthur.	Id.
Izoard	Auguste.	Id.
Le Fez	Maurice.	Id.
Jay	Joseph.	Id.
Hamard	Jules.	Id.
De Sinety	Henri.	Id.
Le Maye de Moyseaux	Auguste.	Id.
Billat	Henri.	Id.
Marchand	Henri.	Id.
Durosay	Georges.	Id.
Mairet	Henri.	Id.
Rivière	Adolphe.	Id.
Lucy	Armand.	Id.

FIN

TABLE DES MATIÈRES

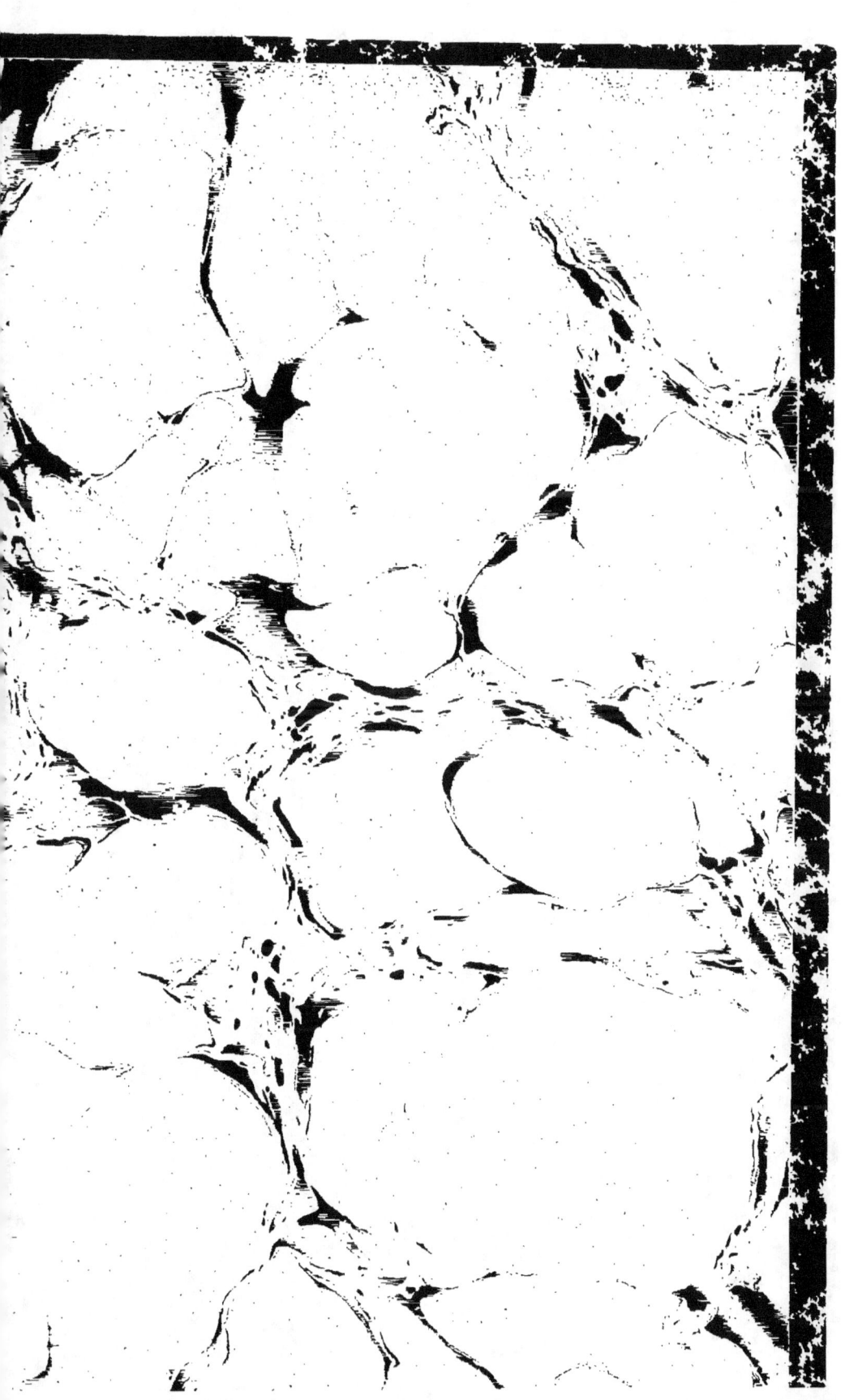

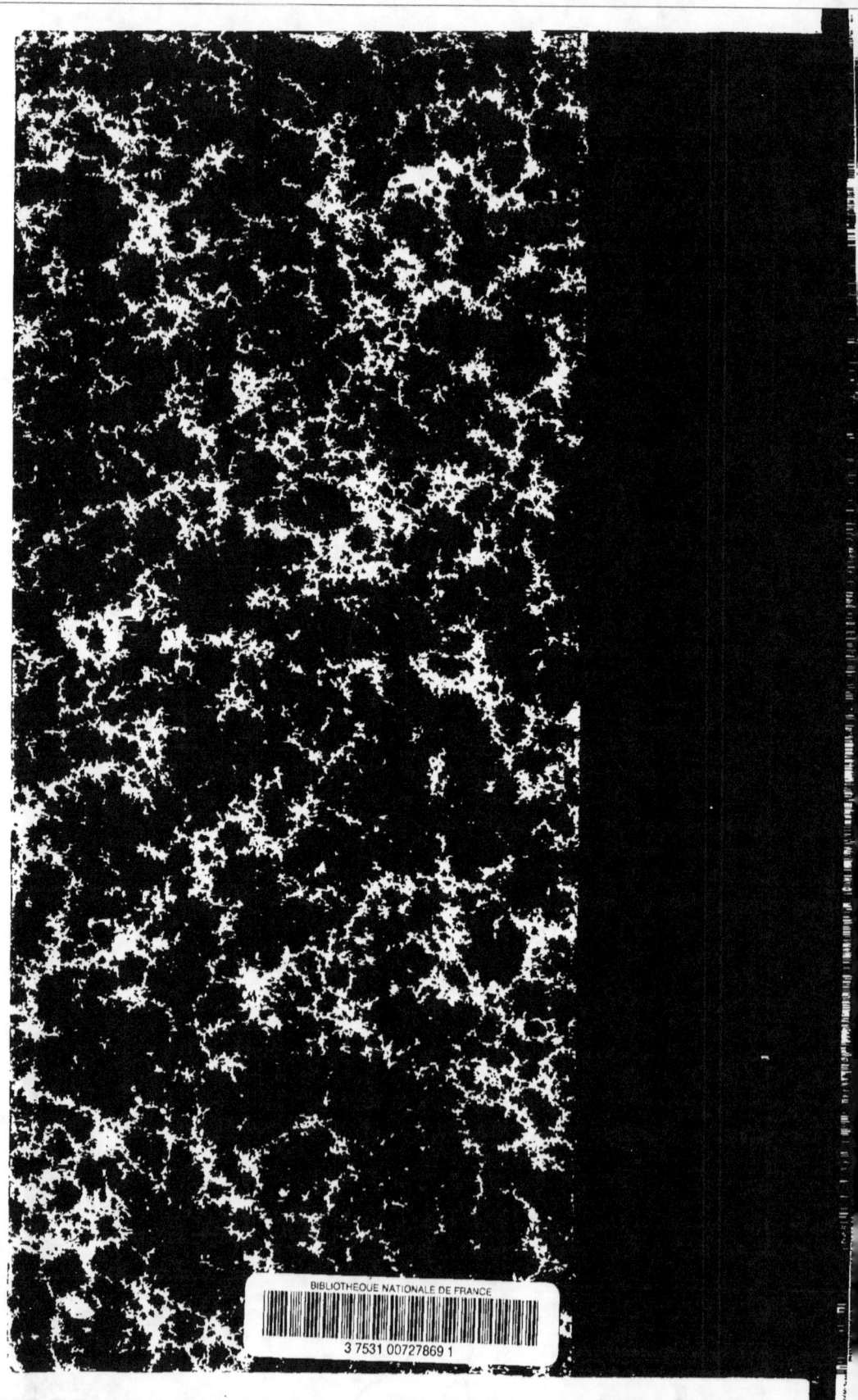

www.ingramcontent.com/pod-product-compliance
Lightning Source LLC
Chambersburg PA
CBHW070323030726
47505CB00004B/1072